名校 名师 名课系列

# 唐诗精读

王运熙 主编
杨明 归青 杨焄 注释

MINGXIAO
MINGSHI
MINGKE
XILIE

复旦大学出版社

**内容提要**

本书选诗两百多篇，以明白易晓的短诗为主。在选篇方面，注意收录各时期的优秀作品，其中较多为一般选本所忽视的篇章，因而显示出唐诗的丰富多彩面貌。在注释方面，注意在词语诠释基础上多作整句串讲，使读者把握词句的确切意义及其精警生动的修辞技巧，而不是囫囵吞枣。在评析方面，除介绍诗篇的写作背景、思想艺术特色外，注意该诗与其前后篇章的继承发展关系，从而帮助读者认识该诗在中国诗歌史上的特色与地位。本书是一部自具特色的、普及性的唐诗选本。

# 目 录

凡 例 ········································································· 001

## 卷一 初唐诗（二十首）

**虞世南** 一首
  蝉 ········································································· 001

**王 绩** 一首
  野望 ······································································ 002

**王 勃** 三首
  滕王阁 ··································································· 003
  送杜少府之任蜀川 ···················································· 005
  山中 ······································································ 006

**骆宾王** 二首
  在狱咏蝉 ································································ 007
  于易水送人 ····························································· 008

**杨 炯** 一首
  从军行 ··································································· 009

## 陈子昂 三首

　　感遇(其三) ……………………………………………… 011

　　蓟丘览古赠卢居士藏用・燕昭王 ………………………… 012

　　登幽州台歌 ……………………………………………… 013

## 苏味道 一首

　　正月十五夜 ……………………………………………… 014

## 韦承庆 二首

　　凌朝浮江旅思 …………………………………………… 015

　　南行别弟 ………………………………………………… 016

## 杜审言 二首

　　和晋陵陆丞早春游望 …………………………………… 017

　　渡湘江 …………………………………………………… 018

## 宋之问 二首

　　度大庾岭 ………………………………………………… 019

　　渡汉江 …………………………………………………… 021

## 沈佺期 二首

　　夜宿七盘岭 ……………………………………………… 022

　　古意呈补阙乔知之 ……………………………………… 023

# 卷二　盛唐诗 (二十九首)

## 张若虚 一首

　　春江花月夜 ……………………………………………… 025

## 张　说 一首

　　蜀道后期 ………………………………………………… 028

## 张九龄 一首

　　望月怀远 ………………………………………………… 029

## 目　录

**王　翰** 一首
　　凉州词 ················································ 030

**王之涣** 二首
　　凉州词 ················································ 031
　　登鹳雀楼 ············································· 032

**贺知章** 二首
　　回乡偶书(其一) ··································· 033
　　咏柳 ···················································· 034

**张　旭** 一首
　　山行留客 ············································· 035

**李　颀** 一首
　　古从军行 ············································· 036

**崔　颢** 三首
　　黄鹤楼 ················································ 038
　　长干曲(其一) ······································ 039
　　长干曲(其二) ······································ 040

**王昌龄** 六首
　　从军行(其一) ······································ 040
　　从军行(其四) ······································ 041
　　出塞 ···················································· 042
　　采莲曲(其二) ······································ 043
　　西宫春怨 ············································· 044
　　芙蓉楼送辛渐 ······································ 045

**高　适** 三首
　　燕歌行 ················································ 046
　　营州歌 ················································ 049
　　别董大 ················································ 049

**张　巡** 一首
　　闻笛 ·············································································· 050

**岑　参** 五首
　　白雪歌送武判官归京 ······················································ 052
　　走马川行奉送封大夫出师西征 ········································ 054
　　逢入京使 ······································································ 055
　　碛中作 ·········································································· 056
　　春梦 ············································································ 057

**张　谓** 一首
　　题长安主人壁 ······························································ 058

## 卷三　盛唐诗（二十三首）

**孟浩然** 六首
　　留别王侍御维 ······························································ 059
　　与诸子登岘山 ······························································ 060
　　过故人庄 ······································································ 061
　　早寒江上有怀 ······························································ 062
　　春晓 ············································································ 063
　　宿建德江 ······································································ 064

**祖　咏** 一首
　　终南望余雪 ·································································· 065

**王　湾** 一首
　　次北固山下 ·································································· 066

**王　维** 十一首
　　西施咏 ·········································································· 067
　　桃源行 ·········································································· 069

终南山 ……………………………………… 071
　　汉江临眺 ……………………………………… 072
　　观猎 ……………………………………… 073
　　终南别业 ……………………………………… 074
　　冬晚对雪忆胡居士家 ……………………… 075
　　鸟鸣涧 ……………………………………… 077
　　相思 ……………………………………… 077
　　九月九日忆山东兄弟 ……………………… 078
　　送元二使安西 ……………………………… 079

**储光羲** 一首
　　钓鱼湾 ……………………………………… 080

**常　建** 一首
　　题破山寺后禅院 …………………………… 081

**刘方平** 一首
　　夜月 ……………………………………… 082

**崔国辅** 一首
　　小长干曲 …………………………………… 083

## 卷四　盛唐诗·李白（二十首）

　　子夜吴歌（其三） ………………………… 085
　　长干行（其一） …………………………… 087
　　经下邳圯桥怀张子房 ……………………… 089
　　月下独酌（其一） ………………………… 091
　　乌栖曲 ……………………………………… 092
　　蜀道难 ……………………………………… 093
　　将进酒 ……………………………………… 097

| | |
|---|---|
| 梦游天姥吟留别 | 099 |
| 宣州谢朓楼饯别校书叔云 | 102 |
| 北风行 | 104 |
| 渡荆门送别 | 105 |
| 送友人 | 106 |
| 夜泊牛渚怀古 | 107 |
| 沙丘城下寄杜甫 | 108 |
| 静夜思 | 110 |
| 黄鹤楼送孟浩然之广陵 | 110 |
| 闻王昌龄左迁龙标遥有此寄 | 111 |
| 望庐山瀑布(其二) | 112 |
| 早发白帝城 | 113 |
| 赠汪伦 | 114 |

## 卷五　盛唐诗·杜甫（三十一首）

| | |
|---|---|
| 羌村三首 | 115 |
| 北征 | 118 |
| 赠卫八处士 | 127 |
| 石壕吏 | 129 |
| 佳人 | 131 |
| 梦李白二首 | 133 |
| 兵车行 | 135 |
| 丽人行 | 138 |
| 哀江头 | 142 |
| 茅屋为秋风所破歌 | 144 |
| 丹青引赠曹将军霸 | 146 |
| 月夜 | 150 |

| 春望 | 151 |
|---|---|
| 春夜喜雨 | 152 |
| 不见 | 153 |
| 旅夜书怀 | 155 |
| 江汉 | 156 |
| 登岳阳楼 | 157 |
| 蜀相 | 158 |
| 客至 | 160 |
| 闻官军收河南河北 | 161 |
| 秋兴(其一) | 162 |
| 咏怀古迹(其三) | 164 |
| 又呈吴郎 | 166 |
| 登高 | 167 |
| 绝句二首(选一) | 168 |
| 江畔独步寻花(其六) | 169 |
| 江南逢李龟年 | 170 |

## 卷六 中唐诗(二十三首)

**赵微明** 一首
　　回军跛者 …………………………………… 172

**元　结** 一首
　　贫妇词 …………………………………… 173

**钱　起** 一首
　　谷口书斋寄杨补阙 ………………………… 175

**郎士元** 一首
　　塞下曲 …………………………………… 176

## 韩 翃 一首
　　寒食 ……………………………………………… 177

## 张 继 一首
　　枫桥夜泊 …………………………………………… 178

## 刘长卿 四首
　　穆陵关北逢人归渔阳 ……………………………… 179
　　长沙过贾谊宅 ……………………………………… 180
　　送严士元 …………………………………………… 181
　　逢雪宿芙蓉山主人 ………………………………… 182

## 韦应物 三首
　　淮上喜会梁州故人 ………………………………… 183
　　寄李儋元锡 ………………………………………… 184
　　滁州西涧 …………………………………………… 185

## 戴叔伦 三首
　　怀素上人草书歌 …………………………………… 186
　　除夜宿石头驿 ……………………………………… 187
　　过三闾庙 …………………………………………… 188

## 司空曙 三首
　　喜外弟卢纶见宿 …………………………………… 189
　　云阳馆与韩绅宿别 ………………………………… 190
　　江村即事 …………………………………………… 191

## 卢 纶 一首
　　和张仆射塞下曲(其二) …………………………… 192

## 皎 然 一首
　　寻陆鸿渐不遇 ……………………………………… 193

## 顾 况 一首
　　听角思归 …………………………………………… 194

朱 绛 一首
　　春女怨 ················································· 195

## 卷七　中唐诗（二十七首）

李 约 一首
　　观祈雨 ················································· 196

孟 郊 三首
　　古怨别 ················································· 197
　　游子吟 ················································· 198
　　织妇辞 ················································· 199

李 贺 二首
　　雁门太守行 ············································· 200
　　老夫采玉歌 ············································· 201

张仲素 一首
　　秋思二首(其一) ········································· 202

柳宗元 三首
　　田家三首(其二) ········································· 203
　　登柳州城楼寄漳汀封连四州 ······························· 205
　　江雪 ··················································· 206

韩 愈 五首
　　山石 ··················································· 207
　　听颖师弹琴 ············································· 208
　　左迁至蓝关示侄孙湘 ····································· 210
　　题木居士(其一) ········································· 211
　　早春呈水部张十八员外(其一) ····························· 212

李 益 三首

喜见外弟又言别…………………………………………… 213
　　从军北征………………………………………………… 214
　　夜上受降城闻笛………………………………………… 214

王　建 二首
　　水夫谣…………………………………………………… 215
　　新嫁娘词(其三)………………………………………… 216

张　籍 三首
　　野老歌…………………………………………………… 217
　　秋思……………………………………………………… 218
　　凉州词(其一)…………………………………………… 219

贾　岛 二首
　　哭孟郊…………………………………………………… 220
　　寻隐者不遇……………………………………………… 221

李　绅 二首
　　宿扬州…………………………………………………… 222
　　悯农(其二)……………………………………………… 223

## 卷八　中唐诗（十五首）

**白居易** 八首
　　买花……………………………………………………… 225
　　卖炭翁…………………………………………………… 227
　　长恨歌…………………………………………………… 228
　　琵琶行　并序…………………………………………… 233
　　赋得古原草送别………………………………………… 238
　　自河南经乱，关内阻饥，兄弟离散，各在一处。因望月有感，
　　　聊书所怀，寄上浮梁大兄、於潜七兄、乌江十五兄，兼示符

离及下邽弟妹 …………………………………… 239
　　钱塘湖春行 ……………………………………… 240
　　邯郸冬至夜思家 ………………………………… 241

**元　稹** 三首
　　遣悲怀(其一) …………………………………… 242
　　行宫 ……………………………………………… 243
　　闻乐天授江州司马 ……………………………… 244

**刘禹锡** 四首
　　西塞山怀古 ……………………………………… 245
　　酬乐天扬州初逢席上见赠 ……………………… 246
　　乌衣巷 …………………………………………… 248
　　竹枝词(选一) …………………………………… 249

## 卷九　晚唐诗（四十二首）

**李德裕** 一首
　　登崖州城作 ……………………………………… 250

**张　祜** 二首
　　观魏博何相公猎 ………………………………… 251
　　题金陵渡 ………………………………………… 252

**赵　嘏** 一首
　　江楼感旧 ………………………………………… 253

**许　浑** 二首
　　咸阳西门城楼晚眺 ……………………………… 254
　　谢亭送客 ………………………………………… 255

**朱庆馀** 一首
　　宫词 ……………………………………………… 256

项 斯 一首
　　江村夜泊 ……………………………………………… 257

李群玉 二首
　　黄陵庙 …………………………………………………… 258
　　放鱼 ……………………………………………………… 259

马 戴 一首
　　落日怅望 ………………………………………………… 260

鱼玄机 一首
　　江陵愁望有寄 …………………………………………… 261

曹 邺 一首
　　官仓鼠 …………………………………………………… 262

来 鹏 一首
　　云 ………………………………………………………… 263

聂夷中 一首
　　田家 ……………………………………………………… 264

陈 陶 一首
　　陇西行(其二) …………………………………………… 265

章 碣 一首
　　焚书坑 …………………………………………………… 266

张 蠙 一首
　　登单于台 ………………………………………………… 267

金昌绪 一首
　　春怨 ……………………………………………………… 268

吴 融 二首
　　书怀 ……………………………………………………… 269
　　华清宫(其一) …………………………………………… 270

## 杜荀鹤 四首
送人游吴 …………………………………… 271
山中寡妇 …………………………………… 272
自叙 ………………………………………… 273
再经胡城县 ………………………………… 274

## 司空图 一首
独望 ………………………………………… 275

## 韦 庄 二首
台城 ………………………………………… 276
送日本国僧敬龙归 ………………………… 277

## 郑 谷 二首
鹧鸪 ………………………………………… 278
淮上与友人别 ……………………………… 279

## 王 驾 二首
社日 ………………………………………… 280
古意 ………………………………………… 281

## 秦韬玉 一首
贫女 ………………………………………… 282

## 崔 涂 一首
孤雁(其二) ………………………………… 283

## 韩 偓 一首
新上头 ……………………………………… 284

## 钱 珝 一首
江行无题(其四十三) ……………………… 285

## 花蕊夫人徐氏 一首
述国亡诗 …………………………………… 286

## 齐 己 一首

早梅 …………………………………………… 287

沈　彬 一首
　　都门送别 …………………………………… 288

翁　宏 一首
　　春残 ………………………………………… 289

黄　滔 一首
　　书事 ………………………………………… 290

张　泌 一首
　　边上 ………………………………………… 291

## 卷十　晚唐诗（二十首）

杜　牧 六首
　　早雁 ………………………………………… 293
　　赤壁 ………………………………………… 294
　　过华清宫绝句(其一) ……………………… 295
　　泊秦淮 ……………………………………… 296
　　山行 ………………………………………… 297
　　秋夕 ………………………………………… 298

温庭筠 五首
　　商山早行 …………………………………… 299
　　送人东归 …………………………………… 300
　　经李征君故居 ……………………………… 301
　　赠少年 ……………………………………… 302
　　过分水岭 …………………………………… 302

李商隐 九首
　　蝉 …………………………………………… 304

马嵬(其二) …………………………………………… 305
哭刘蕡 ……………………………………………… 306
锦瑟 ………………………………………………… 308
无题("相见时难别亦难") ………………………… 309
题小柏 ……………………………………………… 310
乐游原 ……………………………………………… 311
夜雨寄北 …………………………………………… 312
贾生 ………………………………………………… 313

附　录　《唐诗精读》与《唐诗三百首》重复篇目表
　　　　（共一百一十三首） ……………………… 315

后　记 ……………………………………………… 318

# 凡 例

一、本书选录唐诗,除注意思想内容、艺术形式两方面的成就外,着重选取比较明白晓畅的篇章,通过较详细的注释,使具有中学文化水平的读者能获得比较透彻的了解,故书名《唐诗精读》。

二、本书分为十卷。卷一选初唐诗,卷二至卷五选盛唐诗,卷六至卷八选中唐诗,卷九、卷十选晚唐诗。共计选诗二百五十首。

三、本书注释分为三部分:(1)题解,在诗题下面,解释诗题的词义与写作背景。(2)注释,解释词句的意义,在此基础上再作整句串讲,以期有利于培养读者的古汉语阅读能力。(3)评析,分析评述诗篇的思想、艺术特色与成就;并注意通过比较,揭示诗篇的文学渊源与影响,帮助阐发作品的思想艺术特色。

四、本书按作家时代先后次序排列。每一作家下有小传,力求简明扼要。同一时期的作者,不严格按照生年先后序次,适当照顾风格相近者编次在一起。同一作者的诗篇次序,则先五古、七古(包括杂言),次五律、七律,再次五绝、七绝。

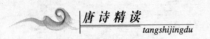

五、本书选诗以短篇（绝句、八句律诗）为主，中篇次之，长篇仅选三首（杜甫《北征》，白居易《长恨歌》、《琵琶行》）。

六、本书注释，注意客观准确，避免主观臆测和随意发挥，力求有较强的科学性。选篇、注释，注意明白浅显，使广大读者容易读懂。科学性、通俗性是本书编注工作中所努力追求的两个重要目标。

七、清代蘅塘退士（孙洙）所编《唐诗三百首》，流传广泛。该书所选诗歌，大部分确为名篇佳什，但也有少数篇章并不精彩。本书选篇与之重复者为一百一十三首。书末附录本书与《唐诗三百首》重复篇目表一份，供读者参照。

# 卷一 初唐诗

## 虞世南 一首

虞世南(558—638),字伯施,越州余姚(今浙江省余姚市)人。隋时任秘书郎。唐贞观年间历任员外散骑侍郎、弘文馆学士、秘书监,封永兴县子。唐太宗称其有五绝:德行、忠直、博学、文词、书翰。

### 蝉

垂緌饮清露①,流响出疏桐②。居高声自远,非是藉秋风③。

【题解】

这是一首咏物诗,作者借咏蝉写出一种高洁的情怀和人格境界。

【注释】

① 緌(ruí),蝉腹下的针喙,用以吸露饮水。② 流响句:流响,指蝉鸣声。疏桐,树叶稀疏的梧桐树。这句是说,蝉鸣从桐树阴中散发出来。③ 居高二句:藉,同"借"。二句是说,蝉声所以传播得远,是因为蝉栖身高树,而不是借助秋风。

【评析】

　　蝉居高食洁,吸风饮露,被认为是一种高洁的昆虫。这首小诗托物寓意,巧用比兴,在对鸣蝉形象的刻画中,寄寓着一个人生的哲理:立身高洁,自然声名远播,而无须借助任何外力。诗中物象与主旨融合无间,风格平易自然。

# 王　绩 一首

　　王绩(585—644),字无功,绛州龙门(今山西省河津县)人。隋时任扬州六合县丞。入唐为太乐丞,不久弃官隐居。因曾躬耕于东皋,时人号为东皋子。有《东皋子集》。

## 野　望

　　东皋薄暮望①,徙倚欲何依②。树树皆秋色,山山唯落晖。牧人驱犊返,猎马带禽归③。相顾无相识,长歌怀采薇④。

【题解】

　　本篇可能作于隋末乱世,诗中描写了恬静闲适的田园风光,同时又流露出诗人内心的苦闷彷徨。

【注释】

　　① 东皋,王绩隐居游息之地,在今山西省河津县。皋,水边高地。《旧唐书·隐逸传·王绩》:"绩尝躬耕于东皋,故时人号东皋子。"薄暮,傍晚时分。② 徙倚,彷徨徘徊貌。③ 牧人二句:犊,小牛。二句是说,傍晚时分,牧人们赶着牛犊,猎手们骑着马带着猎物

回来了。④ 长歌句：采薇，采摘薇菜。薇，一种多年生草本植物，嫩苗可作蔬菜。本句典出《史记·伯夷列传》，武王灭殷，伯夷、叔齐义不食周粟，隐居在首阳山，采薇而食，歌曰："登彼西山兮，采其薇矣。以暴易暴兮，不知其非矣。神农、虞、夏忽焉没兮，我安适归矣？于嗟徂兮，命之衰矣！"这句是说，长歌一曲怀念那隐居首阳山采薇而食的伯夷、叔齐。

【评析】

在尚未摆脱齐梁余风的初唐诗坛上，王绩的诗以简淡萧疏、朴素自然而独树一帜。这首诗便是王绩诗歌的代表作。中间二联描写恬静的田园风光。"树树"二句落笔于自然景物，"牧人"二句着墨于村人的活动。动静交织，远近配合，偶对工稳。与一般田园之作不同，本篇并非单纯赞美自然风光。从诗中徙倚无依、相顾无识、长歌采薇的诗人形象以及秋色、薄暮、落晖的黯淡景象中，能感受到诗人内心的彷徨苦闷和孤独寂寞。

## 王 勃 三首

王勃（650—675），字子安，绛州龙门（今山西省河津县）人。早年曾担任沛王府修撰。因戏作《檄英王鸡文》触怒唐高宗，被迫离开王府，客居剑南。后任虢州参军。上元二年（675），往交趾（在今越南河内一带）看望父亲，渡南海时，落水而卒。他与杨炯、卢照邻、骆宾王以文学齐名，并称"初唐四杰"。他的诗歌格调高华，气骨健朗。有《王子安集》。

### 滕 王 阁

滕王高阁临江渚①，珮玉鸣鸾罢歌舞②。画栋朝飞南浦云,珠帘暮卷西山雨③。闲云潭影日悠悠,物换星移几度秋④。阁中帝子今何在⑤,槛外长江空自流⑥。

【题解】

唐高宗上元二年(675)九月,王勃往交趾看望父亲,路过洪州(治所在今江西省南昌市),恰逢当地官员大宴于滕王阁。王勃参与盛会,即席撰成《滕王阁序》并诗。诗中描写了滕王阁周围的美丽景色,抒发了江山依旧,人事已非的感慨。滕王阁,故址在今江西省南昌市,前临赣江,唐高宗显庆四年(659)滕王李元婴为洪州都督时所建。

【注释】

① 江,指赣江。渚(zhǔ),江中小洲。② 珮玉句:珮玉,身上佩挂的玉器。珮,同"佩"。鸾,一种车铃。这句是说,当年滕王阁上轻歌曼舞,环珮叮咚的热闹场面早已归于一片沉寂。③ 画栋二句:画栋,雕饰华美的栋梁。南浦,地名,在今江西省南昌市西南。珠帘,用珍珠连缀而成的窗帘。西山,又名南昌山,在今江西省新建县西。二句是说,滕王阁朝朝暮暮白云缭绕,细雨濛濛,一派空寂景象。④ 闲云二句:潭影,指悠闲的白云在江中水深处的倒影。悠悠,兼有悠闲、悠长义。物换星移,景物交替、星斗转移,指时光迁逝。二句是说,江山风物虽然依旧,人世间却在不知不觉间已经换了几度春秋。⑤ 帝子,指滕王李元婴。⑥ 槛,栏杆。长江,指赣江。

【评析】

本篇以景写情,用对比手法,抒发沧桑之感。首句以高阁临江起兴。颔颈二联着重写滕王阁及其周围景色。画栋珠帘为阁中物象,云影白日则为阁外风光。"珮玉鸣鸾"以往昔的繁盛热闹衬出今日之空旷冷寂。颈联则以江山之恒常与时光的流逝构成对比,使人油然而生不胜今昔之感。尾联以一问抒发感慨,回味不尽。

# 送杜少府之任蜀川

城阙辅三秦,风烟望五津①。与君离别意,同是宦游人②。海内存知己,天涯若比邻③。无为在歧路,儿女共沾巾④。

【题解】

友人将要远赴蜀地任职,于是作者就写了这首诗为他送行。诗中既抒发惜别之情,又洋溢着一种高昂豪迈的风调。杜少府,作者友人,生平名氏不详。少府,县尉。之任,赴任。蜀川,指今四川省成都市一带。一作蜀州。据《旧唐书·地理志四》,蜀州为武后垂拱二年(686)分益州四县置,此时王勃已卒,故以"蜀川"为是。

【注释】

① 城阙,城郭宫阙,代指长安。阙,宫门前的楼观。辅三秦,意为以三秦护卫长安。三秦,指关中地区,在今陕西省境内。项羽破秦入关,三分关中之地,以秦降将章邯为雍王,领咸阳以西之地;司马欣为塞王,领咸阳以东至黄河之地;董翳为翟王,领上郡之地,合称三秦。风烟,风尘烟霭。五津,四川灌县至犍为岷江上的五个渡口,即白华津、万里津、江首津、涉头津、江南津。② 与君二句:宦游人,在外求官任职的人。二句是说,你我同是宦游之人,离别的心情彼此是相同的。③ 海内二句:比邻,近邻。二句是说,只要四海之内还有知己存在,彼此相念,即使分处天涯海角,仍犹比邻而居。④ 无为二

句:歧路,岔道口。二句是说,不要像小儿女那样站在歧路口,因为离别而哭哭啼啼泪湿手巾。

【评析】

　　一般送别诗往往写得黯然神伤,王勃的这首诗虽然也是客中送客,却以豪迈昂扬之情劝慰友人。中间四句写得自然流畅。颈联气象阔大,声调响亮,意境高远,诚为千古名句。曹植《赠白马王彪》有句云:"丈夫志四海,万里犹比邻。恩爱苟不亏,在远分日亲。"王勃诗句从曹诗化出。

## 山　中

　　长江悲已滞,万里念将归①。况属高风晚②,山山黄叶飞。

【题解】

　　本篇可能作于唐高宗咸亨二年(671)王勃客居巴蜀时期。秋天到了,他睹物伤情,不由得动了归思之念。

【注释】

　　① 长江二句:意思是说,忧伤自己久居蜀地,滞留在长江边;思念能即将回归万里之外的家乡。② 高风,秋风,因秋高气爽,故称。

【评析】

　　这首诗是客居思归之作。悲滞念归为一篇之主,前二句点明远游思归的主题;后二句写傍晚群山黄叶在萧瑟的秋风中飞舞凋落,凄凉的景色有效地衬托了悲怆的感情。全诗境界开阔,声调高昂,在苍凉中又有豪放气势。

## 骆宾王 二首

骆宾王(640？—684？)，婺州义乌(今浙江省义乌县)人。唐高宗时，任长安主簿。武后时，因多次上疏言事，降为临海丞。徐敬业起兵反武则天，他任其僚属，曾起草讨武檄文。敬业兵败，他下落不明。与王勃、卢照邻、杨炯并称"初唐四杰"，擅写七言歌行。有《骆临海集》。

### 在狱咏蝉

西陆蝉声唱①，南冠客思侵②。那堪玄鬓影③，来对白头吟④。露重飞难进，风多响易沉⑤。无人信高洁，谁为表予心⑥。

【题解】

唐高宗仪凤三年(678)，骆宾王在侍御史任上，屡次上疏议政，触怒武后，被诬下狱。这年秋天，作者在狱中闻蝉声而有感，写下了这首诗。诗中以蝉自喻，表达了忠而见诬、含冤莫辩的一腔悲愤。

【注释】

① 西陆，秋天。《隋书·天文志中》："日循黄道东行，一日一夜行一度，三百六十五日有奇而周天。行东陆谓之春，行南陆谓之夏，行西陆谓之秋，行北陆谓之冬。"又《太平御览》卷二四引《易通统图》："日行西方白道曰西陆。"② 南冠，原指南方人戴的帽子，后借指囚犯，这里是作者自指。典出《左传·成公九年》："晋侯观于军府，见钟仪，问之曰：'南冠而絷者，谁也？'有司对曰：'郑人所献楚囚也。'"客思，思乡之念。

侵,侵袭。③ 玄鬓,传说魏文帝宫人巧于装饰,鬓发轻盈如蝉翼,称作"蝉鬓"。玄鬓即指"蝉鬓",这里指代蝉。玄,黑色。④ 白头,时作者四十尚不足,因含冤系狱,至满头白发,这是作者自指。吟,指蝉鸣。⑤ 露重二句:露重、风多,比喻自己环境险恶;飞难进、响易沉,比喻自己遭遇悲惨。二句是说,蝉翼因沾着露水而难以飞行,蝉鸣为风声所淹没。⑥ 无人二句:高洁,清高洁净。古人认为,蝉"居高食洁",吸露饮水,是一种高洁的昆虫。谁为,谁能替我。二句是说,没有人相信我有着高洁的节操,又有谁能替我表白我的一片诚心呢。

【评析】

本篇名为咏蝉,实为咏怀,作者以蝉自喻,语多双关。笔笔写蝉,却又字字关涉自己的人格、感情、处境。亦物亦我,物我浑融,深沉含蓄,意在言外。全篇四联,前三联均对仗。律诗八句中间两联必须对仗,首尾两联可对可不对。

## 于易水送人

此地别燕丹①,壮士发冲冠②。昔时人已没③,今日水犹寒。

【题解】

本篇是一首送别诗。易水,发源于今河北省易县之北,当年燕太子丹送别荆轲就在易水之畔。该地是战国时燕国的南部边境。《史记·刺客列传》说当时送行的人都穿白衣戴白帽,荆轲慷慨歌曰:"风萧萧兮易水寒,壮士一去兮不复还。"作者在这里送客,自然就联想起这一段历史。他热烈地歌颂了荆轲谋刺秦王的壮烈义举,对英雄充满了由衷的钦佩。

【注释】

① 燕丹,燕太子丹。他曾在秦国为人质,受到秦的苛待,逃归燕国后,有感于秦国蚕食诸国,燕国处境危弱,遂遣荆轲入秦行刺。② 发冲冠,因为情绪激昂,以至头发直竖,把帽子都顶起来了。这是夸张的写法。《史记·刺客列传》说,人们送别荆轲时,"复为羽声慷慨,士皆瞋目,发尽上指冠"。③ 昔时人,指荆轲。没,同"殁"。

【评析】

本篇是送别诗,作者由易水送别,联想到历史上荆轲刺秦王的壮举,在对英雄的凭吊中,寄托着自己的慷慨激昂之气。古今比衬,风骨劲健,戛然作金石声。陶渊明《咏荆轲》云:"其人虽已没,千载有余情。"与本篇可谓异曲同工。

## 杨 炯 一首

杨炯(650—692),华阴(今陕西省华阴县)人。历任校书郎、崇文馆学士、盈川令。与王勃、卢照邻、骆宾王并称"初唐四杰"。擅写五言律诗。有《杨盈川集》。

## 从 军 行

烽火照西京,心中自不平①。牙璋辞凤阙,铁骑绕龙城②。雪暗凋旗画③,风多杂鼓声。宁为百夫长④,胜作一书生。

【题解】

杨炯虽无从军征战的经历,但他的诗歌中却常常洋溢着一种不甘平庸、渴望投笔从戎、建功立业的壮志豪情。这首诗表现的正是这样一种感情。《从军行》，乐府旧题，属《相和歌辞·平调曲》。

【注释】

① 烽火二句：烽火，古代边防报警的信号，白天放烟，晚上举火。西京，长安。因东汉都洛阳，长安在洛阳西，故称。不平，心潮起伏。二句是说，敌寇入侵，报警的烽火照亮了京城，面对着紧张的形势，自己心潮起伏，难以平复。② 牙璋二句：牙璋，古代发兵的一种符信，一分为二，分别掌握在朝廷和主将手中，两块相合始有效。牙，符信两半相合处。因状如齿牙参差，故称。凤阙，汉代宫阙名，这里是指长安。铁骑，身穿铠甲的骑兵。龙城，汉时匈奴地名，这是指敌人的要塞。二句是说，接受命令辞别朝廷，奔赴边疆参加战斗。③ 凋旗画，鲜艳的军旗色彩黯淡。④ 百夫长，军队中统率百人的下级军官。

【评析】

本篇紧扣"不平"二字生发。前三联兼用叙事、描写手法，刻画了烽烟突起、沙场征战的激烈场面。至尾联，始直抒胸臆，表达了诗人渴望投身战场、杀敌立功的豪迈情怀，收束全诗。写得气势充沛，慷慨激昂。

## 陈子昂 三首

陈子昂（661—702），字伯玉，梓州射洪（今四川省射洪县）人。公元684年考中进士，历任麟台正字、右拾遗。武后万岁通天元年（696），武攸宜统兵北征契丹，子昂参谋军事。攸宜指挥失误，子昂进谏献策，因此触怒攸宜，降为军曹。圣历初年，因父老解职回乡，后被当地县令陷害，忧愤而卒。陈子昂在唐诗史上首先标举风雅比兴、汉魏风骨，其诗具有丰富而充实的内容，质朴雄浑的风格，在初唐诗坛上开了新生面。有《陈子昂集》。

## 感遇（其三）

苍苍丁零塞，今古缅荒途①。亭堠何摧兀，暴骨无全躯②。黄沙幕南起，白日隐西隅③。汉甲三十万，曾以事匈奴④。但见沙场死，谁怜塞上孤⑤。

【题解】
《感遇》三十八首是陈子昂抒写平生遭遇感想的组诗，内容颇为丰富。这组诗不是一时一地之作，而是作者较长时间内作品的汇集，也是他复杂而又矛盾的思想感情的记录。本篇是其中的第三首。

【注释】
① 苍苍二句：苍苍，杂草丛生貌。丁零，古代少数民族，汉时曾属匈奴。缅，遥远。荒途，荒凉废弃的道路。二句是说，丁零塞从古到今都是遥远荒凉的地方。② 亭堠二句：亭堠(hòu)，边境上用来监视敌情的岗亭。摧兀，孤高耸立貌。暴(pù)骨，尸骸暴露在野外。二句是说，丁零塞上岗亭孤零零地矗立着，战死者的尸体断肢折臂暴露于原野。③ 黄沙二句：幕，通"漠"，沙漠。西隅，西方日落处。二句是说，茫茫沙漠里黄沙弥漫，这时太阳渐渐西落。④ 汉甲，汉朝军人，这里是以汉喻唐。甲，战甲，指代战士。事匈奴，同匈奴打仗。⑤ 但见二句：塞上孤，丁零塞的孤儿。二句是说，人们只知道大量士兵战死沙场，谁能想到在边塞上还有无数可怜的孤儿而加以怜惜呢？

【评析】
本诗以古喻今，借汉朝对匈奴的战争，抨击唐朝统治者的边境扩张战争给人民带来的灾难。全诗可分两大部分。前六句描写展示了丁零塞的一派苍凉惨切的场面、气氛，有着很强的艺术感染力。后四

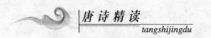

句转为叙事、议论,是全诗的结穴处。内容深沉,语言质朴刚健,是陈子昂思想性、艺术性俱高的作品之一。

## 蓟丘览古赠卢居士藏用·燕昭王

　　南登碣石馆①,遥望黄金台②。丘陵尽乔木,昭王安在哉③。霸图怅已矣④,驱马复归来。

【题解】

　　万岁通天元年(696),陈子昂随武攸宜北征契丹。攸宜指挥不当,陈子昂屡次进言,却触怒攸宜,贬为军曹。子昂满怀忧愤,因登蓟丘,想起战国燕昭王礼贤下士的事迹,不禁感慨万千,写下《蓟丘览古》七首,本篇是第二首。蓟丘,在今北京市德胜门外。卢藏用,字子潜,幽州范阳(今河北涿县)人。子昂友人。累官黄门侍郎、尚书右丞。先天中,以附太平公主流配岭表。因早年曾隐居终南山,故称居士。燕昭王,名平,燕王哙之子。时燕为齐所破,失去不少城池。昭王卑身厚币招纳贤士,师事郭隗,于是乐毅、邹衍等一大批士人争奔趋赴,燕国由此日趋富强,终复故地。

【注释】

　　① 碣石馆,即碣石宫。这是燕昭王为礼遇邹衍所筑的宫室,故址在今北京市大兴县。② 黄金台,相传燕昭王为了延请天下贤士,修筑高台,上置千金以赐有功者,故名黄金台。故址在今河北省易县东南。③ 丘陵二句:丘陵,连绵起伏的山坡。乔木,高大的树木。安在哉,在哪里呢。二句是说,起伏的丘陵上都是高大的树木,当年礼贤下士的燕昭王如今在哪里呢? ④ 霸图句:霸图,称霸天下的壮志。已矣,完了。这句是感叹燕昭王已经不在了,一切宏图伟业都已无从

谈起。

【评析】

本诗借凭吊古人、缅怀前贤,抒发作者明君已逝、壮志难伸的忧愤。前四句为登览所见,在今昔对比中引发昭王安在的感慨。末二句以伤今作结,一个怀才不遇、报国无门的诗人形象跃然纸上。全诗风格质朴深沉,郁勃抑塞之气充溢诗中。

## 登幽州台歌

前不见古人,后不见来者①。念天地之悠悠②,独怆然而涕下③。

【题解】

这首诗的写作时间和背景与上首一致。作者在纵目古今中表现了他宏伟开阔的胸襟,刻画了封建社会中一个正直而富有才能的知识分子没有出路的悲愤。幽州台,即蓟北楼,故址在今北京市西南。

【注释】

① 前不见二句:意思是说,自己生不逢时,像燕昭王这样礼贤下士的明君不及见,以后虽然也许还会出现,但自己还是见不到。② 悠悠:辽阔无际貌。③ 怆然:悲伤貌。

【评析】

诗人对燕昭王这样礼贤下士的明君无限钦慕。他登楼远眺,深感自己生不逢时,没能遇到燕昭王这样尊重人才的明君。面对着茫茫宇宙、辽阔天地,不禁感到孤单寂寞,悲从中来,怆然落泪了。本诗前二句俯仰古今,写出时间之绵长。第三句登楼眺望,写出空间之辽阔。第四句以前三句所写广阔无垠的时空为背景,描绘了诗人孤单寂寞悲哀苦闷的情绪,显得形象格外鲜明,富有感染力。全诗充溢着一种苍凉悲壮、沉郁雄浑的气氛。

### 苏味道 一首

苏味道(648—705),赵州栾城(今河北省栾城县)人。历任凤阁侍郎、同凤阁鸾台三品。武后神龙初年,因依附张易之兄弟被贬为眉州刺史,死于任所。他与李峤、崔融、杜审言并称"文章四友"。

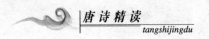

火树银花合①,星桥铁锁开②。暗尘随马去③,明月逐人来④。游伎皆秾李,行歌尽落梅⑤。金吾不禁夜,玉漏莫相催⑥。

【题解】

正月十五是元宵节。旧俗,这一天夜晚人们张灯结彩,游街观灯,官府放松禁令,通宵狂欢,是一年中比较重要的节日。本篇就是写当时京城长安元宵之夜的喜庆场面。

【注释】

① 火树银花,花草树木间点缀着彩灯,放射出灿烂的光华,故称。② 星桥,桥上饰有彩灯,远望如星,故称。铁锁,指锁住桥门,禁止行人过桥的锁。③ 暗尘,指马蹄扬起的尘土。④ 逐人,跟着人。⑤ 游伎二句:游伎,逛街的歌伎。秾李,盛开的李花。典出《诗经·召南·何彼

袂矣》:"何彼袄矣,花如桃李。"这是形容游伎服饰的华丽。落梅,曲调名,即《梅花落》。二句是说,街上人流如织,打扮入时的歌伎们一边走一边唱着《梅花落》的歌曲。⑥金吾二句:金吾,执金吾,掌管京城治安的官员。玉漏,一种玉制计时器。漏,漏壶。由播水壶和受水壶组成,受水壶内插有标杆,杆下有箭舟。水由播水壶注入受水壶,水长舟高,视所刻符号指示时辰。二句是说,今夜是元宵佳节,连官府都不禁止游人通宵狂欢,希望时间能流逝得慢些。

【评析】

本篇以赋为主,着重写长安城元宵节夜景。前三联分别从不同方面展现了节日夜景的璀璨缤纷、游人如织、彻夜狂欢的盛况,充分展示了京城繁华热闹的景象。尾联写留恋佳节,希望光阴放慢脚步的心情。前三联对仗工整,于流金溢彩中见流丽畅达。唐时人们非常重视元宵节,文人赋诗吟咏者颇多,本诗是其中的佼佼者。

## 韦承庆 二首

韦承庆(640—706),字延休,郑州阳武(今河南省原阳县)人。中进士后曾任雍王府参军。武后长安年间(701—704),官至凤阁侍郎同平章事。中宗神龙初,因依附张易之,贬为高要尉。后召回,任秘书少监。

## 凌朝浮江旅思

天晴上初日①,春水送孤舟②。山远疑无树,潮平似不流③。岸花开且落,江鸟没还浮④。羁望伤千里⑤,长歌遣客愁⑥。

【题解】

　　本诗表现作者远离家乡,在旅途中的愁思,可能是作者被贬去高要(今广东省高要市)时的作品。凌朝,清晨。浮江,指乘船浮于江上。

【注释】

　　① 初日,朝阳升起。② 孤舟,指作者所乘之舟。③ 山远二句:远山看去一片朦胧,好像山上没有生长树木;风平浪静,江水恍如没有流动。④ 岸花二句:江边岸上的花,有的正在开放,有的正在坠落;江中水鸟,一会儿沉没水中,一会儿又浮出江面。⑤ 羁,旅居。千里,形容路途遥远。⑥ 长歌句:放声歌唱以排遣客居异乡的愁思。

【评析】

　　全诗明净自然。中间四句写景,细致真切。五六两句尤觉体察物情之妙。

## 南 行 别 弟

　　澹澹长江水①,悠悠远客情②。落花相与恨③,到地一无声。

【题解】

　　作者于神龙初被贬为高要尉,离开京城南行,本诗当是与其弟分手时所作。

【注释】

　　① 澹澹(dàn dàn),水波摇动貌。② 悠悠,思绪绵长。③ 相与恨,指落花与人同有怨恨。

【评析】

全诗情景交融,打成一片。上二句以江水广阔,引出作者远行的愁思。第三句说落花辞条坠落,比喻作者离家别弟,均有恨意。末句说落花坠地,略无声息,似是比喻作者心情悲怆,但一下子说不出话来。孟郊《古怨别》:"含情两相向,欲语气先咽。心曲千万端,悲来却难说。"把这种情绪表现得更为明朗。

## 杜审言 二首

杜审言(646?—708?),字必简,祖籍襄州襄阳(今湖北省襄阳县),从祖父起迁居巩县(今河南省巩县)。中进士后,历任洛阳丞、著作佐郎等职。中宗神龙初,因依附张易之被流放峰州(在今越南境内)。不久召回,任修文馆直学士。与李峤、崔融、苏味道并称"文章四友"。诗多律体,尤善五言律诗,与沈佺期、宋之问同为律诗的奠基人。

## 和晋陵陆丞早春游望

独有宦游人,偏惊物候新①。云霞出海曙,梅柳渡江春②。淑气催黄鸟,晴光转绿蘋③。忽闻歌古调④,归思欲沾巾⑤。

【题解】

本篇是对朋友诗作的酬答,在对早春景物的描写中流露了宦游人的绵绵归思。晋陵,唐县名,在今江苏省常州市一带。陆丞,作者友人,职任县丞,生平名氏不详。

【注释】

① 独有二句：宦游人，在外求官的人。偏，特别。物候，景物、风物。二句是说，只有游宦在外的人，才对自然景物的变化特别地敏感。② 云霞二句：清晨，太阳从海上升起，阳光照着云彩，弥散成五色霞光，天亮了；春色渐浓，梅花、柳树间的春意，正从江南渡江而北。③ 淑气二句：淑气，春天温暖的气息。黄鸟，黄莺。绿𬞟，一种绿色的水草。二句是说，春天的暖气催促黄莺在枝头啼唱；明媚的阳光在绿色的𬞟草上闪动。④ 古调，指陆丞的原诗，是赞誉他的诗有古诗的格调。⑤ 归思，思家之念。

【评析】

这首诗从"宦游人"的角度，来抒写对早春风物的独特感受。"偏惊"一句为全诗中心，而"惊"字更是诗眼。颔联、颈联均写物候之新。春临大地，欣欣向荣，一派盎然生机。"云霞"两句，气象尤为阔大。至尾联，陡然一转，在明媚春光中忽然听到有人歌唱，猛然触动了思乡之念，从而与首联中的"惊"字相呼应，收束全诗。本篇以早春景色的美好，来反衬游子思乡的凄苦，准确而又细致地捕捉住了"宦游人"微妙婉曲的心理变化。

## 渡　湘　江

迟日园林悲昔游，今春花鸟作边愁①。独怜京国人南窜，不似湘江水北流②。

【题解】

本篇是作者远流峰州途中经过湖南湘江时所作。作者抚今追昔，不胜感慨，抒发了负罪南迁的哀伤和对家乡的怀念。

【注释】

① 迟日二句：迟日，春天白昼渐长，似日行迟缓。语出《诗经·豳风·七月》："春日迟迟，采蘩祁祁。"悲昔游，回忆起昔日游春情景，感到悲伤。边愁，流放边远的愁绪。二句是说，春天来了，不禁回想起从前此时在园林中的漫游，而今春天的花鸟却反而使自己涌起无穷的边愁。② 独怜二句：京国，京城。南窜，流放南方。杜审言于中宗神龙初因交通张易之被流放峰州。二句是感叹在美好的春光中自己却被流放南方，不能像湘江一样向北流去。

【评析】

这首诗触景生情，通篇用对比反衬手法。首二句既是今昔对比，又是情景对比。三四两句则将人的"南窜"与江水的北流构成对比，来突出远流边地的凄苦之情。全诗以景写情，在景色描写中渗透着浓烈的感情色彩，美好的春光中却浸染着愁苦的心绪。四句中以"独怜"句为中心生发展开，而以其他三句的景语作烘染。

## 宋之问 二首

宋之问（656？—712？），字延清，一名少连，虢州弘农（今河南省灵宝县）人，一说汾州（今山西省汾阳县）人。武则天时任奉宸内供奉。后因依附张易之贬为泷州参军。不久逃归洛阳。睿宗时流徙钦州（今广西壮族自治区钦州市）。玄宗先天年间在徙所被赐死。他与沈佺期并以格律精严、属对工稳的近体诗著称，时人号为"沈宋"，近体格律到他们手里才得到定型。有《宋之问集》。

### 度大庾岭

度岭方辞国①，停轺一望家②。魂随南翥鸟，泪尽北枝花③。山雨初含霁,江云欲变霞④。但令归有日,不敢恨长沙⑤。

【题解】

本篇作于唐中宗神龙元年(705)春被贬泷州(今广东省罗定县)途中,诗中抒发了负罪贬谪的忧伤情绪。大庾岭,在今江西省大庾县、广东省南雄县交界处,为岭南、岭北的交通咽喉,相传汉武帝时有庾姓将军曾在此筑城,故有此称。

【注释】

① 度岭句:国,邦国,此处指黄河、长江流域一带的国土。古人往往认为岭南是蛮荒之地,到岭南就是离别了故国。这句说,越过大庾岭南下,方才辞别了故国。② 轺(yáo),一种轻便马车。③ 魂随二句:南翥(zhù)鸟,指南飞的大雁。传说南飞的大雁至大庾岭而折返北方。宋之问《题大庾岭北驿》:"阳月南飞雁,传闻至此回。"北枝花,岭北之花。据说由于气候寒暖迥异,大庾岭上梅花南枝已落,而北枝犹开。宋之问因家在北方,故见北枝花开,就触动乡关之思。二句触景生情,见到南雁北返和北枝花开不禁伤心落泪。④ 山雨二句:霁,雨止天晴。二句是说,山雨初歇,天放晴了,江上云层在日光的照耀下弥散成五彩霞光。⑤ 但令二句:恨长沙,用《史记·屈贾列传》中贾谊典故。贾谊因受到朝中老臣的排挤,出为长沙王太傅。因长沙卑湿,自以寿不得长,郁郁不乐。二句是说,只要回归有日,即使谪居南方也就很知足了,决不会像贾谊一样心怀不满。

【评析】

首联叙事,"望家"二字是全篇眼目,全诗由此生发。颔联、颈联,以景语为主,但景中有情。"魂随"两句,睹物伤情,"魂随"、"泪尽"刻画出诗人惊心落魄的形象。"山雨"两句于黯淡中透出亮色。诗人于自然景色的变化中联想到自己南迁的遭遇或许也会改变,因而顺理成章地想到北归。尾联点题,直抒胸臆,以北归有日宽慰自己。

## 渡 汉 江

岭外音书断,经冬复历春①。近乡情更怯,不敢问来人②。

【题解】

这首诗是作者于神龙元年(705)从泷州逃归洛阳时所作,表现了他返回家乡时的复杂心情。汉江,即汉水。本篇作者一作李频,误。

【注释】

① 岭外二句:岭外,岭南,指五岭以南。二句是说,谪居岭南与家人断了书信,已经有一年了。② 近乡二句:虽然离家的距离越来越近,心情却越来越紧张不安,以至不敢向来自故乡的人打听家中的消息。

【评析】

起首二句交代与家人音信断绝已经有很长时间了,以此为下文铺垫。三、四两句是全诗的重心所在,写他返回家乡时的复杂心情,既迫不及待地想要知道家里的一切,又担心听到的是不好的消息,内心徘徊在欲知与不敢知的矛盾中。这种看似反常的表现非身历其境者不能道,也是这首诗引起人们共鸣的所在。

### 沈佺期 二首

沈佺期(?—713),字云卿,相州内黄(今河南省内黄县)人。唐高宗上元二年(675)进士。武后时官至考功员外郎,因依附张易之被流放到驩州(在今越南北部)。中宗神龙年间,任起居郎,加修文馆直学士。他与宋之问齐名,时人称"沈宋"。在唐诗发展史上,他们以属对工稳、格律精严的近体诗著称,近体格律到他们手里才趋于定型。有《沈佺期集》。

## 夜宿七盘岭

独游千里外,高卧七盘西。山月临窗近,天河入户低①。芳春平仲绿②,清夜子规啼③。浮客空留听,褒城闻曙鸡④。

【题解】

诗写作者夜宿七盘岭的见闻感受,流露出他夜深不寐的惆怅。七盘岭,山名,在今陕西省勉县。

【注释】

① 山月二句:天河,银河。二句是说,宿处很高,月亮好像就在窗边,银河仿佛要进到房间里来。② 平仲,树名,果实呈银白色,即银杏。③ 子规,杜鹃鸟。这种鸟鸣声哀怨,似言"不如归去"。④ 浮客二句:浮客,游子。褒城,地名,故城在今陕西省勉县东北。二句是说,作者听了一夜的子规悲鸣,这时山下褒城中远远传来了雄鸡报晓的啼声。

【评析】

本篇以写景为主,但景中有情,有作者浓厚的主观感受。山月、天河、绿树、鸣鸟,构成了作者山上住处一带明净、清幽、美丽、凄凉的氛围和环境,引发了远离故乡、独处异地的游子的悲凉情绪。"山月"两句写月近、河低,写出了作者身处高岭的真实感觉。李白《蜀道难》

写蜀道之高峻有曰:"扪参历井仰胁息。"写法相似。

## 古意呈补阙乔知之

卢家少妇郁金堂①,海燕双栖玳瑁梁②。九月寒砧催木叶,十年征戍忆辽阳③。白狼河北音书断,丹凤城南秋夜长④。谁为含愁独不见,更教明月照流黄⑤。

【题解】

这是一首闺怨诗,表现闺妇对久戍边疆的丈夫的思念和独处的悲伤。本篇又名《独不见》,系乐府旧题,《乐府诗集》收入《杂曲歌辞》。补阙,职官名,职掌讽谏。乔知之,同州冯翊(今陕西省大荔县)人,武则天时官右补阙,迁左司郎中,后为武承嗣所杀。

【注释】

① 卢家句:卢家少妇,传说中的美女莫愁。郁金堂,以郁金香浸酒和泥涂壁的堂屋。这句典出梁武帝萧衍《河中之水歌》,歌曰:"河中之水向东流,洛阳女儿名莫愁。莫愁十三能织绮,十四采桑南陌头,十五嫁为卢郎妇,十六生儿字阿侯。卢家兰室桂为梁,中有郁金苏合香。"② 海燕,燕子的别称,因燕子产于南方,渡海而来,故称。玳瑁梁,画有玳瑁斑纹的屋梁。玳瑁,一种形状似龟的海中动物,背甲光滑,呈褐色或淡黄色相间的花纹。③ 九月二句:寒砧,捣衣石。古代裁制衣服前先要将布帛放在砧上捶打,使之熟软,以便裁剪。征戍,守卫边疆。辽阳,在今辽宁省辽阳市一带。二句是说,天气转寒,闺妇要为征人赶制冬衣。秋风里,在捣衣声中,树叶纷纷飘零,不禁思念出征辽阳、十年不归的丈夫。④ 白狼河,即今大凌河,在今辽宁省锦县东。丹凤城,唐时长安大明宫正南门为丹凤门,此借指长安。

⑤ 谁为二句：独不见，独处而不能与丈夫相见。更教，更使。流黄，褐黄色的织物。二句是说，闺妇本来就因独处不能与丈夫相见而愁绪满怀，哪里想到月光偏偏还要照着流黄，使人更添愁思。

【评析】

　　本篇刻画少妇独守空闺的哀怨愁思。首联起兴，点出人物，却以"海燕双栖"来反衬、暗示少妇的独守空闺。颔联、颈联抒写闺怨之由：十年征戍、音书断绝，一写闺妇裁制寒衣，一写征人远戍边塞，又以寒砧、落叶、秋夜沉沉来作气氛的渲染，使人感受到少妇的孤独寂寞。尾联在此基础上直抒胸臆，写出人物的内心独白。全诗格律精严，音节响亮，一气流转，圆润灵通，是初唐时代七言律诗的杰出篇章。

# 卷二 盛唐诗

**张若虚** 一首

张若虚(生卒年不详),扬州(今江苏省扬州市)人,曾任兖州兵曹。唐中宗神龙年间与贺知章、贺朝、万融、邢巨、包融,俱以吴越之士,文词俊秀,名扬京师。又与贺知章、张旭、包融合称"吴中四士"。

## 春江花月夜

春江潮水连海平,海上明月共潮生①。滟滟随波千万里,何处春江无月明②。江流宛转绕芳甸,月照花林皆似霰③。空里流霜不觉飞④,汀上白沙看不见⑤。江天一色无纤尘⑥,皎皎空中孤月轮。江畔何人初见月,江月何年初照人。人生代代无穷已,江月年年只相似⑦。不知江月待何人,但见长江送流水。白云一片去悠悠,青枫浦上不胜愁⑧。谁家今夜扁舟子⑨,何处相思明月楼。可怜楼上月徘徊,应照离人妆镜台⑩。玉户帘中卷不去⑪,捣衣砧上拂还来。此时相望不相闻,愿逐月华流照君⑫。鸿雁长飞光不度,鱼龙潜跃水成文⑬。昨夜闲潭梦落花,可怜春半不还家⑭。江水流春去欲尽,江潭落月复西斜。斜月沉沉藏海雾,碣石潇湘无限路⑮。不知乘月几人归,落月摇情满江树⑯。

【题解】

《春江花月夜》,乐府旧题,为清商曲辞中吴声歌曲,始创于陈后主。内容多写景色和艳情。本篇对传统题材作了改造,在对月夜景色描写的基础上熔铸了哲理的思考和游子思妇的深情。境界阔大,情韵绵邈,成为千古传诵的名篇。

【注释】

① 春江二句:连海平,和大海相通,水平面与大海一样平。共,和……一起。二句是说,春天江水上涨,水面开阔,与大海相连;一轮明月在阵阵海潮的伴随下正冉冉上升。② 滟滟二句:滟滟,水光荡漾貌。二句是说,开阔无边的江面上,月光随着波涛荡漾起伏,明亮的月色无处不在。③ 江流二句:芳甸,鲜花盛开的原野。霰,雪珠。二句是说,江流弯弯曲曲环绕着开满鲜花的原野,月光洒在花林中好像蒙上了一层白色的雪珠。④ 空里句:这句是形容月色的皎洁,如同秋霜,说是秋霜,人们却没有从天而降的感觉。⑤ 汀上句:意思是说在月光的笼罩下一片洁白,以至连岸上的白沙也分辨不出来。⑥ 江天句:月光照耀下的江水和天空都呈现为一尘不染的白色。⑦ 人生二句:已,止息,穷尽。二句是说,人类一代又一代地递嬗更替永无止息,而江畔的明月却是永远不变的。⑧ 白云二句:青枫浦,地名,在今湖南省浏阳县境内,此处泛指离别之地。不胜,承担不起,不能忍受。二句是以白云远去,喻游子远行,青枫浦上离愁萦结。⑨ 扁(piān)舟,小船。⑩ 可怜二句:月徘徊,月光移动貌。妆镜台,

女子的梳妆台。二句是说,月光在闺妇的屋里移动,月色照在梳妆台上,暗示闺妇长夜无眠。⑪ 玉户,窗户。⑫ 此时二句:逐,追随,随着。月华,月光。二句是说,人隔两地,彼此都能望到同一轮明月,却不能听到对方的声音,渴望能随着月光去到爱人的身旁。⑬ 鸿雁二句:长飞,犹高飞。光不度,穿越不过月光。潜跃,在水底翻腾跳跃。二句是说,鸿雁高飞却难以飞越月光,水中鱼龙在水底翻跃也不过激起阵阵水波而已。⑭ 昨夜二句:闲潭,寂静的江边。二句是说,昨夜梦见花落江畔,春天将要过去,然而自己却还不能回家。⑮ 斜月二句:碣石,山名,在今河北省昌黎县,这里泛指北方。潇湘,湘水的别称,这里泛指南方。二句是说,月亮渐渐西沉,消失在晨雾之中,游子、思妇天各一方,路途遥远。⑯ 落月句:月色洒满江边树丛,牵动了人们多少离情别绪。

【评析】

　　这首诗以月光统领全篇,将春江花月夜的美好景色与对人生的思考和离情别绪的抒发有机地交织在一起。全诗可分三层。起首至"皎皎空中孤月轮"为第一层,紧扣题目,描写了春江花月夜的美丽景色,展现了一个澄澈空明、纤尘不染的世界。从"江天一色无纤尘"到"但见长江送流水"为第二层,由景入情,从明月之永恒联想到人生之短暂,进入对宇宙和生命的沉思,诗境和意味因此开阔深厚起来。从"白云一片去悠悠"直至篇末为第三层,转写人间游子思妇的相思别离之情。其中"鱼龙潜跃水成文"以上着重从思妇角度写,借月色徘徊、拂之不去表现她夜深不寐、相思忧心的痛苦。"昨夜闲潭梦落花"以下则侧重从游子角度写,是说斜月西沉,春事将尽,然而游子却不能回返家乡,溶溶月色勾起了无尽的思念之情。全诗情、景、理水乳交融,诗境明净空灵,迷离恍惚,语言清丽流畅。

## 张 说 一首

张说(667—731),字道济,一字说之,洛阳(今河南省洛阳市)人。历仕武后、中宗、睿宗、玄宗四朝,在武后、睿宗、玄宗三朝,均登宰相高位。以功封燕国公。朝廷重要文诰多出其手,尤长碑文墓志,文章气势雄浑,与苏颋(封许国公)并称为"燕许大手笔"。又工诗。倡导儒学与质朴文风,对盛唐诗文风气的转变起了推动作用。有《张燕公集》。

# 蜀 道 后 期

客心争日月①,来往预期程②。秋风不相待,先至洛阳城③。

【题解】
题目是说从蜀地赶回洛阳的期程拖延了。张说曾出使蜀地。

【注释】
① 客心句:意思是说,自己在蜀地的心情是与日月(时间)相争,争取早日北归。② 预期程,预先定下期限。③ 秋风二句:意思说,原本预定秋前赶到洛阳(今河南省洛阳市),结果耽误期程,秋风先我而吹到洛阳城了。

【评析】
后两句把秋风拟人化,构思新颖生动。古代北方黄河流域一带气候炎热,秋风一吹,顿觉凉爽,气候景色大变,故诗人对此颇为敏感。前此曹丕《燕歌行》即有"秋风萧瑟天气凉"之句。唐诗亦如此。

张籍《秋思》云:"洛阳城里见秋风。"刘禹锡《始闻秋风》云:"今听秋风我却回。"可以参证。

## 张九龄 一首

张九龄(678—740),字子寿,一名博物。韶州曲江(今广东省韶关市)人。历任校书郎、中书侍郎、同中书门下平章事、中书令等职,官至宰相。封始兴县伯。因直言敢谏,受李林甫排挤,贬为荆州长史。有《曲江集》。

### 望月怀远

海上生明月,天涯共此时①。情人怨遥夜,竟夕起相思②。灭烛怜光满,披衣觉露滋③。不堪盈手赠,还寝梦佳期④。

【题解】

本篇是作者在明月之夜怀念远方友人之作。

【注释】

① 天涯句:天涯,天边。这句是说,远在天边的友人,此时此刻和我一样在抬头望月。② 情人二句:情人,相思之人。遥夜,长夜。竟夕,晚上。二句是说,自己心有所念,不能成眠,便埋怨夜晚何其漫长,思念友人竟至通宵达旦。③ 灭烛二句:在屋子里,烛光熄了,只见满屋都是月光,令人怜爱;走出屋子,伫立在庭院里,却真切地感受到露水的滋长。④ 不堪二句:盈手,满满地捧在手里。佳期,美好的日子,指与远方友人相会的日子。二句是说,可惜不能捧一把月光

送给朋友,还是回到屋里,好好睡一觉,在梦中与友人相会。

【评析】

　　本篇将月色与怀远之情打并成一片,触景生情,情景交融。首联以望月起兴。颔联由景入情,由月色而起相思,竟至夜深不寐。这是扣住"怀远"来写。颈联转而再写月色。上句在室内,下句在室外,怜月爱月之情跃然纸上。但这两句只是为尾联作铺垫。尾联仍然归结到怀远的主旨上。诗以夜深不寐起,到还寝入梦结,望月与怀远两层意思交替出现,而以怀远为一篇之主,首尾呼应,章法秩然。南朝谢庄《月赋》有云:"美人迈兮音尘阙,隔千里兮共明月。"本篇首二句构思受其影响。

## 王　翰 一首

　　王翰(生卒年不详),一作王澣,字子羽,并州晋阳(今山西省太原市)人。历任秘书省正字、驾部员外郎、道州司马等职。恃才豪迈,纵酒不羁。当时诗名颇盛,杜甫有"李邕求识面,王翰愿卜邻"(《奉赠韦左丞丈二十二韵》)之句。

## 凉　州　词

　　葡萄美酒夜光杯①,欲饮琵琶马上催②。醉卧沙场君莫笑,古来征战几人回③。

【题解】

　　《凉州词》,"凉州"是乐府近代曲名,产生于唐代凉州地区,歌辞内容大抵歌咏西北边陲地区的风光与社会情况。凉州为唐代州名,州治在今甘肃省武威县。

【注释】

① 葡萄句：指用葡萄制成的美酒盛在夜光杯中。② 琵琶马上催，指有人为饮酒者在马上弹琵琶助兴。唐诗中常提及吹弹管弦乐器为饮酒者劝酒助兴。如李白《襄阳歌》："车旁侧挂一壶酒，龙管凤笙行相催。"③ 醉卧二句：二句用痛饮的兵士口吻叙说：你不要笑我痛饮后醉卧沙场，试看自古来参加征战的士卒，有几人能活着回来呢？意谓且及时痛饮作乐。

【评析】

后二句语气豪迈慷慨，表现了战士不畏死亡的豪情壮志与置生死于度外的豁达胸襟，但也隐藏着内心深处的一股悲凉情绪。

## 王之涣 二首

王之涣（688—742），字季凌，原籍晋阳（今山西省太原市），五世祖时迁居绛州（今山西省新绛县）。开元初出任冀州衡水县主簿，被诬离职。闲居、浪迹十余年。晚年补莫州文安县（今河北文安县）尉，不久卒。性豪放，工诗，与高适、王昌龄等友善。

## 凉州词

黄河远上白云间①，一片孤城万仞山②。羌笛何须怨杨柳③，春风不度玉门关④。

【题解】

本篇当是王之涣登玉门关时所作。诗题一作《出塞》。

【注释】

① 黄河句：黄河远上，一作"黄沙直上"。这句是说，黄河水流悠长，远望仿佛一直通向长天白云之间。② 一片孤城，指玉门关。万仞，形容山势极高。仞(rèn)，古代长度单位名，七尺或八尺为一仞。③ 羌笛句：羌笛，古代西北地区羌族所吹的笛。古乐府横吹曲有《折杨柳》曲，多叙离愁别绪，声调悲凉。这句表面是说羌笛吹奏哀怨的《折杨柳》曲，实际是说人们不须怨叹边塞地区春天还看不到杨柳发青。④ 玉门关，唐代关址，在今甘肃省安西县东，为通向西域的关口。

【评析】

本诗上二句描写玉门关一带壮阔荒寒的景色，气象雄伟。下二句掉转笔头，以劝说的口吻道：既然西北边陲地区十分寒冷，温暖的春风没有吹度玉门关，自然看不到杨柳青青，人们何须在羌笛中吹奏哀怨的《折杨柳》曲调呢！词句委婉曲折，蕴含着对边地荒寒、人们生活环境艰苦的同情。本诗以壮阔雄伟的景象、精炼含蓄的语言，表现了西北的边塞风光和人们的哀怨之情，成为唐代边塞诗的一首杰作，为历代所传诵。唐诗中往往有以春天不见青青杨柳来指陈西域一带的荒寒。高適《送浑将军出塞》云："关西不见春杨柳。"李白《塞下曲》云："五月天山雪，无花只有寒。笛中闻折柳，春色未曾看。"均可参照。

## 登鹳雀楼

白日依山尽①，黄河入海流②。欲穷千里目，更上一层楼③。

【题解】

鹳雀楼，故址在今山西永济市（唐为蒲州）城上。楼有三层，前对中条山，下临黄河。鹳(guàn)，鹤一类的水鸟。本诗作者，有的本子署为朱斌。

【注释】
① 白日句：白日，指太阳。这句说太阳下山。② 黄河句：黄河水波滚滚，东奔大海。③ 欲穷二句：要想尽情远眺千里景色，还须更登上一层楼。

【评析】
上两句写登临所见。白日、高山、黄河、大海，景象雄伟，境界阔大。白、黄两字，更显示出鲜明的色彩。下两句写登临时感想，说明站得高、看得远的情理，既是写实，又富含哲理，耐人寻味。全诗上、下二联均运用对句，对偶工整，又十分自然。全篇短短二十字，以精炼的语言歌咏了祖国的壮丽山河，展现了诗人的人生智慧，思想与艺术达到了完美的统一。

## 贺知章 二首

贺知章(659—744)，字季真，越州永兴(今浙江省萧山县)人。考取进士，又中超拔群类科，历任太常博士、礼部侍郎、太子宾客、秘书监等职。天宝初，因病恍惚，请为道士，还乡里，不久卒。晚年放诞不拘，自号"四明狂客"。与包融、张旭、张若虚合称"吴中四士"。

# 回乡偶书（其一）

少小离乡老大回，乡音无改鬓毛衰①。儿童相见不相识，笑问客从何处来。

【题解】
这首诗写作者晚年回乡时的感受，既有回返故乡的喜悦，又有年华老去的感叹。偶书，随意地记下。

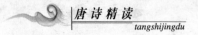

【注释】

① 少小二句:鬓毛衰(cuī),头发花白、脱落。二句是说,自己年轻时就离开家乡,一直到年老时才回来。虽然乡音未改,然而头发却已经花白稀疏了。

【评析】

这首诗在变与不变的对比描写中,将作者老大回乡时百感交集的复杂心情充分地表现了出来。起首二句,笔墨始终扣住对立的两端:少小与老大、离乡与还乡、不改的乡音与已改的鬓毛,在一连串的对比中隐含着难以言表的感慨。三、四二句则择取一个特定的场面,在对家乡儿童问客的描写中,进一步强化了前半段中的那份悲喜交加的感受。

## 咏 柳

碧玉妆成一树高,万条垂下绿丝绦①。不知细叶谁裁出,二月春风似剪刀。

【题解】

本篇歌咏早春二月的柳树。

【注释】

① 碧玉二句:碧玉,碧色的玉。这是用来比喻青翠美丽的柳条。一说,碧玉,古代美女名。丝绦(tāo),用丝编织而成的带子。二句是说,柳色青青,犹如碧色的玉石装扮而成;柳条低垂披拂,好似垂挂着的绿色丝带。

【评析】

这是一首咏物诗,没有什么深远的寓意,偏重于对物态的描摹。但通篇采用比兴手法,写得饶有趣味。首句以碧玉比青翠的柳树,次句以绿丝绦喻披拂下垂的柳条。三四两句则以剪刀比二月春风。暖和的春风仿佛能工巧匠的裁剪，使柳叶萌生，可谓构思奇妙。全篇虽然叠用比喻，却无堆砌滞涩的感觉。

## 张旭 一首

张旭（生卒年不详），字伯高，苏州吴（今江苏省苏州市）人。初任常熟尉。擅长书法，嗜酒，大醉后，常呼叫狂走，有时用头发浸染墨汁书写，人称张颠。与贺知章、包融、张若虚合称"吴中四士"。他的草书与李白的歌诗、裴旻的剑舞，被当时人称为"三绝"。

### 山 行 留 客

山光物态弄春辉，莫为轻阴便拟归①。纵使晴明无雨色，入云深处亦沾衣②。

【题解】

这首诗用春天美丽的山间景物劝客游赏，写得生意盎然。"山行"一作"山中"。

【注释】

① 山光二句：物态，自然景色。春辉，春天的阳光。轻阴，微阴。拟，准备，打算。二句是说，山间美丽的景色在春天阳光的照耀下，显得生趣盎然，不要因为天气微阴就打算回家。② 纵使二句：纵使，即使。二句是说，山间空气湿润，即使是晴朗天气，在山间行走，水汽也会沾湿衣衫。

【评析】

本篇虽以议论为主，却读来隽永有趣。首句写景，是留客的基本理由。只是因为此刻天气微阴,所以客人才动了归念。于是便有了次句。"莫为"句可说是一篇之主。三四两句是就"轻阴"两字生发开去,宕开一笔,意思是如果因为轻阴就要回家的话,那么即使是在晴朗的天气里,在山间行走,也是水汽氤氲的。言外之意是,既然如此,那还不如留下来一起观赏游玩。

## 李 颀 一首

李颀(690—751),东川(在今四川省东部)人,开元年间中进士。任新乡县尉。因长期不得升迁,便弃官归隐。与高适、王维、王昌龄等均有唱酬。为时人所推重。

## 古 从 军 行

白日登山望烽火①,黄昏饮马傍交河②。行人刁斗风沙暗③,公主琵琶幽怨多④。野云万里无城郭⑤,雨雪纷纷连大漠。胡雁哀鸣夜夜飞,胡儿眼泪双双落。闻道玉门犹被遮,应将性命逐轻车⑥。年年战骨埋荒外,空见蒲桃入汉家⑦。

【题解】

本篇借古讽今,批判唐玄宗穷兵黩武的开边政策。《从军行》,乐府旧题,属相和歌平调曲,内容多写军旅生活。

【注释】

① 望烽火,瞭望边警。烽火,边境告急的信号。边境筑高土台,于笼内放置薪草,遇敌入侵,即燃火报警,叫烽火。② 傍,靠近,临

近。交河,在今新疆维吾尔自治区吐鲁番西北约五公里处,其地两河交叉环抱,故河、地均名交河,此处泛指边地河流。③ 行人,行军出征的战士。刁斗,古代行军用具,白天用作炊具,晚上用以敲击警戒。④ 公主琵琶,汉武帝遣江都王刘建女细君远嫁乌孙国,派乐工以琵琶奏曲慰其离愁。⑤ 野云,笼罩原野的云。⑥ 闻道二句:闻道,听说。玉门被遮,《史记·大宛列传》载,贰师将军李广利奉命攻打大宛,进展不利,请求罢兵。武帝闻之大怒,派使者遮拦玉门关,扬言部队有敢入玉门关者斩。广利因而兵留敦煌。逐,追随。轻车,轻车将军,汉代曾设置轻车将军。这里泛指率兵征战的将领。二句是说,听说天子已将后退之路都封死了,现在只能拼着性命追随将帅打仗了。⑦ 年年二句:荒外,极远之地。蒲桃入汉家,《汉书·西域传下》:汉"闻天马、蒲陶,则通大宛、安息","汉使采蒲陶、目宿种归。天子以天马多,又外国使来众,益种蒲陶、目宿离宫馆旁,极望焉"。蒲桃、蒲陶,即葡萄。二句是说,战士们年年岁岁战死疆场,换来的不过是将外国物产引进汉朝。

【评析】
　　本篇前八句主要用景色描写来烘染出一片荒凉、严酷的气氛,展示了边塞战士的生活环境。后四句揭示了本篇的主旨。分别从统治者和战士两方面落笔,在相互比衬中显示出战争的不义而且荒谬,统治者为了一己私利而草菅人命的本质也就充分地暴露出来了。借古讽今,含蓄蕴藉。


## 崔　颢 三首

　　崔颢(? —754),汴州(今河南省开封市)人。开元间进士,有文名。历任太仆寺丞、司勋员外郎。殷璠说他"年少为诗,名陷轻薄。晚节忽变常体,风骨凛然"(《河岳英灵集》卷中)。

## 黄 鹤 楼

昔人已乘黄鹤去①,此地空余黄鹤楼②。黄鹤一去不复返,白云千载空悠悠。晴川历历汉阳树,芳草萋萋鹦鹉洲③。日暮乡关何处是,烟波江上使人愁④。

【题解】

这首诗是即景抒情之作。作者登上黄鹤楼,远眺近望,既欣然于春色的明丽,又油然生出一种沧桑之感和乡关之思。传说李白登上黄鹤楼,本拟题咏,因见到崔颢的这首诗便搁笔不写了,叹道:"眼前有景道不得,崔颢题诗在上头。"后便写了《登金陵凤凰台》一诗与之比试(《唐诗纪事》卷二十一)。黄鹤楼,故址在今湖北省武汉市蛇山西北之黄鹤矶上,因矶为楼,俯临长江。旧说有仙人王子安曾乘黄鹤过此,故名。一说西蜀费文祎登仙,曾驾黄鹤在此憩息。相传始建于三国吴大帝孙权黄武二年(223),历代屡毁屡建。今楼系以清代黄鹤楼为蓝本加以修建,雄浑壮丽,是我国著名古迹之一。

【注释】

① 昔人,指仙人王子安,相传他曾驾鹤经过这里。② 此地句:意思是说,现在只留下一座空荡荡的黄鹤楼。③ 晴川二句:晴川,指阳光照耀下的长江。历历,分明貌。汉阳,在今武汉市内。萋萋,草木茂盛貌。鹦鹉洲,在今湖北省武汉市西南长江中,由于江水泥沙沉积,现已和汉阳陆地相连。相传祢衡在此作《鹦鹉赋》,故称鹦鹉洲。二句是说,在晴朗的日子里,隔着江水,对岸汉阳一带的树木、江中鹦鹉洲上茂盛的花草都历历可见。④ 日暮二句:乡关,家乡。二句是说,暮色中远眺家乡,然而烟波浩渺中竟无法看到,愁绪不禁悄然袭

上心头。

【评析】

首、颔二联以今昔对比的手法,用传说中黄鹤楼的盛事来反衬今日之寥落空寂,隐隐然透出一种沧桑之感。颈联写登临送目,思绪从对往古的怀思中转向眼前之景,展现的是明媚的春光。尾联由景入情,因登高望远,便自然想进一步远眺家乡。然而事与愿违,于是乡愁便悄然袭上了心头,而以烟波浩渺、不胜哀愁作结,自有一种绵绵不尽的余韵。作为一篇律诗,本诗首、颔二联并不合律,而二联四句中"黄鹤"三见,颔联应对而未对,似用古诗句法。全诗一气贯注,意到笔随,虽不尽合律,却擅名千古。

## 长干曲(其一)

君家何处住,妾住在横塘①。停船暂借问,或恐是同乡②。

【题解】

这两首诗是一对青年男女的问答之辞。他们萍水相逢,邂逅于水上,于是就有了诗中的一段攀谈。《长干曲》,乐府旧题,属《杂曲歌辞》。长干,地名,即长干里,在今江苏省南京市。《文选》卷五左思《吴都赋》刘渊林注云:"建业南五里,有山冈,其间平地,吏民杂居。东长干中有大长干、小长干,皆相连,大长干在越城东,小长干在越城西,地有长短,故号大、小长干。"

【注释】

① 横塘,在今江苏省南京市西南。《六朝事迹编类·江河门》:"吴大帝时,自江口沿淮(指秦淮河)筑堤,谓之横塘。" ② 或恐,或许,

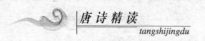

恐怕。

## 长干曲（其二）

家临九江水①，来去九江侧。同是长干人，生小不相识②。

【注释】

① 九江，长江下游地区的许多支流。这里泛指长江下游。② 生小，小时候。

【评析】

这两首诗是一问一答，其一是姑娘向小伙子的问话，其二是小伙子的答语。通篇使用白描手法，抓住停船攀谈的一瞬间，摄下了各自的神态、表情乃至微妙的心理变化。姑娘的大胆和羞涩，小伙子的腼腆、拘谨在彼此的对话中都得到了充分的展现。用对话表现人物形象，是本篇的基本特点。

### 王昌龄 六首

王昌龄（690？—756？），字少伯，太原（今山西省太原市）人。一说京兆（今陕西省西安市）人。历任校书郎、江宁丞、龙标尉等职。安史乱起北还，为亳州刺史闾丘晓所杀。他在当时诗名很盛，尤长七绝，后人认为他与李白同为七绝圣手。有《王昌龄集》。

## 从军行（其一）

烽火城西百尺楼①，黄昏独上海风秋②。更吹羌笛

《关山月》③,无那金闺万里愁④。

【题解】

《从军行》,乐府相和歌平调曲旧题,多叙战士从军边塞、生活艰苦的情事。王昌龄此题原有七首,均为七绝,这里选录两首。

【注释】

① 百尺楼,指城上供边防兵士瞭望的戍楼。百尺,形容其高。② 独上,一作"独坐"。海风,指边疆地区大湖上吹来的风。古时边区的湖泊也叫海,如青海、蒲昌海、蒲类海等。③ 羌笛,古代少数民族羌人所制的笛。《关山月》,乐府横吹曲调名,多叙征戍离别之情事。④ 无那,即无奈。金闺,闺房的美称。

【评析】

诗写戍边战士在黄昏时分独自登上高高的戍楼守望,海风拂面,寒意袭人,哀怨的笛声在空旷的原野上飘荡,似在倾诉着征戍离别之苦,不禁让人忆念起远隔万里的闺中妻子。全诗生动的环境描写有效地衬托出战士的悲凉情绪。末句还可解释为战士想到闺中之妻正为想念远征万里的自己而发愁,语意含蕴曲折。

# 从军行(其四)

青海长云暗雪山①,孤城遥望玉门关②。黄沙百战穿金甲③,不破楼兰终不还④。

【注释】

① 青海句:青海,即今青海省的青海湖。雪山,被雪覆盖的山,此处指祁连山。这句是说,青海一带大片的阴云把雪山都遮暗了。② 孤城,指战士所戍守的城。玉门关,汉武帝时设置,在今甘肃省敦

煌县西,六朝时移至今甘肃省安西县东,为汉唐时通西域要道。③ 黄沙句:黄沙,指沙漠地带。金甲,铁衣。这句是说,在沙漠地区身经百战,连铁衣都洞穿破碎了,形容战争的频繁艰苦。④ 楼兰,汉时西域少数民族国家,在今新疆维吾尔族自治区鄯善县东南。西汉昭帝时,楼兰国王与匈奴勾结,屡屡遮杀通西域的汉朝使者。其后汉将傅介子出使,以计刺杀楼兰王。此处以楼兰借指当时与唐王朝为敌的少数民族国家。

【评析】

本篇前二句写边塞风光,境界阔大。第三句写战事频繁艰苦,末句表现了战士誓死杀敌的豪情壮志。全诗气象雄浑,音节响亮,与战士高昂的心态相配合。唐诗中常以攻杀楼兰王表现军士誓死杀敌的决心。王昌龄另一首《从军行》云:"明敕星驰封宝剑,辞君一夜取楼兰。"李白《塞下曲》云:"愿将腰下剑,直为取楼兰。"张仲素《塞下曲》云:"直斩楼兰报国恩。"均是其例。

## 出 塞

秦时明月汉时关①,万里长征人未还②。但使龙城飞将在③,不教胡马度阴山④。

【题解】

《出塞》,乐府横吹曲旧题,内容多述边塞从军之事。

【注释】

① 秦时句:夜晚清冷的明月照着边疆的关口,自秦汉迄今,一直如此。以明月属秦,关属汉,系互文见义。② 人未还,指兵士长期远征,不能归家。③ 但使,倘使。龙城飞将,指汉代名将李广。

西汉时李广为右北平郡(辖地在今河北省北部、辽宁省西部)太守,骁勇善战,匈奴称为"汉之飞将军",多年不敢进犯。龙城,又名龙都,故址在今辽宁省朝阳市。④ 不教,不使。胡马,指北方少数民族的骑兵。度,越过。阴山,山脉名,西起河套西北,横亘于今内蒙古自治区中部,与内兴安岭相接,是古代抵御北方游牧民族南侵的天然屏障。

【评析】

本篇上二句说自秦汉以来,北方少数民族经常南侵,战士长期守卫出击,不能归来,十分辛苦。句中运用了明月、关、万里等词语,显得形象鲜明。夜晚明月照耀关塞,更显得边塞的凄凉。王昌龄《从军行》亦有"缭乱边愁听不尽,高高秋月照长城"之句。后二句说,如果有骁勇善战的像李广那样的将领镇守边关,敌人就不敢越过阴山南犯,慨叹良将难得。盛唐时代,国势强盛,边疆战争常常获得胜利,但兵士牺牲也很大。作者以同情的笔调表达了渴望和平安定的心情。杜甫《前出塞》其六云:"苟能制侵凌,岂在多杀伤。"表现了类似的看法。全诗夹叙夹议,语言刚健,气势雄伟,历代被人传诵。

# 采莲曲(其二)

　　荷叶罗裙一色裁①,芙蓉向脸两边开②。乱入池中看不见,闻歌始觉有人来③。

【题解】

《采莲曲》,乐府清商曲旧题。内容多写妇女荡舟采莲之事。

【注释】

　　① 荷叶句:这句说采莲女的绸裙与荷叶同呈翠绿色。② 芙蓉

句：芙蓉,即荷花。这句是说荷花在莲舟两边盛开,其鲜艳的颜色与采莲女红润的脸色互相映照。③乱入二句:意思是说因采莲女绸裙与荷叶一色,其容颜又与荷花相似,故莲舟驶入莲花丛中,就无从辨认,直至听到采莲女的歌声,才知道有人荡舟来了。

【评析】

本诗构思巧妙,造语自然,富有民歌风味。王昌龄又有五古《越女》诗(亦作《采莲曲》),凡八句,后四句云:"摘取芙蓉花,莫摘芙蓉叶。将归问夫婿,颜色何如妾?"构思相似,但不及本篇活泼生动。

## 西宫春怨

西宫夜静百花香,欲卷珠帘春恨长①。斜抱云和深见月②,朦胧树色隐昭阳③。

【题解】

本篇诗题一作《长信宫》。西汉时太后常居长信宫。成帝时班婕妤因帝宠幸赵飞燕姊妹而请求居长信宫,奉养太后。其宫在西,故又叫西宫。本篇描写班婕妤失宠后的哀怨之情。

【注释】

①珠帘,用珍珠编织而成的窗帘。②云和,《周礼·春官·大司乐》有"云和之琴瑟"语。云和,山名。此处指用云和山上砍伐的优质木材制成的乐器。深见月,指透过珠帘隐约看到月亮,故云"深"。③朦胧句:隐,隐蔽。昭阳,宫殿名。汉成帝宠幸皇后赵飞燕之妹赵合德,封为昭仪,居昭阳殿。这句意为,班婕妤失宠哀怨,远望昭阳殿,却被朦胧的树色遮挡着。

【评析】

本篇写班婕妤失宠,居于西宫,当夜静花香、春恨绵绵之际,只能依靠弹奏琴瑟宽慰。遥望帘外得宠的赵昭仪所居的昭阳殿,却为树影所遮,不胜哀怨。后二句字面上不明显点出哀怨,却蕴含着深长的愁恨,表现十分含蓄蕴藉。本诗所描写的得不到爱情的宫怨,在封建社会中具有广泛的代表性。相传班婕妤写有《怨歌行》篇,以团扇到秋天被搁置不用自况失宠,赢得后人的无限同情。后代文人有不少歌咏班婕妤怨情的诗,乐府相和歌辞中有《班婕妤》、《婕妤怨》等曲题。王昌龄本篇及其《长信秋词》("奉帚平明金殿开"篇)是这一题材中的两首杰作。

## 芙蓉楼送辛渐

寒雨连江夜入吴,平明送客楚山孤①。洛阳亲友如相问,一片冰心在玉壶②。

【题解】

芙蓉楼,在今江苏省镇江市。辛渐,王昌龄友人,生平不详。

【注释】

① 寒雨二句:平明,清晨。楚山孤,楚山孤峙。镇江一带先秦时代原为吴国疆域,其后吴为楚所灭,属楚地。楚山即指镇江一带的山。二句是说,在寒雨连江之夜,陪同客人来到吴地,次日一早便送走了客人,这时唯见楚山孤峙。② 洛阳二句:冰心、玉壶,均用来形容个人品德的纯洁清白。二句是送别时对辛渐的叮咛,意思是,如果洛阳亲友问起我时,就说我襟怀孤高,玉洁冰清。是表白心迹之语。

【评析】

这是一首送客之诗,又是一首明志之诗。前二句以景衬情,用寒雨连江、楚山孤峙的景象写出离别时的一丝孤独与悲凉。后二句是临别赠言,也是自明心志。《河岳英灵集》云,王昌龄"晚节不矜细行,谤议沸腾"。则诗中冰心、玉壶之句当是针对此种情况而言。

## 高适 三首

高适(700?—765),字达夫,渤海蓨(今河北省景县)人。年少落魄,后中有道科,任封丘尉。安史乱起,任左拾遗,佐哥舒翰守潼关。玄宗西迁后,任侍御史,兼御史大夫。蜀中乱,出任蜀州刺史,平定段子璋之乱,任成都尹、剑南西川节度使。后封渤海县侯。其诗风格质朴刚健,为边塞诗代表作者。有《高常侍集》。

## 燕歌行

汉家烟尘在东北①,汉将辞家破残贼②。男儿本自重横行③,天子非常赐颜色④。摐金伐鼓下榆关⑤,旌旆逶迤碣石间⑥。校尉羽书飞瀚海,单于猎火照狼山⑦。山川萧条极边土,胡骑凭陵杂风雨⑧。战士军前半死生,美人帐下犹歌舞。大漠穷秋塞草腓,孤城落日斗兵稀。身当恩遇恒轻敌,力尽关山未解围⑨。铁衣远戍辛勤久,玉箸应啼别离后。少妇城南欲断肠,征人蓟北空回首⑩。边庭飘飖那可度,绝域苍茫更何有⑪。杀气三时作阵云,寒声一夜传刁斗⑫。相看白刃血纷纷,死节从来岂顾勋⑬。君不见沙场征战苦,至今犹忆李将军⑭。

【题解】

《燕歌行序》云:"开元二十六年,客有从元戎出塞而还者,作《燕歌行》以示适,感征戍之事,因而和焉。"这里所说的"元戎",有的本子作"御史大夫张公",指的是辅国大将军、右羽林大将军、兼御史大夫张守珪。张守珪在边塞战争中曾打过几次胜仗,备受尊宠。高适此诗表现了战士奋不顾身、保家卫国的英勇气概,也反映了军中苦乐不均、待遇悬殊的现实,以及征夫思妇的两地相思,感叹边境连年征战,使人民群众饱受痛苦。

【注释】

① 汉家,这是以汉代唐。烟尘,风烟尘土,这里指代战争。② 残贼,残忍凶恶之敌人。③ 重横行,意思是看重在战场上建功立业。横行,纵横驰骋,指征战杀敌。④ 赐颜色,厚加礼遇,特别看重。⑤ 摐金伐鼓,敲打钲、鼓。摐(chuāng),敲打。金,钲一类的军中乐器。榆关,山海关,在今河北省秦皇岛市,北依角山,南临渤海,形势险要。旌旆,旌旗,用牦牛尾和彩色鸟羽作装饰的旗。⑥ 逶迤,蜿蜒曲折貌。碣石,山名,在今河北省昌黎县西北。因远望其山,隆起似冢,山顶有巨石特出,故称。⑦ 校尉二句:校尉,军中官职名,这里泛指将帅。羽书,军事文书,上插羽毛,以示紧急。瀚海,沙漠。单(chán)于,汉时匈奴君王的称号。狼山,又名狼居胥山,在今内蒙古自治区五原县西北,黄河北岸。二句是说,边情紧急,告急的文书飞越沙漠,敌人已侵入到了狼山一带。⑧ 山川二句:萧条,冷落、荒芜貌。极边土,一直延伸到边塞的尽头。凭陵,侵陵,侵袭凌辱。二句是说,边塞一片冷落荒芜,敌人在风雨交加中向我方侵犯。⑨ 大漠四句:穷秋,深秋。腓(féi),枯萎。斗兵稀,指战士伤亡惨重,活着的人越来越少了。身当,身受。恩遇,指皇帝的恩泽。轻敌,藐视敌人,奋勇杀敌的意思。四句是说,深秋时节,百草枯萎,战士们承受着皇帝的厚恩,个个奋勇作战,然而士

兵是越来越少了,虽然他们竭尽全力,却还是没能打破敌人的包围。⑩铁衣四句:铁衣,打仗时所穿的铠甲,因使用金属材料做成,故称。玉箸(zhù),玉制的筷子,这是用来比喻女子的眼泪。蓟北,蓟州以北地区,这是泛指边塞。四句是说,征人夫妻天各一方,两地相思。⑪边庭二句:边庭,边地。飘飖,飘摇、飘荡貌。这里是指动荡不安。绝域,绝远的边地。二句是说,边塞遥远而且动荡,难以抵达,一片荒凉,空无所有。⑫杀气二句:杀气,征战杀伐之气。三时,指一年中春夏秋三季,所谓农时。阵云,云叠起如战阵。刁斗,古代行军用具,白天用作炊具,晚上用以敲击警戒。二句是说,边塞战地形势紧张,一年中大部分时间战云笼罩,天昏地暗;夜晚则刁斗声声,寒意阵阵。⑬相看二句:白刃,锋利雪亮的刀。死节,守节而死,这里是指为国牺牲。顾勋,顾念到立功得奖。二句是说,战士们在战场上浴血奋战,为国牺牲,哪里是为了要赢得个人功勋。⑭李将军,指西汉镇守北部边疆的将领李广。《史记·李将军列传》记载,李广爱护士卒,与战士同甘共苦。他英勇善战,匈奴号之曰"飞将军"。在他驻守边疆期间,匈奴不敢南犯。一说,指战国时赵国将领李牧。李牧守边,厚遇士卒,加强守备,不轻启边衅,俟有必胜把握时,乃一举消灭来犯之敌。唐人论边事多举李牧事。高适亦曾云:"李牧制儋蓝,遗风岂寂寥。"(《睢阳酬别畅大判官》)

【评析】

　　本篇是高适边塞诗中的代表作。大致可分四层。从起首到"单于猎火照狼山"为第一层,是写烽烟突起,将士奉命赴敌。从"山川萧条极边土"句到"力尽关山未解围"为第二层,是写沙场苦战,伤亡惨重。其中"战士军前半死生,美人帐下犹歌舞"二句,揭露了军中上下级间的尖锐矛盾。从"铁衣远戍辛勤久"到"寒声一夜传刁斗"是第三层,写征夫闺妇,两地相思。最后四句为第四层,借古讽今,希望将帅爱惜士卒,持重安边。本篇气势充沛,磅礴淋漓,时而意气风发,时而悲愤不平,时而柔情婉转,笔力矫健,跌宕多姿。在声律上大致四句一转韵,兼押平声韵与仄声韵。

## 营 州 歌

营州少年厌原野①,皮裘蒙茸猎城下②。虏酒千钟不醉人,胡儿十岁能骑马③。

【题解】

本篇是写边疆少数民族少年的骁勇尚武精神。营州,治所龙城(今辽宁省朝阳市),辖境相当于今辽宁省大、小凌河流域、六股河流域、女儿河流域一带。

【注释】

① 厌原野,以驰骋原野为满足。厌,满足,快意。② 蒙茸,蓬松纷乱貌。③ 虏酒二句:虏酒,营州当地酿制的酒。不醉人,或指酒味淡薄,饮之不醉;或指少年豪放善饮。二句是说,少年豪饮,千钟不醉,策马奔驰于原野。

【评析】

本篇主要采用描写手法,抓住人物特征,从衣着、豪饮和善骑三个方面来表现"胡儿"的勇武豪放气概。盛唐诗人多尚任侠之风,亦多描写、赞颂尚武精神的诗篇,李白《行行且游猎篇》、王维的《少年行》等与此相类,而各有特色。

## 别 董 大

十里黄云白日曛,北风吹雁雪纷纷①。莫愁前路无

知己,天下谁人不识君。

【题解】

这首诗为送别友人而作。诗人客中送客,以朋友遍天下来安慰对方。董大,或说即李颀《听董大弹胡笳弄兼寄语房给事》诗之弹琴艺人董庭兰。又敦煌本《唐诗选》残卷题为《别董令望》,则所谓董大者,即董令望。令望生平事迹不详。

【注释】

① 十里二句:黄云,因黄沙弥漫,云层望之色黄。曛,昏暗。吹雁,意思是纷飞的大雪犹如被狂风吹散的雁毛。二句是说,黄沙飞扬,遮天蔽日,日色昏暗;北风呼啸,大雪纷飞,一片黯淡光景。

【评析】

这首诗是写给友人的壮行之辞。诗人以黯淡愁惨的景色来反衬豪壮爽朗之情,在客中送客的悲凉中显示出一种昂然挺拔的气势和阔大高远的胸襟。

## 张 巡 一首

张巡(709—757),蒲州河东(今山西省永济县)人,一说邓州南阳(今河南省南阳市)人。开元间进士,初为清河令、真源令。安史乱起,与许远固守睢阳城(今河南省商丘市),使叛军难以南下,对保障江淮一带产生了重大作用,被朝廷任为御史中丞。城陷后为叛军所杀。

## 闻 笛

岧峣试一临,虏骑附城阴①。不辨风尘色,安知天地心②。门开边月近③,战苦阵云深④。且夕更楼上,遥闻横笛音⑤。

【题解】

唐肃宗至德二载(757)正月,安史叛军进攻睢阳,张巡、许远率部困守孤城。由于援兵不至,粮食断绝,经过浴血奋战,至是年十月,睢阳城陷落。张巡、许远被害。这首诗当作于这一时期。诗歌表现了作者不屈不挠的抗敌决心和对当时形势的忧虑。

【注释】

① 岧峣二句:岧峣(tiáo yáo),高峻貌。临,登高俯视。虏骑,指安史叛军。城阴,城北。二句是说,登上城楼俯视城外,但见敌人密密麻麻聚集于城下。② 不辨二句:风尘色,风烟尘灰,这是指战场上尘土飞扬。安知,哪知。天地心,犹天意。二句是说,风烟弥漫,形势严峻,坚守孤城,尚不知天意如何。③ 门开句:意思是说,在安史叛军的进攻下,政府连连失地,门户洞开,叛军长驱直入,以至睢阳城成为边关。④ 阵云,战地上空凝聚的杀气,形容形势严峻。⑤ 且夕二句:且夕,早晚,这是偏义复词,指深夜。更楼,岗楼,用以瞭望警戒,打更报时。横笛,乐器名。横吹之笛,古代军乐常用之。二句是说,深夜独自伫立在岗楼上,不时听到远处传来的笛声。

【评析】

面临着黑云压城的严峻形势,作者的心情既坚定又沉重,这是本篇风格沉郁苍劲的原由。诗题"闻笛",却通篇不对笛声作正面描写,只于末句点出"遥闻"笛声的情形,至于这是什么笛音,从笛音里听到了什么,作者均含而不露,给读者留下了想象的空间。本篇以景写情,在对战地风云的描写中,将自己的复杂感受含蓄地表露出来。

## 岑 参 五首

　　岑参(715—770),祖籍南阳(今属河南省),后移居江陵(今湖北省江陵县)。唐玄宗天宝年间进士。初任右内率府兵曹参军,曾两度出塞,先后入高仙芝、封常清幕府。历任安西、北庭节度判官、嘉州刺史,后罢官,终于蜀地。他是边塞诗的代表诗人,其诗充满了奇情妙想,有着浓厚的浪漫气质。殷璠评曰:"语奇体峻,意亦造奇。"(《河岳英灵集》)有《岑嘉州集》。

### 白雪歌送武判官归京

　　北风卷地白草折①,胡天八月即飞雪。忽如一夜春风来,千树万树梨花开②。散入珠帘湿罗幕,狐裘不暖锦衾薄。将军角弓不得控,都护铁衣冷难著③。瀚海阑干百丈冰,愁云惨淡万里凝④。中军置酒饮归客,胡琴琵琶与羌笛⑤。纷纷暮雪下辕门,风掣红旗冻不翻⑥。轮台东门送君去⑦,去时雪满天山路⑧。山回路转不见君,雪上空留马行处。

【题解】

　　本篇大约作于唐玄宗天宝十四载(755),这时作者正在北庭,为北庭节度使封常清的僚属。这首诗是送别友人之作。武判官,作者同僚,生平名氏不详。

【注释】

　　① 白草,一种产于西北地区的牧草,性坚韧,干枯时,呈白色。

② 忽如二句：树枝上堆着一团团的雪，就好像是一夜之间春风悄然降临，催开了千树万树的梨花。③ 散入四句：罗幕，丝织品制成的帷幕。锦衾，织锦的棉被。角弓，用兽角装饰的弓。控，拉、引。都护，军中官职名。唐置六大都护府，统辖边远诸国，这里泛指军官。铁衣，铠甲。四句写西域严寒，雪花飞舞飘入营帐，沾湿了罗幕；人们穿着皮毛大衣，盖着厚厚的棉被都觉得寒冷；将军连弓都拉不开，冰冷的铠甲也难以穿上身。④ 瀚海，沙漠。阑干，纵横交错貌。惨淡，阴暗貌。⑤ 中军二句：中军，主将所居营帐，指挥机关所在。饮归客，设宴欢送友人。胡琴，古代西北地区的丝弦乐器，非今之胡琴。二句是说，在主将营帐中设宴欢送友人，席间急管繁弦，众乐齐作。⑥ 纷纷二句：辕门，古代行军，止宿时用车围绕作屏障，于出入处仰置两车使车辕相向，以表示门，故称。这里是指军营之门。掣，用力拉。冻不翻，因结冰而不翻动。二句是说，但见大雪纷飞，结了冰的红旗连劲吹的狂风也不能使其翻动。⑦ 轮台，土名玉古尔，或作布古尔，唐贞观中置县，治所在今新疆维吾尔自治区米泉县。⑧ 天山，唐时称伊州、西州以北一带山脉为天山。伊州，今新疆维吾尔自治区哈密县。西州，今新疆维吾尔自治区吐鲁番县东南达克阿奴斯城。

【评析】

　　本篇既是白雪歌，又是送别诗。漫天飞雪，莽莽边塞与对友人依依惜别的深情有机地结合在一起。诗歌的前八句，重在写景，描写边地的严寒，为送行惜别铺展开一个背景。"忽如"二句堪称奇思妙喻，惊诧之情自然融贯其中。"瀚海"二句承上启下。"愁云惨淡"自然过渡到送别主题。"中军"二句的急管繁弦与"纷纷"二句的大雪纷飞恰成对比，隐隐然衬出客中送客的一丝悲凉。"轮台"四句写作者伫立雪地，目送友人渐行渐远，终于消失，唯有白雪蹄痕尚在目前，将白雪之景与送别之情融合为一，给人留下了不尽的余味。李白《黄鹤楼送孟浩然之广陵》后二句云："孤帆远影碧空尽，唯见长江天际流。"意境相似。

## 走马川行奉送封大夫出师西征

君不见走马川行雪海边①,平沙莽莽黄入天②。轮台九月风夜吼③,一川碎石大如斗,随风满地石乱走。匈奴草黄马正肥,金山西见烟尘飞,汉家大将西出师④。将军金甲夜不脱⑤,半夜军行戈相拨,风头如刀面如割。马毛带雪汗气蒸,五花连钱旋作冰,幕中草檄砚水凝⑥。虏骑闻之应胆慑,料知短兵不敢接,车师西门伫献捷⑦。

【题解】

本篇大约作于天宝十三载(754)或十四载(755)。这时作者正在轮台,充任安西、北庭节度使封常清的僚属。封常清率部西征,作者便写了这首诗为他壮行。走马川,其地未详,或在轮台附近。

【注释】

① 行,疑涉题而衍。雪海,当指广袤而积雪不化的山峰,因连绵起伏,其状似海,故称,应即今新疆维吾尔自治区吉木萨县南之天山雪峰。② 平沙句:茫无边际的大沙漠上黄沙弥漫,直入天际。③ 轮台,见《白雪歌送武判官归京》注⑦。④ 匈奴三句:匈奴,古代北方少数民族,亦称胡,这里借指西北地区少数民族。金山,即阿尔泰山,蒙语阿尔泰者,金也。烟尘飞,尘土飞扬,这里喻指战争。汉家大将,指封常清,这是以汉代唐,唐诗中惯用的手法。三句是说,正当草黄马肥之时,敌人伺机进犯,金山之西烽烟突起,封常清率部西征。⑤ 金甲,铠甲。⑥ 马毛三句:五花连钱,指马身上的鬃毛五色斑驳,有如钱文连缀。旋作冰,一

下子结冰。草檄,起草声讨敌人的文书。三句是说,因行军迫急,马身上带着雪花,却仍然汗气蒸腾;刹那间,雪水、汗水又因严寒凝结成冰;在营帐中起草文书,连砚中墨水也凝结了。⑦虏骑三句:虏骑,敌人的骑兵。胆慑,害怕,胆战心惊。短兵,刀、剑一类的兵器。车师,指车师后国的旧地,在今新疆维吾尔自治区吉木萨尔县一带,即唐北庭。献捷,指入京献战利品于朝。《旧唐书·职官二》:"元帅凯旋之日……有司先献捷于太庙,又告齐太公庙。"此谓封常清将入朝献捷。三句是说,料定敌人听到唐军西征的消息后,一定胆战心惊,不敢短兵相接,我将在车师西门伫候大军凯旋。

【评析】

　　本篇系作者为封常清出师西征送行而作。奇情妙思,壮丽开阔,洋溢着一种豪放激越的浪漫风格,是边塞诗中的代表作。全诗可分三层。从起首到"随风满地石乱走"为第一层,是写西域边塞的奇特风光。从"匈奴草黄马正肥"到"幕中草檄砚水凝"为第二层,是写唐军出征,突出行军作战的艰苦。"虏骑闻之应胆慑"三句为第三层,是预祝战斗胜利。全诗句句用韵,三句一转(首二句除外),音节急促繁密,与雪夜紧急行军的内容相协调。

## 逢 入 京 使

　　故园东望路漫漫①,双袖龙钟泪不干②。马上相逢无纸笔,凭君传语报平安③。

【题解】

　　天宝八载(749),岑参为安西节度使高仙芝表为右威卫录事参军,充节度使幕掌书记。这首诗就是作者是年离京赴安西途中所作,表达

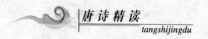

了他对故乡的留恋和对亲人的思念。入京使,由边地派往京城的使者。

【注释】

① 漫漫,漫长、修远貌。② 双袖句:龙钟,沾濡湿润貌。这句是说,双袖拭泪,泪湿衣袖。泪多袖湿,说明作者心情的悲凉。③ 马上二句:凭,请,烦。二句是说,途中相遇,不及置备纸笔,只能拜托使者带口信给家人,向他们报一个平安。

【评析】

本篇聚焦于赴边途中与使者邂逅的场景,紧紧扣住人物的神态表情和思想活动,将对故园家人的思念之情极为真切地表现出来。"马上"二句,将人物的外在表现和内心活动结合起来,非身历其境者难以道出。语言朴素平易,却感人至深。

## 碛 中 作

走马西来欲到天,辞家见月两回圆①。今夜不知何处宿,平沙万里绝人烟。

【题解】

这首诗也作于天宝八载(749)作者赴安西途中,表现了旅途的艰辛孤独和对家人的怀念。碛(qì),沙漠。

【注释】

① 走马二句:独自骑马来到西域,差不多就像到了天边,离家远行已经两个月了。

【评析】

这首诗写赴边途中的苍凉、孤独感。首句从空间落笔,次句从时间着眼,三、四二句扣题,写出沙碛苍茫、孤客投荒的感觉。

## 春　梦

洞房昨夜春风起①,遥忆美人湘江水②。枕上片时春梦中,行尽江南数千里③。

【题解】

本篇借对春梦的描写,抒发对友人的绵绵深情。确切的写作年代无考,但既载于《河岳英灵集》,则显然作于天宝十二载(753)前。

【注释】

① 洞房,深邃的内室。② 美人,指所思念的友人。湘江,发源于今广西壮族自治区兴安县阳海山,流经湖南省,注入洞庭湖。③ 枕上二句:片时,片刻,瞬间。二句是说,虽然梦中只有片刻的光阴,却已经走过数千里的江南大地。湘江地处长江南部,遍历江南数千里,是为了寻访友人。

【评析】

日有所思,夜有所梦,用春梦来抒发对友人的思念,可谓构思巧妙。前二句是梦前之思,写的是现实生活的缺憾——不能与故人相聚。后二句是思后之梦。空间的阻隔在梦中被打破,所以便有片时千里的快意,这是对现实缺憾的补偿。它生动地表现了梦境时间的短暂和空间的绵长,写出了一般人所常有的梦境感受。

## 张　谓 一首

张谓(711?—780?),字正言,河内(今河南省沁阳县)人。天宝二年(743)进士。从军十年,有军功。因主将获罪,流落蓟门。历任潭州刺史、礼部侍郎。

## 题长安主人壁

世人结交须黄金,黄金不多交不深①。纵令然诺暂相许,终是悠悠行路心②。

【题解】
这首诗是对世风浇薄、人情势利的愤慨和感叹。

【注释】
① 世人二句:世人,社会上一般的人。二句是说,世上一般人相互结交都凭借钱财,钱财不多则交情不深。② 纵令二句:纵令,即使,纵然。然诺,诺言。许,答应,应允。悠悠,世俗,一般。二句是说,如果没有钱财,别人即使一时许诺,仍然如同陌路人一般,终究不会放在心上。

【评析】
通篇议论,用朴素坦率的语言,对势利的社会风气作了猛烈的抨击,感情愤激而又有几许悲哀和无奈。

# 卷三　盛唐诗

## 孟浩然 六首

孟浩然(689—740),字浩然,襄州襄阳(今湖北省襄樊市)人。早年隐居鹿门山,年四十至长安,应进士试,没有及第。张九龄任荆州长史,他被任为从事。开元末病逝。他是唐代山水田园诗派的代表,多描写山水行旅和隐逸生活,诗风质朴平淡,长于白描。有《孟浩然集》。

## 留别王侍御维

寂寂竟何待,朝朝空自归①。欲寻芳草去,惜与故人违②。当路谁相假,知音世所稀③。只应守索寞,还掩故园扉④。

【题解】

本篇作于开元十七年(729)。上年冬天,孟浩然至长安应进士举,不第。便留在长安生活了一年,寻找仕进的机会,结果一无所获。至此,他只能失望地离开长安,回故乡去了。这首诗就是他临行时写给王维的。

【注释】

① 寂寂二句:寂寂,冷寂,凄清貌。竟,终究,到底。二句是

说,自己在孤寂中究竟期待什么呢?日日在外奔波却总是空手而归。② 欲寻二句:芳草,这是用《楚辞·招隐士》"王孙游兮不归,春草生兮萋萋"的诗意,表示要归隐的意思。违,分别。二句是说,想要归隐山林,只是可惜要与老朋友分别了。③ 当路二句:当路,指当权者。假,借,给予,指给予帮助。二句是说,有权有势的人谁肯伸手援引,赏识了解我的人实在是太少了。④ 只应二句:索寞,寂寞,冷落貌。二句是说,还是应自甘寂寞,回归田园,去过闭门的隐居生活。

【评析】

　　本篇借留别以抒怀,将自己求仕不得的苦闷和被迫隐遁的心情表露无遗。首联写眼下处境的孤寂,颔联表现内心的矛盾,颈联感叹仕进道路之难,尾联收结于归隐田园。情感时而凄然伤怀,时而踌躇低回,时而激愤不平,时而怅惘无奈,起伏跌宕,一唱三叹。

## 与诸子登岘山

　　人事有代谢,往来成古今①。江山留胜迹,我辈复登临②。水落鱼梁浅③,天寒梦泽深④。羊公碑字在⑤,读罢泪沾襟。

【题解】

　　岘山,又名岘首山,在今湖北省襄阳县南。据《晋书·羊祜传》载,西晋羊祜镇守襄阳时,曾登岘山,置酒言咏,慨然兴叹:"自有宇宙,便有此山。由来贤达胜士,登此远望,如我与卿者多矣!皆湮灭无闻,使人悲伤。"本篇抒写作者与诸位同游友人登岘山时的所见所感。

【注释】

① 人事二句：代谢，更迭，交替。二句是说，人事变化频繁，倏忽已为陈迹。② 江山二句：胜迹，名胜古迹，这里是指岘山的堕泪碑等。登临，登山临水。二句是说，我辈登山临水，面对名胜古迹，不禁感慨系之。③ 鱼梁，洲名，在今襄樊市附近的沔水中。《水经注·沔水》："沔水中有渔梁洲。庞德公所居。"④ 梦泽，云梦泽，古代著名泽薮，后世逐渐淤积为陆地，大致范围在今湖南省益阳县、湘阴县以北，湖北省江陵县、安陆县以南，武汉市以西地区。⑤ 羊公碑，即堕泪碑。据《晋书·羊祜传》，羊祜死后，襄阳百姓为了纪念他，就在岘山上羊祜生前游憩之地建碑立庙，岁时祭拜，望其碑者莫不流泪，因名为堕泪碑。字，一本作"尚"。

【评析】

本篇登临怀古，抒发人生短暂、风物长存的感慨。首颔二联，俯仰古今，感慨苍凉。颈联转写登眺所见，以凄清的景色衬托感情，增人悲慨。尾联归结到见碑落泪，感慨万千。全诗虽旨在抒发人生短暂的悲哀，但也有企望及时建功立业、能像羊祜一样名垂千古的积极进取的思想。全篇用对比反衬法，在江山与人事、羊公与我辈的对照中，突出诗人的人生感悟。

## 过故人庄

故人具鸡黍①，邀我至田家。绿树村边合②，青山郭外斜③。开轩面场圃，把酒话桑麻④。待到重阳日，还来就菊花⑤。

【题解】

本篇是写作者对朋友田庄的一次造访。过,探访。

【注释】

① 具鸡黍,准备了丰盛的饭菜。② 合,环绕。③ 郭,外城。④ 开轩二句:轩,窗户。场圃,打谷场和菜园子。把酒,手持酒杯。桑麻,两种植物名,这里泛指农作物。二句是说,推开窗户,面对场圃,一边喝酒,一边谈谈农事。⑤ 待到二句:重阳日,农历九月九日,九为阳数,月日并为阳数,故称重阳。古人有重阳登高赏菊的风俗。就,接近。这里有亲近、欣赏的意思。二句是说,等到重阳节的那一天,我还要来观赏菊花。

【评析】

本篇写作者对朋友的一次造访,首联交代到庄,颔联写田庄的周围环境,颈联写主客相对闲话,尾联则告别离庄,相约再来。从到庄始至离庄终,娓娓道来,记叙了一天的活动,在描写与叙述中,将田园生活中的那种恬静悠闲之美充分地表现了出来。本诗虽为五律,但不尚刻划,纯用白描,冲淡自然,意味醇厚,颇有陶渊明诗歌的风味。

# 早寒江上有怀

木落雁南度①,北风江上寒。我家襄水曲,遥隔楚云端②。乡泪客中尽③,孤帆天际看④。迷津欲有问,平海夕漫漫⑤。

【题解】

这首诗大约作于唐玄宗开元十五年(727),此时作者正在由广陵

(今江苏扬州市)溯江而上返回家乡的路上。诗中抒发了诗人对家乡的思念和对前程的渺茫之感。江,长江。有怀,有所思念。

【注释】

① 木落,树叶凋落,这是指深秋。南度,向南飞行。② 我家二句:襄水,汉水流经襄阳县的一段。曲,边。楚云,楚地的云。今湖北省一带先秦时为楚国领土,后世因而称之为楚地。端,尽头。二句是说,家乡在襄水边上,路途遥远,远望天际,中间又仿佛为楚云隔绝。③ 乡泪,思乡之泪。④ 孤帆句:遥望天边的孤帆远去。⑤ 迷津二句:迷津,本义是指迷失的渡口,这里暗寓前程渺茫的意思。平海,江水阔大似海。漫漫,水势茫茫阔大貌。二句是说,前程渺茫,很想知道该怎么走,然而呈现在眼前的却是一片茫茫大海般的江水。

【评析】

本篇触景兴感,诗题"有怀",所怀者不仅是家乡,更是个人的前程。然而面对茫茫大江,诗人却找不到出路,内心充满苦闷。诗歌含蓄深沉,作者借一连串意象烘染出一种萧瑟的气氛:秋风落叶,大雁南飞,寒江风紧,楚云遥隔,孤帆远去,平海漫漫,给人一种孤寂感伤的感觉。"迷津"两句写的是自然景象,却又关涉作者的人生之路,有着象征意味。

## 春 晓

春眠不觉晓,处处闻啼鸟①。夜来风雨声,花落知多少②。

【题解】

本诗抓住春眠初醒这一小场景,表现了作者惜春爱花的心情。

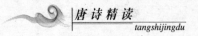

【注释】

① 春眠二句：春睡时在不知不觉中天就亮了，醒来时耳边响着一片鸟鸣声。② 夜来二句：经过了一夜风雨的侵袭，不知有多少花儿会因此零落凋残。

【评析】

这首诗以春眠初醒这一刹那的景象为结合点，将环境和心情、当下与昨夜、鸟语啁啾的和谐景象和风横雨骤的冲突之景有机地组合在一起，有效地突出了作者惜花爱春的心理。全诗四句，而以末句为全篇结穴，一句问语中包含着浓重的忧虑、痛惜之情。

## 宿建德江

移舟泊烟渚，日暮客愁新①。野旷天低树，江清月近人②。

【题解】

本篇大约作于唐玄宗开元十八年(730)作者漫游吴越途中，抵达建德时当在秋天。诗写作者夜泊建德江时引起的羁旅愁思。建德江，新安江流经建德(今浙江省建德县)的一段。

【注释】

① 移舟二句：烟渚，暮霭笼罩的小洲。渚，小洲。二句是说，小船停靠在烟霭迷离的小洲旁，在苍茫的暮色中羁旅愁思悄悄袭上心头。② 野旷二句：原野辽阔，放眼远望，只见天空低垂，其边际仿佛低于远处的树木；江水清澈，月影在水中荡漾，似与人离得很近。

【评析】

本篇以"客愁"二字统领全篇，借用画面、意象，曲折含蓄地传达出羁旅的愁思。"野旷"二句,描写的是江边所见之景,但其中又包孕着丰富的情韵。前句用空阔之景给人一种渺小孤独感,后句则在荡漾的月色中让人感受到某种温情,却也从一个侧面透露出漂泊异乡的孤寂。意境深永,含蓄耐读。

## 祖 咏 一首

祖咏(699—746?),洛阳(今河南省洛阳市)人。唐玄宗开元十二年(753)进士,有文名。少与王维唱和。他生活贫困,长期流落不得意。

### 终南望余雪

终南阴岭秀,积雪浮云端①。林表明霁色,城中增暮寒②。

【题解】

本篇是写作者远望终南山积雪,忧虑城中天寒。终南,山名,秦岭山峰之一,在今陕西省西安市南,又称南山、中南山、太一山。余雪,指雪霁后没有融化的积雪。

【注释】

① 终南二句:阴岭,山岭的北面。因终南山在长安南面,从长安望终南,见到的只是终南山的北面。二句是说,远望终南山,只见积雪在云层中若隐若现,景色无比秀美。② 林表二句:林表,林外,林上。霁色,雨停雪止,天气转晴。二句是说,虽然雪止后天色明亮,但城里却更寒冷了。

【评析】

这四句是说,从长安城中远望终南山,积雪在云层中若隐若现。

天气虽然晴朗,然而寒气却更重了,心里不禁担忧起来。诗很含蓄。通篇景语,然而忧虑之情却溢于言表。"积雪"一句描写山顶积雪之景极为传神。据《唐诗纪事》卷二十载,这首诗是祖咏在长安应试时所作,按规定应写六十字完成,祖咏却写了四句二十字就交卷了,试官问他为何如此,他回答说:"意尽。"意足便止,方有余味。

## 王 湾 一首

王湾(生卒年不详),洛阳(今河南省洛阳市)人。玄宗先天年间进士。开元年间曾任荥阳主簿、洛阳尉等职。湾早年即以长于词章著名,为天下所称。往来吴、楚间,多有著述。

## 次北固山下

客路青山外①,行舟绿水前。潮平两岸阔,风正一帆悬②。海日生残夜,江春入旧年③。乡书何处达,归雁洛阳边④。

【题解】

这首诗是写作者在长江行途中所引发的乡思。次,停留。北固山,在今江苏省镇江市东北,三面临江,形势险固,因以为名,与金、焦二山并称京口三山。诗题一作《江南意》。

【注释】

① 客路句:行客走的道路还在青山之外。② 潮平二句:风正,这里是指风向顺,风力强。二句是说,江水上涨,江面显得开阔,一帆风顺,船只鼓帆疾驶。③ 海日二句:太阳从大海上升起,驱走了夜色;旧

年尚未过去,春意却已在江上悄悄降临。④ 乡书二句:乡书,寄往故乡的书信。达,寄,送。二句是说,想要寄封信给家里,却不知怎样才能寄出,只能托北飞的大雁把信捎回去了。

【评析】

旧年将终,新春将临,诗人却仍然漂泊异乡,触景生情,乡思油然而起。首联交代出作者正跋涉于青山绿水之间。颔颈二联承"行舟"而来,描写江景,尤见锻炼之功。"潮平"二句描写江面开阔,一帆风顺之景象;"海日"二句则兼寓冬去春来,新年将至的意味。气象宏大,将眼前之景与作者的主观感受打成一片,一个"入"字尤为传神。尾联归结到思乡主题,与首联彼此呼应。"海日"二句受到当时宰辅张说的重视,手书于政事堂,要能文的人士作为楷模。

# 王 维 十一首

王维(701—761),字摩诘,祖籍太原祁(今山西省祁县),其父迁居蒲州(今山西永济县)。初为太乐丞。张九龄执政,任右拾遗。曾至凉州慰劳守边将士,入河西节度副使崔希逸幕,任节度判官。安史乱起,玄宗流亡蜀地,他没有赶上,为叛军所获,被迫出任伪职。乱平后,因此下狱,终获原宥。历任太子中庶子、尚书右丞。他精通诗、书、画、乐。其诗各体皆工,尤擅五言律绝。与孟浩然同为唐代山水田园诗派的代表作家。苏轼评其诗画云:"味摩诘之诗,诗中有画;观摩诘之画,画中有诗。"有《王右丞集》。

## 西 施 咏

艳色天下重,西施宁久微①。朝为越溪女②,暮作吴宫妃。贱日岂殊众，贵来方悟稀③。邀人傅脂粉，不自着罗衣④。君宠益娇态，君怜无是非⑤。当时浣纱伴，莫得同车归⑥。持谢邻家子，效颦安可希⑦。

【题解】

这首诗借咏西施以讽刺那些夤缘际会、一朝腾达而又恃宠而骄的人物。西施，春秋时越国美女。传说越败于吴，越王句践知吴王夫差好色，于苎萝山求得西施，美其装饰，教以歌舞，献于吴王。本篇载《河岳英灵集》，当作于天宝十二载(753)之前。

【注释】

① 艳色二句：艳色，美色。重，尊尚，看重。宁，怎么会，哪会。微，卑微。二句是说，西施的美貌名闻天下，有此美艳的资质怎会久处低微呢。② 越溪，即若耶溪，在今浙江省绍兴市南二十里若耶山下，北流入镜湖，相传是西施浣纱处。③ 贱日二句：贱日，贫贱时。殊众，与众不同。二句是说，当西施贫贱时人们并不觉得她有什么出众之处，等到她地位一旦尊贵，人们才认识到她是世所罕见的。④ 邀人二句：傅，涂抹。罗衣，丝料衣服。二句是说，西施娇宠尊贵，连涂脂抹粉、着装穿衣都要人服侍，不肯自己动手。⑤ 君宠二句：因为受到君王的宠爱，西施更加娇纵，以至不讲道理。⑥ 当时二句：浣纱，相传西施贫贱时曾在苎萝山下浣江边浣纱。浣，洗涤。二句是说，西施一旦显贵，就与昔日同伴隔绝了，当年一同浣纱的女伴当然没有资格和西施一起同车而归了。⑦ 持谢二句：持谢，奉告的意思。效颦，即东施效颦。典出《庄子·天运》，西施因为心疼而皱眉，同村丑女东施以为美，就加以模仿，结果却适得其反，更加其丑。颦，皱眉。希，希望，企求。二句是说，奉劝人们不要白费心机，要想获得西施那样的尊崇，是全然没有指望的。

【评析】

本篇为讽世之作。通篇主要采用白描和对比的手法。前六句用对比法,在微贱与尊贵的对照中,写出西施一朝腾达后的得意。"邀人"四句,则主要使用白描手法,写出西施得宠后的娇态,形象逼真。末四句兴发感慨,语含讥刺。全篇托意含讽,含而不露,耐人寻味。

## 桃 源 行

渔舟逐水爱山春①,两岸桃花夹去津②。坐看红树不知远,行尽青溪不见人③。山口潜行始隈隩,山开旷望旋平陆④。遥看一处攒云树,近入千家散花竹⑤。樵客初传汉姓名,居人未改秦衣服⑥。居人共住武陵源⑦,还从物外起田园⑧。月明松下房栊静⑨,日出云中鸡犬喧。惊闻俗客争来集,竞引还家问都邑⑩。平明闾巷扫花开,薄暮渔樵乘水入⑪。初因避地去人间⑫,及至成仙遂不还。峡里谁知有人事,世中遥望空云山⑬。不疑灵境难闻见,尘心未尽思乡县⑭。出洞无论隔山水,辞家终拟长游衍⑮。自谓经过旧不迷,安知峰壑今来变⑯。当时只记入山深,青溪几曲到云林。春来遍是桃花水,不辨仙源何处寻⑰。

【题解】

本篇根据陶渊明《桃花源记》改作。题下自注曰:"时年十九。"作于开元七年(719)。《乐府诗集》归入"新乐府辞"。

【注释】

① 逐水,顺水漂流。② 津,渡口,这里是指溪流。③ 坐看二句:

红树,指桃花林。二句是说,渔人坐在船上一边顺水而行,一边观赏两岸桃树,不知不觉间就到了溪流的尽头。④ 山口二句:潜行,缩着身子匍匐而行。隈隩(wēi ào),山崖弯曲逼窄貌。旷望,放眼展望。旋,忽然,立刻。平陆,平坦的原野。二句是说,初时,洞口逼窄狭小,只能缩着身体前行,走着走着,山洞豁然开朗,展现在眼前的是一片平坦的原野。⑤ 遥看二句:攒(cuán),聚集,集中。散,分布,散布。二句是说,远远望去但见一处树丛繁密,走近了才发现,原来千家万户都种满了花草竹木。⑥ 樵客二句:樵客,指渔人。古时打鱼、砍柴是农民两大副业,渔樵常连称或混用。二句是说,渔人初次向桃源中人传达了汉代及以后各朝的名姓,桃源中人却不知外面世界的变化,仍然穿着秦时式样的服装。⑦ 武陵源,即桃花源,晋属武陵郡,郡治所在今湖南省常德市西。⑧ 物外,世外。⑨ 房栊,窗户,这里是指房舍。⑩ 惊闻二句:俗客,世俗之人,这里是指渔人。引,带领。二句是说,桃源中人听说渔人来到这里,便纷纷赶来看望,大家争着把他请到家里来作客,向他打听家乡的情况。⑪ 平明二句:平明,清晨。薄暮,傍晚。二句是写桃花源中人一天的生活情状:他们清晨起来打扫街巷,傍晚乘着小船收工而返。⑫ 避地,因避乱而寄寓他方。⑬ 峡里二句:峡里,指桃花源。二句是说,俗世之人哪会想得到山峡中还有世外桃源的生活,他们所能见到的无非是一片云雾笼罩的群山而已。⑭ 不疑二句:灵境,仙境。尘心,俗虑,世俗人的想法。二句是说,渔人确信桃源仙境是一般人难以知道的,应该留在那里,但俗念未泯,止不住思念家乡。⑮ 出洞二句:游衍,纵意游乐。二句是说,渔人出洞后又思念桃源,于是便不管如何隔山阻水,再次离家前往,打算长期在那里过逍遥的生活。⑯ 自谓二句:峰壑,山峰和山谷。二句是说,自以为曾经来过的地方,不会迷路,哪知道重来时山川景象都已改变。⑰ 春来二句:桃花水,桃花汛,春天桃花盛开时,雨水盛多,河水上涨,故称。二句是说,呈现在眼前的只是一片河流,却再也找不到桃源了。

【评析】

　　本篇是叙事诗,采用的是陶渊明《桃花源记》的素材,叙述了渔人发现桃花源和重访不得的始末。所不同的是,陶记侧重于描写安宁和谐、自食其力的理想社会,王诗却更多地浸染了一层缥缈的仙气。全篇结构上以时间为线索,移步换景,从洞外而洞内,从展现洞中生活到交代桃源由来,最后以重访不得作结。叙次秩然,详略有致,转折自然,而又从容舒缓。

## 终　南　山

　　太乙近天都,连山接海隅①。白云回望合,青霭入看无②。分野中峰变,阴晴众壑殊③。欲投人处宿,隔水问樵夫④。

【题解】

　　本篇描写终南山风光。终南山,秦岭山峰之一,在今陕西省西安市南,又称南山。作者在山中有别墅。

【注释】

　　① 太乙二句:太乙,终南山的主峰,也是终南山的别称。天都,天帝所居之处。海隅,海边、海角。二句是说,终南山高可入云,群峰连绵,直达海边。② 白云二句:青霭,山间青色云气。二句是说,环顾四周只见白云围绕,可走进云气,却又什么也没有了。③ 分野二句:分野,古时以地上的州国与天上的星宿相对应,称分野。殊,不同。二句是说,终南山区辽阔,以其中峰为界,分属不同的分野;许多山谷也或阴或晴,气象各异。④ 欲投二句:想要找一个地方投宿,但山间空旷,人烟稀少,只能隔着水流向樵夫打听。

【评析】

　　本篇描写细致,从各个角度展现了终南山的美。首联,从太乙主峰起笔,写山之高耸与绵延。颔颈二联抓住终南山最具特征的景物加以描写。"白云"两句,身在山中,通过远近的层次安排和青白的色彩对比,将周围白云四合、入看则无的奇特景象,鲜明生动地呈现出来。"分野"一联,则身登山巅,视野开阔,阴晴色调对比鲜明,气势不凡。尾联以隔水问路收结,显出终南山的空旷、辽远。

## 汉 江 临 眺

　　楚塞三湘接,荆门九派通①。江流天地外,山色有无中②。郡邑浮前浦,波澜动远空③。襄阳好风日,留醉与山翁④。

【题解】

　　唐玄宗开元二十八年(740),王维被派往岭南主持当地地方官吏的选拔,这首诗就是他在南行途中经过襄阳时所作,描写了汉江浩大的气势,并赞美襄阳风物。汉江,一名汉水,长江最大的支流,源出陕西省宁强县北嶓冢山,流经褒城县,合褒水始称汉水,东南流经陕、鄂两地,至今武汉市汉阳流入长江。临眺,登高远望,一作"临泛"。

【注释】

　　① 楚塞二句:楚塞,楚国边界。三湘,湘江发源与漓水合流后称漓湘,中游与潇水合流后称潇湘,下游与蒸水合流后称蒸湘,总称三湘。这里泛指今洞庭湖和湘江流域一带。荆门,山名,在今湖北省宜都县西北。九派,九道江流。相传长江水在浔阳(今江西省九江市)一带分为九道,水势浩瀚。二句写远眺江汉一带形势,楚

地南接三湘,江水从荆门流向浔阳。② 江流二句:江水浩荡,一望无际,仿佛奔流于天地之外;山色远望,若有若无。③ 郡邑二句:水势浩大,郡邑仿佛漂浮在水面;波澜壮阔,好像在摇撼着远处的天空。④ 襄阳二句:好风日,风和日丽,美好的景色。与,如。山翁,晋人山简,竹林七贤之一山涛的儿子,他好饮酒,出任征南将军,镇守襄阳。当地豪族习氏园池佳美,山简常在那儿喝得酩酊大醉。二句是说,面对着襄阳如此美丽的景色,真想像山简那样留在这儿醉酒逍遥。

【评析】

这首诗描写汉江的气势,而归结到想要留醉襄阳。中间二联突出了汉江的浩阔壮大,并把作者的主观感受融入其间。大江不可能奔流在天地之外,郡城岂能浮动于江水之上,波澜又怎会摇动天空,写的虽是错觉,却将汉江那震撼人心的气势极为真切地表现出来。曹操描写沧海:"日月之行,若出其中。星汉灿烂,若出其里。"(《步出夏门行》)孟浩然诗云:"气蒸云梦泽,波撼岳阳城。"(《临洞庭湖上张丞相》)杜甫诗云:"吴楚东南坼,乾坤日夜浮。"(《登岳阳楼》)同为描写江海的宏阔壮大,而各尽其妙。

## 观　猎

风劲角弓鸣①,将军猎渭城②。草枯鹰眼疾,雪尽马蹄轻③。忽过新丰市,还归细柳营④。回看射雕处⑤,千里暮云平。

【题解】

这首诗是写一位将军的出猎。

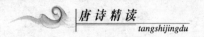

【注释】

① 风劲句：角弓，用兽角装饰的弓。这句是说，风力强劲，开弓射箭，箭在空中发出啸声。② 渭城，即秦都咸阳，汉武帝时改为渭城，故址在今陕西省咸阳市东北。③ 草枯二句：眼疾，目光锐利。二句是说，寒冬草木枯凋，猎物无处隐藏，故易为猎鹰发现；积雪化尽，马蹄得得，显得格外轻快。④ 忽过二句：新丰市，故城在今陕西省临潼东北。汉高祖七年，因刘邦父亲思乡，遂按丰县街里格式仿造而成。细柳营，故址在今陕西省咸阳市西南。汉文帝时周亚夫为将军，曾在此驻军。新丰市、细柳营虽均在长安城一带，但两地相距较远。二句是说，将军在一次出猎中策马飞驰，行动迅捷，新丰市、细柳营虽相距较远，却都一掠而过。⑤ 雕，一名鹫，一种大型猛禽，较鹰凶猛，不易射落。

【评析】

本篇以时间为线索描写了一次狩猎活动。前四句写出猎，后四句写猎归。首联劈空而来，峭拔奇警。颔联体物细微，借细节将狩猎场面展现出来。颈联转入归途，巧妙织入两个典故，遗人一路疾驰、景色如飞的感觉。尾联以猎罢回望作结，与首联出猎呼应，神完气足。全诗遒劲有力，爽利风发，既显示了将军的豪迈气势，又表现了诗人昂扬的精神气概。

## 终 南 别 业

中岁颇好道，晚家南山陲①。兴来每独往，胜事空自知②。行到水穷处，坐看云起时③。偶然值林叟④，谈笑无还期⑤。

【题解】

唐玄宗开元二十九年(741),王维自岭南北归,在终南山修营别墅,过着半官半隐的生活。这首诗就是此时所作。诗中表现了他隐居生活的闲适悠然。别业,别墅。

【注释】

① 中岁二句:中岁,中年。道,这里是指佛理。晚,晚近,近时。南山陲,终南山边,指终南别业。二句是说,自己人到中年对佛理尤有兴味,近时在终南山下居住。② 兴来二句:胜事,美好的事情,赏心悦目的景象。空,只。二句是说,兴致来时,每每独自漫游,遇到赏心乐事也只是自己欣赏。③ 行到二句:自己出游漫无目的,十分随意;有时会一直走到河流的尽头,有时走累了,就坐下休息,看看远岫生云。④ 值,遇,逢。林叟,家住在树林中的老叟。⑤ 谈笑句:还期,指离开终南别业回到长安城中的日期。这句是说,与林叟谈谈笑笑,住在山中的兴致很高,目下没有回城的日期。

【评析】

这首诗典型地表现了诗人隐居时期超然物外的心态和悠闲自适的生活情趣。"好道"二字可说是全篇眼目,以下描写都是"好道"的表现。全篇章法秩然,首联领起,颔联承"好道"而来,颈联复承"独往"生发,而结以谈笑忘归,一天的行止尽在篇中。"行到"二句不仅对得工稳,且见转折层深之妙,于穷尽中又开出无穷妙境。全诗写得平淡自然,略无雕琢痕迹。作为律诗,颔联失对,故有人又将此篇归入古诗。

## 冬晚对雪忆胡居士家

寒更传晓箭,清镜览衰颜①。隔牖风惊竹,开门雪

满山②。洒空深巷静③,积素广庭闲④。借问袁安舍,翛然尚闭关⑤。

【题解】

这首诗是写作者雪夜对友人的怀念。胡居士,其人不详。居士,居家奉佛者。

【注释】

① 寒更二句:寒更,寒夜的更声。一夜分五更,一更约两小时。箭,古代计时器漏壶中的部件,置于受水壶中,漏水下滴,水位升高,箭随之上浮,按所刻符号指示时间。清镜,明镜。览,照。二句是说,寒风中更声报晓,对镜自照发现自己已经衰老。② 隔牖二句:牖,窗户。二句是说,晚上隔着窗户,听到大风吹动竹林发出的声响;清晨打开房门,只见大雪已然覆盖了群山。③ 洒空,雪花飘洒空中。④ 积素,形容白色的积雪。广庭,广阔的庭院。闲,幽静。⑤ 借问二句:袁安,字邵公,东汉汝阳人,据《后汉书·袁安传》注引《汝南先贤传》,有一年大雪,洛阳令外出巡视,只见家家都在门前扫雪,只有袁安的门前,雪积得很厚。大家以为他死了,就破门而入。只见袁安僵卧在床。问他为什么不出门,他回答说:"大雪天,大家都饥饿,不宜去麻烦人。"这是以袁安比胡居士,说他贤德而穷困。翛(xiāo)然,超然自在貌。二句是说,在这寒夜雪天里,胡居士是不是也像袁安那样在家闭门高卧呢?

【评析】

冬夜雪大,诗人惦念着老朋友,很想知道他在这严寒中是怎样过来的。全诗四联,首联说报更声传来,天已拂晓,对着镜子自伤衰老,暗寓孤寂之意。颔、颈二联扣题中"对雪"二字,是描写雪景的传神佳句。"隔牖"一联,一写室内,从听觉入手,一写室外,从视觉下笔。"洒空"一联,一写动态,一写静态。自然浑成,而又情景毕现。在前三联充分铺垫的基础上,直到尾联方画龙点睛,归结到怀人主旨。眷眷深情,尽在言外。王维作为画家,擅长描绘雪景,这首诗也表现出他刻画雪景的高超才能。

## 鸟 鸣 涧

人闲桂花落,夜静春山空①。月出惊山鸟,时鸣春涧中②。

【题解】

这是《皇甫岳云溪杂题》五首之一。皇甫岳,作者友人,生平不详。云溪,当是皇甫岳的别业名。鸟鸣涧,云溪附近之景。

【注释】

① 人闲二句:桂花,又称木犀,香气浓烈,种类不一,这里应指春天开花的一种。二句是说,在安闲寂静中似能听到桂花悄悄坠落的声息,夜色中的春山显得格外空寂。② 月出二句:涧,山沟。二句是说,皓月初升,月光下照,惊动了山鸟,鸟鸣声声,在山沟间回响。

【评析】

这首诗写一种极为幽静的境界。前二句是以动态显静态,后二句是以声响衬寂静,使用的都是反衬手法。全篇虽然是写景色之静,但实际折射出的却是人心之静。唯因人心闲静,才能于寂然中听出桂花坠落的声息。王维奉佛悦禅,喜写静、写空,本篇在景物的描写中渗透着浓重的禅意。

## 相 思

红豆生南国,秋来发几枝①。愿君多采撷②,此物最相思。

【题解】

这首诗是写给友人,希望他多摘红豆,以寄相思。据范摅《云溪友议》,安史乱起,玄宗奔蜀,李龟年曾在湘中采访使筵上唱过这首诗。这样看来,本诗应该是作于安史乱前。

【注释】

① 红豆二句:红豆,相思木所结子,色鲜红,或半红半黑,古人常用来比喻爱情或朋友相思。南国,岭南一带。二句是说,红豆产于岭南一带,在秋天结实。② 采撷(xié),采摘。

【评析】

全诗四句,上二句是发问,表现诗人关切的心情;下二句是劝客,希望友人多多采撷,藉以表达彼此相思。全篇托物抒情,不假雕饰,纸短情长,感人至深。

## 九月九日忆山东兄弟

独在异乡为异客,每逢佳节倍思亲。遥知兄弟登高处,遍插茱萸少一人①。

【题解】

这首诗写重阳节思亲之念。诗题下注曰:"时年十七。"王维时在长安。阴历九月九日为重阳节。山东,华山以东。王维是蒲州(今山西省永济县)人,蒲州在华山之东,故称留在家乡的兄弟为山东兄弟。

【注释】

① 遥知二句:茱萸,一种木本植物,生于川谷,其味香烈。古代

风俗,阴历九月九日重阳节,人们要佩戴茱萸,以祛邪避灾。二句是说,想必重阳节那天,兄弟们一起登高望远,家人团聚,唯独缺少的,就是作客异乡的我一个人。

【评析】

前二句落笔在我,是说自己思念亲人,是直接抒情的写法。后二句从兄弟处落笔,通过重阳登高场面的描写,来表现他们对我的思念。从主客两方面突出佳节思亲的主旨,曲折有致,真切动人。杜甫《月夜》:"遥怜小儿女,未解忆长安。"从亲人角度写思念之情,意境相似。

## 送元二使安西

渭城朝雨浥轻尘,客舍青青柳色新①。劝君更尽一杯酒②,西出阳关无故人③。

【题解】

本篇是为送别友人出使西域而作。元二,名氏生平不详。安西,即安西都护府,治所在龟兹(今新疆维吾尔自治区库车县),统辖龟兹、于阗、焉耆、疏勒四镇及月氏等府州。本篇入乐后又称《渭城曲》、《阳关三叠》。

【注释】

① 渭城二句:渭城,见《观猎》注②。浥,湿润。二句是说,清晨的雨使渭城的空气湿润清新,尘土不扬,旅馆边上杨柳青青,吐出了新绿。② 尽,喝干。③ 阳关,关名,在今甘肃省敦煌县西南,因位在玉门关之南,故称。古时称南方为阳。故人,旧友。

【评析】

前二句暗点时间、地点、节令,又用清晨的细雨、清新的空气、孤寂的客舍、吐出新绿的柳条为送别布置了环境。而客舍、柳色两个意象又暗寓客中送客的意味(古时人们有折柳送别的习惯)。后二句则抓住饯别劝酒这一细节,将浓浓的惜别深情聚集于这一片段之内。本篇后被采入乐府,以为送别之曲,其中二、三、四句,每句皆叠唱,故又名《阳关三叠》。

### 储光羲 一首

储光羲(707—760),润州延陵(今江苏省丹阳县)人。郡望兖州(今属山东省)。唐玄宗开元十四年(726)进士。任监察御史。安禄山攻陷长安,他出任伪官。安史乱平后,贬死岭南。

## 钓 鱼 湾

垂钓绿湾春①,春深杏花乱②。潭清疑水浅,荷动知鱼散③。日暮待情人,维舟绿杨岸④。

【题解】

本篇是作者《杂咏五首》中的第四首,描写作者在钓鱼湾垂钓待友的情景。

【注释】

① 垂钓,在河边钓鱼。② 乱,这里是指花瓣纷纷飘落。③ 潭清二句:潭水清澈见底,不见游鱼,使人误以为水浅;突然荷花晃动起来,方知荷叶下有鱼儿在游动。④ 日暮二句:情人,友人。维舟,用缆系船。二句是说,在钓鱼湾垂钓目的是等待友人,可是直到薄暮,仍不见友人的身影,眼前所见的只是绿杨、小

舟而已。

【评析】

本篇意象清远,恬淡宁静。前四句景语,描写钓鱼湾周围的优美景色。"潭清"二句状物工细,在一静一动中传达出物态的神韵,也见出作者的悠然心态。后二句点出等人主题,至此方显出诗人意不在鱼,而在人。全篇以景传情,含蓄隽永。

## 常　建 一首

常建(生卒年不详),长安(今属陕西省西安市)人。唐玄宗开元间进士。代宗大历中,任盱眙尉。仕途不得意,放浪山水间,过隐遁生活。

## 题破山寺后禅院

清晨入古寺,初日照高林①。曲径通幽处,禅房花木深②。山光悦鸟性,潭影空人心③。万籁此俱寂,但余钟磬音④。

【题解】

本篇题咏佛寺,兼寓禅意。破山寺,又名兴福寺,在今江苏省常熟市虞山北麓,南齐倪德光舍宅所建。后禅院,僧人生活区,在佛寺后半部分。

【注释】

① 初日,初升的太阳。高林,树林,因树木高大,故称。② 曲径二句:禅房,僧堂,僧人参禅之处。二句是说,小路曲曲弯弯,通向幽

深之处,禅房掩映在花木丛中。③ 山光二句:山光,指太阳映照在山石上的光影。潭影,周围景色在潭水中的倒影。二句是说,山光使鸟儿愉悦快乐,潭影让人俗虑顿消,内心澄静空明。④ 万籁二句:万籁,所有的声响。籁,从空穴中发出的声音。钟磬,寺院中做佛事时使用的两种铜制乐器,开始时用钟,结束时用磬。二句是说,周围一片寂静,只有寺院里的钟声磬音在空中悠悠回响。

【评析】

本篇的佳处在于从各个角度写出了佛寺的幽静。首联破题,点出时间、地点。以下转入具体描写,颔联写曲径、禅房,颈联写山光、潭影,均从视觉形象写;尾联则从听觉形象入手,用袅袅钟声反衬周遭的宁静。颔颈两联尤为全诗的警策,"曲径"二句描写客观之景,"山光"二句则重在写人心之感受。通篇写景,而禅意自然融入其中。

## 刘方平 一首

刘方平(生卒年不详),河南(今河南洛阳市)人。二十工词赋。隐居颍阳大谷,绝意仕进。与皇甫冉、李颀交好,互有赠答之作。

## 夜 月

更深月色半人家,北斗阑干南斗斜①。今夜偏知春气暖,虫声新透绿窗纱②。

【题解】

诗人从秋虫的鸣声中听到了春回大地的信息,并由衷地感到了喜悦。

【注释】

① 更深二句:阑干,横斜貌。二句是说,夜静更深,月影半照人家,天空星斗横斜。② 今夜二句:意思是说,虫声唧唧,透过窗纱传进屋来,给人带来了大地回春的感觉。

【题解】

全诗四句,前二句写月色,是宾,后二句写虫声,是主。用宁静的月夜衬托唧唧的虫声。一个"新"字,显示出时令特征,暗示这是刚刚从冬眠中苏醒过来的小虫的鸣声。"透"字状写虫声之细弱,尖新可喜。

## 崔国辅 一首

崔国辅(生卒年不详),郡望清河(今山东省益都县)。历任集贤直学士、礼部员外郎。天宝间,贬为竟陵郡司马。工诗文,尤擅乐府短章。

### 小长干曲

月暗送湖风,相寻路不通①。菱歌唱不彻,知在此塘中②。

【题解】

《小长干曲》,乐府诗题,是《长干曲》的变调,多写水上生活,属《杂曲歌辞》。

【注释】

① 月暗二句:月色暗淡,湖风轻拂,想去寻找那个采菱女子,却

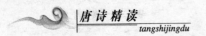

又无路可通。② 菱歌二句:彻,到底。二句是说,菱歌声断断续续,可想而知,她一定就在这河塘中。

【评析】

　　这是一首情诗。写小伙子想要寻找心上人,却总到不了她的身边。诗中真正的主人公是那位采菱姑娘,但却只闻其声,不见其人。飘忽迷离,若隐若现,给读者留下了很大的想象空间。诗歌语言通俗浅近,颇有民歌风味。

## 卷四　盛唐诗·李白

### 李　白 二十首

李白(701—762),字太白,号青莲居士。祖籍陇西成纪(今甘肃省天水县),先世于隋末流徙中亚。他出生在西域的碎叶城(今吉尔吉斯斯坦北部托克马克)。幼年时随父迁居蜀中。二十六岁时出蜀远游。天宝初,被召入京,供奉翰林,不久被谗离去。此后长期浪迹天下。安史乱起,因参永王李璘幕府,受到牵连,长流夜郎,中途遇赦。回来后又欲参加李光弼部队,因病未果,次年病死当涂(今安徽省当涂县)。

李白是中国诗歌史上最伟大的诗人之一。他的诗揭露和抨击了黑暗腐朽的社会现实,抒发了他对个性自由和光明美好生活的热烈追求,也表现了内心的苦闷和矛盾。对祖国山川壮美秀丽自然风光的热烈讴歌,也构成李白诗歌的重要内容。他的诗雄奇奔放,想象丰富,色彩瑰丽,善于从民歌、神话中汲取营养,形成了奇伟绚烂、豪迈不羁的独特风格。有《李太白集》。

### 子夜吴歌(其三)

长安一片月①,万户捣衣声②。秋风吹不尽,总是玉关情③。何日平胡虏,良人罢远征④?

【题解】

《子夜歌》，乐府旧题，属清商曲辞吴声歌曲。因产生在吴地，所以也可叫《子夜吴歌》。内容多写男女相思之情。李白此题，原有四首，分别写春、夏、秋、冬四季相思。此处选录其中第三首。诗写闺妇对远戍征人的思念。

【注释】

① 一片，一个。② 捣衣，把织好的布帛放在砧上，用杵捶击，使之熟软，以备裁剪。谢惠连《捣衣》诗云："榈高砧响发，楹长杵声哀。微芳起两袖，轻汗染双题。纨素既已成，君子行未归。裁用笥中刀，缝为万里衣。"③ 秋风二句：玉关，玉门关，汉武帝时设置，在今甘肃省敦煌县西北，六朝时移至今安西县附近。为汉唐通西域的要道。二句是说，秋风吹不去对远征亲人的思念。④ 何日二句：胡虏，对西北少数民族军队的蔑称。良人，古代妇女对丈夫的称呼。二句是说，不知什么时候能够打败外敌，使丈夫可以结束远征，回家团聚。

【评析】

这首诗袭用的是艳情题材，却注入了渴望结束战争，早日过上和平生活的主题。诗的前二句，写秋夜一片月虽小，但在它的光芒普照下，长安城内千万人家响起了为边疆战士准备寒衣的捣衣声。两句境界开阔，起得雄浑有力。次二句由景入情，由捣衣声引发出一片相思深情。末二句直抒胸臆，点出题旨：企盼战争早日平息，家人可得团聚。全诗明朗自然，如出天籁，有浓郁的民歌风味。

## 长干行（其一）

妾发初覆额，折花门前剧①。郎骑竹马来，绕床弄青梅②。同居长干里，两小无嫌猜③。十四为君妇，羞颜未尝开。低头向暗壁，千唤不一回④。十五始展眉⑤，愿同尘与灰⑥。常存抱柱信，岂上望夫台⑦。十六君远行，瞿塘滟滪堆⑧。五月不可触⑨，猿声天上哀⑩。门前迟行迹，一一生绿苔⑪。苔深不能扫，落叶秋风早。八月胡蝶黄，双飞西园草⑫。感此伤妾心，坐愁红颜老⑬。早晚下三巴，预将书报家⑭。相迎不道远，直至长风沙⑮。

【题解】

本篇系从乐府旧题《长干曲》中衍化而出，属乐府杂曲歌辞。李白此题共有二首，此选其一。长干，地名，即长干里，在今江苏省南京市。左思《吴都赋》刘渊林注云："江东谓山冈间为干。建业（今南京市）之南有山，其间平地，吏民杂居，故号为干。中有大长干，小长干。"（《文选》卷五）其曲辞多写长干一带情事。本诗写一个女子对远在长江上游经商的丈夫的不尽思念。

【注释】

① 妾发二句：初覆额，头发刚刚盖住额头。古时成年男女束发，这里说初覆额，是指女子年幼时。剧，玩耍，游戏。二句是写女子幼年时在门前折花玩耍的情景。② 郎骑二句：竹马，儿童以竹竿代马。床，坐卧之具。一说为井床。二句是说，还记得你小时候跨着竹竿，好似骑马一般，来到我家，一边绕床追逐，一边投掷青梅作游戏。后

来"青梅竹马"的成语,即由此而来。③ 两小句:嫌猜,嫌疑,顾忌。这句是说,当时彼此都还年幼,天真烂漫,不知道要避嫌。④ 十四四句:十四岁嫁给你为妻,还很害羞,低头对着墙壁,也不答应你的呼唤。⑤ 展眉,展开紧蹙的眉头,表示心情愉快。⑥ 尘与灰,比喻彼此和合不分。⑦ 常存二句:抱柱信,《庄子·盗跖》中说,尾生与女子约定在桥下相会,河水上涨,而女子还没有来,尾生为了不失信,就抱住桥柱,守在原地,结果被水淹死。望夫台,古代传说有人久出未归,他的妻子就到高台上眺望,故名。二句是说,彼此信守誓言,从不分离,哪里需要登高远望呢?⑧ 瞿塘,峡名,是长江三峡之一,在今四川省奉节县东。水道逼窄,水流湍急,船行容易出事。滟滪堆,瞿塘峡口的一块巨大礁石。⑨ 五月句:古歌谣《淫豫歌》:"滟滪大如襆,瞿塘不可触。"这句是说,五月潮水暴涨,滟滪堆只露出一顶点,行舟容易触礁。⑩ 猿声句:《水经注》引古歌谣云:"巴东三峡巫峡长,猿鸣三声泪沾裳。"这句是说,三峡多猿,其声凄厉,常在山间回响。⑪ 门前二句:迟,等待。二句是说,少妇等待丈夫,在门前徘徊,其足迹也一一长满了绿苔。迟,一作"旧"。⑫ 八月二句:时当八月,蝴蝶双双在庭园花草间翻飞。这是用蝴蝶双飞来反衬女子的孤单。⑬ 感此二句:此,指蝴蝶双飞的情景。坐,因为。二句是说,看到庭园中蝴蝶双飞的情景,联想到自己的孤寂,不禁伤心起来,为自己青春消逝,红颜老去而发愁。⑭ 早晚二句:早晚,何时,这是当时俗语,犹言多早晚。下三巴,从三巴下来。三巴,地名,指巴郡(治今重庆市)、巴东(治今奉节县东北)、巴西(治今阆中市)三郡,都在今四川省东部。二句是说,不知何时丈夫会从三巴顺流而下,希望预先写信告诉家里。⑮ 相迎二句:不道远,不说路远。一说,不道,不管,不顾。长风沙,地名,在今安徽省安庆市东长江边上。从金陵到长风沙有七百里路。二句是说,且不说路途有多么遥远,即便是远至长风沙,也一定要亲自前去迎接。形容女子思念夫君心情的深挚、迫切。

【评析】

　　这首诗用女子的口吻写对出外经商丈夫的思念。通篇使用叙事手法,从幼年时两小无猜,一直写到今日的空闺思远,曲曲倾诉出哀婉的相思之情,情致缠绵委婉。其中青梅竹马、含羞低首几句,刻画情态,尤为传神。全诗语言浅显明朗,风格接近民歌。诗从五月写到八月,部分地采用四季相思格调,又运用顶真手法("绿苔"、"苔深"),于此可见南朝乐府名篇《西洲曲》(杂曲歌)的影响。上半"十四"到"十六"诸句,则显然是受汉乐府《焦仲卿妻》的启发。

## 经下邳圯桥怀张子房

　　子房未虎啸,破产不为家①。沧海得壮士,椎秦博浪沙②。报韩虽不成,天地皆振动③。潜匿游下邳④,岂曰非智勇⑤?我来圯桥上,怀古钦英风⑥。唯见碧流水,曾无黄石公⑦。叹息此人去,萧条徐泗空⑧。

【题解】

　　这首诗是李白天宝四载(745)由东鲁南下吴越,经过下邳时所作。下邳(pī),今江苏邳县。圯(yí)桥,邳县沂水上的桥。张良,字子房,战国时韩国贵族。韩被秦亡后,他用全部家财搜求刺客,为韩报仇。后来他通过沧海君,找到了一个大力士,在博浪沙(今河南省原阳县)用铁椎狙击秦始皇,误中副车。始皇大怒,大索天下。张良隐姓埋名,潜匿民间。后来他经过下邳圯桥时,遇见一老人黄石公,授他一册《太公兵法》,说读此可以为王者师。张良日后帮助刘邦统一天下,建立汉朝。这首诗就是李白对张良事迹的赞叹。

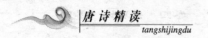

【注释】

① 子房二句：虎啸，老虎发出的吼声。比喻英雄豪杰奋发有为，作出惊天动地的大事。二句是说，当张良尚未崭露头角之时，他就不惜尽散家财，谋求为韩报仇。② 沧海二句：椎，用铁椎狙击。二句是说，张良通过沧海君得到了一个壮士，在博浪沙用铁椎狙击秦皇。③ 报韩二句：张良为韩国复仇的计划虽然没有成功，但刺秦行动却使天地为之振动。④ 潜匿，潜藏隐匿于民间。《史记·留侯世家》说，张良谋刺秦皇行动失败后，就改名换姓隐匿下邳。⑤ 岂曰句：难道能说不是智勇兼备吗？意思是行刺秦皇是勇，隐匿民间是智。⑥ 钦英风，钦佩张良的英杰豪迈之气。⑦ 唯见二句：碧流水，指沂水。黄石公，那位在圯桥上授张良兵书的老人自称黄石公。据《史记·留侯世家》记载：某次张良经过圯桥，见一老人鞋子落到桥下，叫张良取鞋帮他穿上。老人见他有耐性，说"孺子可教"，约张良隔五天清晨在原地会晤。因张良到达时老人已先到，怪他迟到，约他隔五天再去。如此反复到第三次，张良夜半前即去，稍后老人方至，感到高兴，授他一册《太公兵法》，并对张良说，十三年后你在济北谷城山下见到的黄石就是我。张良帮助汉高祖刘邦出谋划策，在统一中国、建立汉朝中起了重要作用。这一带有神秘色彩的传说反映了人们对于张良何以具有卓越才智的一种解释。二句是说，现在我来到下邳圯桥旧地，见到的只有滔滔东去的河水，并没有黄石公其人。⑧ 叹息二句：此人，指张良。一说指黄石公，亦通。徐泗，徐指徐州，唐时包括彭城（今江苏铜山县）、萧（今安徽萧县西北）、丰（今江苏丰县）、沛（今江苏沛县东）、滕（今山东滕县）、宿迁（今江苏宿迁县南）下邳七县。泗，泗州，唐时包括临淮（今安徽泗县东南）、涟水（今江苏涟水县北）、盱眙（今江苏盱眙县东北）、徐城（今江苏盱眙县西）。徐泗二地接壤。二句是说，来到下邳旧地，想到张良早已不在人世了，不禁感慨系之；纵目四顾，但见徐泗大地一派空旷冷落的景象。

【评析】

　　这是一首咏史诗。作者经过下邳圯桥,怀想当年张良事迹,因而写下此诗。李白怀有宏大的政治抱负,希冀帮助帝王建立赫赫功业,位登宰辅。他对历史上吕尚(姜太公)、管仲、诸葛亮等著名辅弼大臣十分仰慕,在其诗中屡屡言及。对张良也是如此,故本篇对张良倾注了强烈的赞叹感佩之情,同时也流露出英雄已去、大地萧条的不胜怅惘。全诗怀古抒情,融为一体。结末四句写人亡物在、不胜今昔之感,尤饶韵味。全篇语言明快流畅,下笔如行云流水,显示出飘逸的特色。

# 月下独酌(其一)

　　花间一壶酒,独酌无相亲①。举杯邀明月,对影成三人②。月既不解饮,影徒随我身③。暂伴月将影,行乐须及春④。我歌月徘徊,我舞影零乱⑤。醒时同交欢,醉后各分散。永结无情游,相期邈云汉⑥。

【题解】

　　李白此题共有四首,此选其一。这首诗写李白月下独酌,与明月、影子共成三人,表现了李白旷达不羁的豪放襟怀与自得其乐的情趣。

【注释】

　　① 花间二句:意思是说作者独自一人坐在花丛中,自斟自饮,没有一个亲近的人陪伴。② 举杯二句:举起酒杯邀明月共饮,这样连同影子就共成三人。③ 月既二句:解,懂得。徒,只。二句是说,月亮既不会饮酒,影子也只是随着我的身形而晃动。言外有孤寂之感。

④ 暂伴二句：暂，暂且，姑且，包含有无奈的意味。将，和。二句是说，暂且就和明月、影子为伴，趁着美好的时光尽情欢乐。⑤ 我歌二句：零乱，影子晃动貌。二句是说，我引吭高歌，月亮似乎也因此而徘徊不进；我起身舞蹈，影子也跟着一起伴舞。⑥ 永结二句：无情游，月亮、影子都是无知觉、无感情之物，李白与之交欢，故称无情游。期，约定。云汉，云霄、高空。二句是说，愿与月亮、影子永远交好，相约他日在邈远的天空再相会。意思是将要飞升成仙。

【评析】

本篇想落天外，明明一人独酌，却幻出三人共饮。酣饮高歌，豪气逼人，自斟自语，醉态可掬，显示了诗人的洒脱襟怀。全诗语句脱口而出，天真活泼，表现出随意挥洒的特色。

## 乌栖曲

姑苏台上乌栖时①，吴王宫里醉西施。吴歌楚舞欢未毕，青山欲衔半边日②。银箭金壶漏水多③，起看秋月坠江波④，东方渐高奈乐何⑤！

【题解】

《乌栖曲》，乐府旧题，属清商曲辞中西曲歌，多写男女欢爱之事。这首诗大约是李白入长安前在吴越漫游时的作品。诗中对吴王贪恋女色、寻欢作乐的荒淫无耻行为作了揭露和讽刺。据说贺知章读到这首诗连连叹赏道："此诗可以泣鬼神矣。"（孟棨《本事诗·高逸》）

【注释】

① 姑苏台，故址在今江苏省苏州市西南胥山上。相传为吴王阖闾始建，夫差增筑。《述异记》载，吴王夫差筑姑苏台，三年乃成，

周回曲折,横亘五里。上有春宵宫,吴王与宫伎为长夜之饮,造千石酒钟。又作天池,池中泛青龙舟,盛设妓乐,日与西施嬉戏游乐。西施,越国美女,吴王夫差宠妃。相传越国献西施给夫差,夫差日夜沉迷酒色,不理政治,终于为越国所灭。乌栖时,指黄昏时。② 吴歌二句:吴歌楚舞,泛指南方的乐舞。二句是说,姑苏台上的狂欢还没有结束,太阳却已快要下山了。③ 银箭金壶,古代计时器,以铜壶为之,壶内装置清水,壶底开孔,水中竖箭,上标刻度,随着水漏的增加,水平面不断降低,显示出不同的度数,以此来计时。漏水多,说明夜已经很深了。④ 起看句:月亮逐渐隐没于江中,夜快过去了,天就要亮了。⑤ 东方句:东方渐高,指太阳升起。一说,"高"是"皓"的假借字。奈乐何,快乐得不知如何是好,即乐不可支之意。这句是说,东方天色渐渐发亮,太阳升起来了,吴王仍沉溺于寻欢作乐之中。

【评析】

　　这首诗写吴王夫差日夜不辍的荒淫生活。对醉酒、歌舞只轻轻一点,通过乌栖、青山衔日、秋月下移、东方渐高等一连串画面,用侧笔来显示吴王日以继夜的淫乐无度。全诗着墨不多,语气婉曲,对夫差的荒淫误国作了有力的讽刺。末句以含蕴的感叹句结束,更觉摇曳生姿,寓意深婉。

## 蜀　道　难

　　噫吁嚱①,危乎高哉②!蜀道之难,难于上青天!蚕丛及鱼凫,开国何茫然③。尔来四万八千岁,不与秦塞通人烟④。西当太白有鸟道,可以横绝峨眉巅⑤。地崩山摧壮士死,然后天梯石栈相钩连⑥。上有六龙回日之高标,下有冲波逆折之回川⑦。黄鹤之飞尚不得过,猿猱欲度愁攀援⑧。青泥何盘盘,百步九折萦岩峦⑨。扪参历井仰胁息⑩,以手抚膺坐长叹⑪。问君西游何时还?畏途巉岩不可攀⑫。但见悲鸟号古木⑬,雄飞雌从绕林间。又闻子规啼夜月⑭,愁空山。蜀道之难,难于上青天,使人听此凋朱颜⑮!连峰去天不盈尺,枯松倒挂倚绝壁⑯。飞湍瀑流争喧豗,砯崖转石万壑雷⑰。其险也若此,嗟尔远道之人,胡为乎来哉⑱!剑阁峥嵘而崔嵬⑲,一夫当关,万夫莫开。所守或匪亲,化为狼与豺⑳。朝避猛虎,夕避长蛇,磨牙吮血,杀人如麻㉑。锦城虽云乐㉒,不如早还家。蜀道之难,难于上青天,侧身西望长咨嗟㉓!

## 【题解】

《蜀道难》,乐府旧题,属相和歌瑟调曲,内容多写蜀道之艰险。蜀地北有秦岭、剑阁等崇山峻岭,东有三峡湍流,古来以险阻著称。本篇写由秦入蜀道路上的艰难,为作者初入长安时赠友之作。作者竭力铺写蜀道的险恶、恐怖,意在劝友人不要久留蜀地。有人说这首诗是安史乱后,玄宗避难蜀中时所作,这种说法不可靠。因本篇收录于殷璠所编《河岳英灵集》,而《河岳英灵集》成书于天宝十二载(753),在安史乱前。还有其他一些关于此诗有讽喻的说法,都没有确证。

## 【注释】

① 噫吁嚱(xī),惊叹词,蜀人方言。② 危乎高哉,多么高峻啊。危,高耸貌。③ 蚕丛二句:蚕丛、鱼凫(fú),传说中的蜀国先王。二句是说,远溯至蚕丛、鱼凫,蜀国开国的年代何其邈远。④ 尔来二

句:尔来,从那时以来。秦塞,秦国关塞。二句是说,在蜀国开国以来的漫长年代里,由于蜀道艰险,就一直与秦地隔绝,不相往来。⑤西当二句:太白,山名,即终南山,冬夏积雪,望之皓然。在今陕西省周至县南。位于长安之西,故说西当太白。鸟道,只有鸟才能飞过的小道。横绝,横渡,穿过。峨眉,山名,在今四川省峨眉县西南。二句是说,长安西面的太白山高入云霄,山巅只有一条仅能通鸟的小路,可以让鸟儿由此飞到峨眉山巅。⑥地崩二句:这是用传说来说明蜀道开辟之艰难。据《华阳国志·蜀志》载,秦惠王嫁五女于蜀王,蜀王派五位力士前去迎娶。回来的路上,见到一条大蛇,游入穴中。五位力士一齐用力拽住蛇尾,要把蛇拖出来。这时山崩地裂把力士与秦王之女都压死在山间,而山也随之分为五岭。天梯,喻高峻的山路。石栈,山间凿石搭建的道路。钩连,互相沟通连接。二句是说,山崩地裂压死壮士,化为五岭,这样山路和栈道也就互相连接了起来,与外界的交通也就开始了。⑦上有二句:六龙,指代太阳神。神话中太阳神的车是用六条龙拉的。回日,挡住太阳神,让他回头走。高标,高耸的界标。回川,湍急回旋的急流。二句是说,蜀道之高,上有高耸入云的标志,即便是太阳神羲和乘车到此,也不得不停止前进,掉头离去;俯视山下但见波浪冲击、水势湍回的急流险川。⑧猱(náo),猿的一种,身体便捷,善攀援。⑨青泥二句:青泥,青泥岭,在今甘肃省徽县南,是由秦入蜀的要道。因山势高峻,上多云雨,行人屡逢泥淖,故称。盘盘,山路盘旋曲折貌。萦岩峦,山路绕着峰峦回环曲折。二句是说,青泥岭上的道路环绕着山峦群峰曲曲弯弯,艰险难行。⑩扪参(shēn)句:扪,用手摸。历,经过,穿过。参、井,都是天上的星宿。参是蜀的分野,井是秦的分野。胁息,屏住呼吸,不敢自由喘气。这句是说,青泥岭高入云霄,行走其上就好像是在星宿间穿行,只要一抬手就能触摸到,令人紧张得透不过气来。⑪以手句:抚膺,拍打胸口,惊惧紧张貌。这句是说,山路的险峻让人紧张得连连拍打胸口,不禁坐下来发出了长长的叹息。⑫畏途,令人畏惧的道路。巉岩,陡峭险峻的山岩。⑬ 号古木,在老树上悲鸣。号,号叫。⑭ 子规,杜鹃鸟,据说是蜀王望帝死后魂魄所化,鸣声悲切,好像在说"不如归去",最让游子伤情。⑮ 使人句:凋朱颜,变了脸色。这句是说,使人听了以后惊惧得红颜为之衰老。⑯ 连峰二句:连峰,连绵的群峰。去,距离。不盈尺,不满一尺,极言其距离之短。二句是说,蜀道之巅与天空相距不满一尺,一棵苍老的古松倒挂在悬崖峭壁之上。⑰ 飞湍二句:喧豗(huī),指瀑布飞泻而下发出的巨大声响。砯(pīng)崖,水流击打岩石的声音。二句是说,瀑布从高处飞泻直下,水流撞击山岩,转动巨石,发出的喧声在群山万壑间回响,仿佛响起了隆隆雷声。⑱ 嗟尔二句:胡为乎,为什么。二句是说,可叹啊,你们这些远方来客,为什么还要到蜀地来呢?⑲ 剑阁句:剑阁,栈道名,在今四川省剑阁县东北大剑山、小剑山之间,地势险要,为川陕间交通要道。峥嵘、崔嵬,山势高峻陡峭貌。这句是说,剑阁一带的道路是何等的高峻陡峭。⑳ 一夫四句:语出西晋张载《剑阁铭》:"一夫荷戟,万夫趑趄。形胜之地,非亲勿居。"所守,指守护蜀道之人。匪,同"非"。四句是说,蜀道地形险要,易守难攻,守护蜀道者,若非靠得住的人,就很容易变为祸害人民、抗衡朝廷的军阀。㉑ 朝避四句:猛虎、长蛇,都是指不服从朝廷政令,割据称雄的军阀势力。或说,猛虎、长蛇指荒僻之地吞噬人的野兽,实写蜀道环境之险恶、恐怖,亦通。吮,吸。四句是说,蜀道险恶,早晚要提心吊胆,躲避猛虎、毒蛇的袭击。这些害人的野兽磨砺毒牙,吸吮人血,杀人不计其数,根本不把人的生命当一回事。㉒ 锦城,又称锦官城,是成都的别称。㉓ 咨嗟,叹息。

【评析】

　　这首诗意在劝告朋友,不要久留蜀中。诗中对蜀道之险恶、雄奇作了形象的描绘。其想象力的丰富奇特,描写的夸张大胆,抒情的恣肆横放,色泽的光怪陆离以及语言的奔放酣畅令人叹为观止。全诗从一声长叹开始,下分三段:其一是写长安以西秦地道路的艰险;其二是写从青泥岭南行,由秦入蜀道路的艰难;其三是写蜀地形势的险要和环境的险恶。而"蜀道之难,难于上青天"的感叹三次反复出现则更增强了诗歌强烈的抒情性和节奏感,给人以回肠荡气的感受。诗为杂言体,以七言为主,而参用不同句式。这种参差错落的句式与跌宕起伏的情感互为表里,取得了思想内容与艺术形式相辅相成的效果。

## 将 进 酒

君不见黄河之水天上来,奔流到海不复回!君不见高堂明镜悲白发,朝如青丝暮成雪①!人生得意须尽欢,莫使金樽空对月②。天生我材必有用,千金散尽还复来③。烹羊宰牛且为乐,会须一饮三百杯④。岑夫子,丹丘生,进酒君莫停⑤。与君歌一曲⑥,请君为我侧耳听。钟鼓馔玉不足贵,但愿长醉不复醒⑦。古来圣贤皆寂寞,惟有饮者留其名⑧。陈王昔时宴平乐,斗酒十千恣欢谑⑨。主人何为言少钱,径须沽取对君酌⑩。五花马,千金裘,呼儿将出换美酒,与尔同销万古愁⑪。

【题解】

《将进酒》,乐府旧题,原是汉乐府鼓吹曲曲调。内容多写饮酒放达的行为。此诗是天宝年间李白离开长安后所作。将(qiāng),请。诗中写及时行乐、饮酒放达的豪情,也流露出政治理想不得实现的悲愤心情。

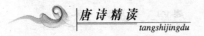

【注释】

①君不见四句:黄河之水天上来,古人认为,黄河源出昆仑,因其地势极高,仿佛从天而降。高堂,指居住之处。雪,形容发白如雪。前二句是用黄河之水东流奔腾急逝起兴,来比岁月易逝,人生短暂。后二句是说,面对着镜子,为头发迅速地由黑变白而悲哀。②人生二句:樽,酒杯。空,徒然,白白地。二句是说,人们在称心如意的时候应该尽情享受欢乐,不要让酒杯徒然对着明月。③天生二句:应该坚信,既然造化造就了我的才华,那就一定会有用得着的时候,钱财用完之后也一定会重新聚集起来。④会须句:会须,应当。这句是说,应该开怀痛饮。⑤岑夫子、丹丘生,岑勋、元丹丘,他们都是李白的好友。进酒君莫停,一作"将进酒,杯莫停"。⑥与,替,为。⑦钟鼓二句:钟鼓,乐器,这里是指古代富贵人家吃饭时击钟敲鼓的排场。馔玉,珍美如玉的食品。这句是说,高贵人家的豪奢生活没有什么值得珍贵的,只希望自己永远沉醉在美酒中不愿清醒过来。这里表现了李白对权贵的蔑视。⑧古来二句:寂寞,无声无息。二句是说,从古以来圣贤都是寂寞无闻的,只有豪放的酒徒才能在青史留名。这是李白纵酒时的愤激之言,实际上他对历史上许多圣贤的功业、成就还是很景仰、赞美的。⑨陈王二句:陈王,曹植,因他曾被封陈思王,故称。宴平乐,语出曹植《名都篇》:"我归宴平乐,美酒斗十千。"平乐,观名,故址在今洛阳市。斗酒十千,一斗酒价值十千钱。恣欢谑,纵情快乐。二句是说,遥想当年曹植欢宴平乐观,斗酒十千纵情酣饮欢乐的豪放景象。⑩径,直截了当。沽取,买取。⑪五花马四句:五花马,毛色呈五花纹路的好马,或说,是把马鬃剪为五瓣的马。千金裘,价值千金的裘衣。将出,拿出。万古愁,形容愁思之深。四句是说,唤出小儿,吩咐他用珍贵的五花马、千金裘去换钱买酒,好让我们一起借酒消愁。

【评析】

本篇前面写黄河水势奔腾,写人生短暂,写自己才能必有出路,都语气夸张而形象鲜明突出。后面铺叙痛饮狂歌的坦率情态和所以痛饮的理由,表现出李白向好友倾吐他嗜酒的豪放旷达胸怀。李白于天宝三载离开长安,写作此诗时仍然找不到政治出路,不禁满腔愤懑,结句"万古愁"正抒发了他压抑心头的郁勃不平之气,有画龙点睛之妙。全诗意气豪迈,语言奔放,慷慨淋漓,是一首歌咏饮酒的名篇。

## 梦游天姥吟留别

海客谈瀛洲,烟涛微茫信难求①;越人语天姥,云霓明灭或可睹②。天姥连天向天横,势拔五岳掩赤城③。天台一万八千丈,对此欲倒东南倾④。我欲因之梦吴越,一夜飞度镜湖月⑤。湖月照我影,送我至剡溪⑥。谢公宿处今尚在⑦,渌水荡漾清猿啼⑧。脚著谢公屐⑨,身登青云梯⑩。半壁见海日,空中闻天鸡⑪。千岩万转路不定,迷花倚石忽已暝⑫。熊咆龙吟殷岩泉,慄深林兮惊层巅⑬。云青青兮欲雨,水澹澹兮生烟⑭。列缺霹雳,丘峦崩摧⑮。洞天石扉,訇然中开⑯。青冥浩荡不见底,日月照耀金银台⑰。霓为衣兮风为马,云之君兮纷纷而来下⑱。虎鼓瑟兮鸾回车,仙之人兮列如麻⑲。忽魂悸以魄动,恍惊起而长嗟⑳。惟觉时之枕席,失向来之烟霞㉑。世间行乐亦如此,古来万事东流水㉒。别君去兮何时还?且放白鹿青崖间,须行即骑访名山㉓。安能摧眉折腰事权贵,使我不得开心颜㉔!

【题解】

诗题一作《别东鲁诸公》、《梦游天姥山别东鲁诸公》。天宝初期李白因受到权贵的排挤被迫辞官离京,后由东鲁出发南下吴越。行前作此诗向朋友表白心迹。留别,在诗题中常见,意为己将去他处,作诗告别。吟,歌行体的一种。天姥,山名,在今浙江省新昌县东五十里,与天台山相接。

【注释】

① 海客二句:海客,海外来客。瀛洲,传说中的东海仙山,为三神山(另二为蓬莱、方丈)之一。微茫,隐约迷茫,模糊不清。信,实在。二句是说,那些海外游客所说的瀛洲仙山虚无缥缈,实在难以寻觅。② 越人二句:越,今浙江一带。云霓,指天姥山景色。一作"云霞"。明灭,或隐或现,忽明忽暗。二句是说,越人所说的天姥山在变幻的彩云烟霞中却是隐约可见的。《后吴录》:"剡县(今浙江省嵊县)有天姥山,传云登者闻天姥(女神)歌谣之响。"(《太平寰宇记》卷九六引)③ 天姥二句:五岳,中国五大名山的总称,即东岳泰山、南岳衡山、西岳华山、北岳恒山、中岳嵩山。赤城,山名,在今浙江省天台县北,为天台山南门,因山土赤色,状似云霞,故称。二句是说,天姥山高耸入云,横贯天际,气势雄伟,超过了五岳、赤城。④ 天台二句:天台,山名,在今浙江省天台县北,是仙霞岭山脉的东支。一万,一作"四万"。二句是说,天台山虽然相传高达一万八千丈,但面对天姥山,却低了许多,好像倾陷于天姥山的东南似的。⑤ 我欲二句:因,借助。之,指天姥山。镜湖,又名鉴湖,在今浙江省会稽县西南。二句是说,想要借着天姥山的传说,梦游吴越,于是一夜之间来到了明月之下的鉴湖。⑥ 剡溪,水名,是曹娥江的上游,北流入上虞,为上虞江,在今浙江省嵊县南。⑦ 谢公宿处,谢灵运住宿之处。南朝宋诗人谢灵运《登临海峤初发疆中作与从弟惠连见羊何共和之》:"暝投剡中宿,明登天姥岑。"⑧ 渌水,清澈见底的河流。⑨ 谢公屐,一种登山鞋。据《南史·谢灵运传》,谢灵运登山寻胜,常穿木屐。这种屐有齿,上山时去前齿,下山时去后齿。⑩ 青云梯,指山路,因山势高峻,云雾缭绕,故称。⑪ 半壁二句:半壁,半山腰。天鸡,神鸡。据《述异志》载,东南桃都山上有叫桃都的大树,上面栖息着天鸡。太阳初出,

天鸡就啼叫起来,于是天下的鸡都开始鸣叫了。二句是写登山时的所见所闻。攀登至半山腰,见到太阳从海上冉冉升起,这时空中响彻了天鸡的叫声。⑫千岩二句:是说作者沿着盘旋曲折的山路前进,一会儿被路旁的山花所吸引,一会儿走累了就靠在山石旁休息,不知不觉间天色已经昏暗了。⑬熊咆二句:殷,震动。慄,颤抖。二句是说,熊龙的吼声在山谷间回响,震动了山岩泉石,树林山巅。⑭云青青二句:澹澹,水波摇荡貌。二句是说,天色晦暗,水波摇荡,雾气弥漫快要下雨了。⑮列缺二句:列缺,闪电,霹雳,雷鸣。二句是说,突然间,雷鸣电闪,山崩地裂。⑯洞天二句:洞天,道教称仙人居住的地方。訇(hōng)然,象声词,模拟巨响。二句是说,雷电交加,神仙洞穴的石门在轰然巨响中打开了。⑰青冥二句:青冥,青天。金银台,神话中神仙所居之处。郭璞《游仙诗》:"神仙排云出,但见金银台。"二句是说,苍天高远,在日月光芒的照射下金银台显露了出来。⑱霓为衣二句:云之君,云神,这里泛指乘云霓而下的神仙。二句是说,神仙们以霓虹为衣,以清风为马,纷纷从天而降。⑲虎鼓瑟二句:列如麻,喻神仙众多。二句是说,老虎弹着瑟,鸾凤拉着车子,众多神仙降临人间,排列成行。⑳忽魂悸二句:悸,心惊。恍,神思恍惚貌。二句是说,忽然觉得惊心动魄,从恍惚中惊醒过来,不觉发出一声长叹。㉑惟觉时二句:惟,只有。觉,醒过来。向来,过去,刚才。烟霞,这里指梦中境界。二句是说,从梦中惊醒过来,所见到的只有枕头、席子,先前梦中景象却早已失去。㉒世间二句:醒后方才悟出这样的道理:人世间的寻欢作乐就如同一场梦,古往今来的一切事情都像东流之水,一去不返。㉓别君三句:白鹿,传说中神仙的坐骑。须,等待。三句是说,今天跟诸君告别,还不知道什么时候才能回返,那就暂且把白鹿放养在山间,等我出行时就骑上它遍访天下名山。㉔安能二句:安能,怎么能。摧眉折腰,低眉弯腰。二句是说,怎么能让我低眉弯腰地去侍奉权贵,使我不能敞开胸怀,心情舒畅呢?

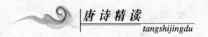

## 【评析】

李白年轻时受道教影响,向往神仙。他一生喜欢游名山,也与求仙有关。此时他因在长安政治失意,内心抑郁苦闷,更想藉求仙以为排解。他听说天姥山景色幽美,上有神仙,想南行求访,心驰神往,在梦中作了预游。这首诗虽有企求神仙的消极成分,但借梦游境界抒发了作者对自由生活的向往,也表露了他对荣华富贵与权贵的蔑视,具有鲜明、强烈的反抗精神。全诗以梦前、梦中和梦醒为线索,而以梦境中的奇异景色与神仙下降为描画重点。奇情妙思,想象奇特,意象瑰丽,变化莫测。篇末在议论中点出主旨,归结为傲视权贵,期盼自由,是他歌行中的一篇杰作。

## 宣州谢朓楼饯别校书叔云

弃我去者,昨日之日不可留;乱我心者,今日之日多烦忧①。长风万里送秋雁,对此可以酣高楼②。蓬莱文章建安骨,中间小谢又清发③。俱怀逸兴壮思飞,欲上青天览明月④。抽刀断水水更流,举杯消愁愁更愁。人生在世不称意,明朝散发弄扁舟⑤。

## 【题解】

这首诗是作者在天宝后期安史乱前在宣州为饯别族叔李云而作。诗中抒发了他壮志不得实现的一腔悲愤,流露出消极避世的思想。宣州,今属安徽省,治所在今安徽省宣城县。南朝齐谢朓曾作过宣城太守。谢朓楼,原名叠嶂楼,又名北楼,为谢朓任宣城太守时所建。校书,校书郎,唐代秘书省属官,掌校雠典籍。叔云,李白的族叔李云。本篇题名一作《陪侍御叔华登楼歌》。李华,著名散文家,天宝后期曾任侍御史。

【注释】

① 弃我四句：以往的岁月离我而去，不可挽留；今天的日子又给我带来了无限的忧愁。② 长风二句：在高楼上，面对着长空万里秋雁南飞的壮阔景象，可以开怀畅饮了。③ 蓬莱二句：蓬莱，原指海上仙山之一，是传说中收藏珍稀书籍的仙府。东汉时人称东观校书处为老氏藏室，道家蓬莱山（见《后汉书·窦章传》）。建安骨，汉末建安时期，以三曹七子为代表的诗人，所作诗歌大多质朴刚劲，明朗峻爽，富有骨力，后世称为建安风骨。小谢，谢朓，南朝齐诗人，是山水诗的代表作家，为李白所激赏，与谢灵运并称大小谢。清发，清新秀发。这二句内容大约是指李白与李云两人评论东汉至南朝诗文。一说，李云为校书郎，故以蓬莱文章相称。二句中前句是赞扬李云的文才有东汉之风，后句是夸耀自己的诗章具有建安风骨，清新有似谢朓。④ 俱怀二句：逸兴，飘逸的意兴。览，同"揽"，摘取。二句是说，我们两人都意兴飘逸，胸有大志，要到天上摘取明月。⑤ 人生二句：称意，称心如意。散发，披散头发，表示放达不仕。古代为官者须束发加簪，戴上官帽。扁舟，小舟。二句是说，活在世上不如意，无法实现自己的理想，那明天就披散头发泛舟江湖，隐居起来。

【评析】

李白自天宝初年离开长安，到此时已近十年，一直找不到政治出路，因而十分悲愤，他在诗中抒发一腔忧愁，并流露出无可奈何的消极出世思想。全诗抒写诗人内心波澜起伏的愁闷。劈首四句，如火山爆发，一腔悲愤喷涌而出。"长风"以下六句，一变而为高亢的调子，抒发了诗人的凌云壮志和放达不拘的豪情。"抽刀"以下四句，思绪由理想折回现实，情感亦由高昂跌入低沉。面对着不如意的现实，诗人只能以隐退江湖作为归宿。情感回旋跌宕，结构跳跃多变，是本篇一大特点。

## 北 风 行

烛龙栖寒门,光耀犹旦开。日月照之何不及此?惟有北风号怒天上来①。燕山雪花大如席,片片吹落轩辕台②。幽州思妇十二月③,停歌罢笑双蛾摧④。倚门望行人,念君长城苦寒良可哀⑤。别时提剑救边去,遗此虎文金鞞靫。中有一双白羽箭,蜘蛛结网生尘埃⑥。箭空在,人今战死不复回!不忍见此物,焚之已成灰。黄河捧土尚可塞,北风雨雪恨难裁⑦!

【题解】

《北风行》,乐府旧题,属杂曲歌辞。这首诗是李白于天宝十一载(752)游幽州时所作。其时安禄山为了邀功请赏,不断在边地向兄弟民族挑起战祸。本篇即以此为背景,抒写了北方女子对远征战死的丈夫的深切怀念。

【注释】

① 烛龙四句:烛龙,神话中的神龙。人面蛇身,眼睛张开,天地就明亮;眼睛闭合,天地就阴暗。见《山海经·大荒北经》、《淮南子·地形训》。寒门,北方极寒之地的一座山。此,指幽州,今河北省北部一带。四句是说,烛龙栖息在寒门山,眼睛睁开,尚且能把黑夜照成白昼,为什么日月的光亮却始终照不到这幽州之地,而只能听到北风的呼啸怒号呢? ② 燕山二句:燕山,山名,在今河北省蓟县东南,蜿蜒而东,经玉田、丰润,直至海滨,绵延数百里。大如席,形容天寒雪大,是一种夸张的说法。轩辕台,故址在今河北省涿鹿县乔山上。二句是说,幽州之地天阴寒冷,燕山一带雪片纷纷洒落在轩辕台上。

③ 幽州,唐时辖境,相当今北京市及河北省武清、永清县一带。④ 双蛾摧,指女子皱紧眉头。蛾,形容女子的眉毛。⑤ 倚门二句:行人,远行之人,此指思妇的丈夫。长城,这里指丈夫服役打仗的地方。良,诚然,的确。二句是说,靠在家门口远眺丈夫,想到你在边地生活艰苦,实在令人伤心。⑥ 别时四句:救边,赴边塞打仗,解救边难。遗,留下。金鞞靫(bǐ chāi),贵重的箭袋。白羽箭,装饰有白色羽毛的箭。四句是说,当初丈夫手执武器离家赴边时,还留下了一只绘有老虎图案的箭袋。其中有一对白羽箭,早已布结了蛛网,积满了尘灰。⑦ 黄河二句:捧土,用手捧土来堵塞黄河,比喻做不可能的事。裁,削减,削除。二句是说,双手捧土来堵塞黄河,或许还能做到,然而思妇的愁思却是难以消除的。

**【评析】**

全篇以神话起兴,引出北方严寒阴冷的景象,以作气氛的烘染,从而突出幽州思妇的无尽悲哀。诗中对"白羽箭"细节的描写,足以增人亡物在之感,悲剧意味尤为浓烈。最后以黄河可塞,愁怨难裁来收束全篇,点明主旨。本篇使用代言体,以思妇的口吻来叙述,对思妇悲怨心理的刻画甚为细致、真切。李白写诗,爱用惊人的夸张手法。如"白发三千丈"(《秋浦歌》)、"朝如青丝暮成雪"(《将进酒》)、"飞流直下三千尺"(《望庐山瀑布》)等等,给人留下难忘的印象。本篇"燕山雪花大如席"也是一例。

## 渡荆门送别

渡远荆门外,来从楚国游①。山随平野尽,江入大荒流②。月下飞天镜,云生结海楼③。仍怜故乡水,万里送行舟④。

【题解】

　　这首诗是李白初出蜀时,写来送别友人的。既表现了他"仗剑去国,辞亲远游"(《上安州裴长史书》)的豪迈情怀,又抒发了对故乡山水的留恋。荆门,山名,在今湖北省宜都县西北,长江南岸,与虎牙山相对峙,形势险要。

【注释】

　　① 渡远二句:渡远,乘船远行。楚国,指今湖南、湖北一带。荆门之地,古属楚国,故云。二句是说,乘船远行,穿越了荆门山,来到了楚地。② 山随二句:大荒,旷远之野。二句是说,两岸高山随着平原的展开而渐渐消失,滚滚东去的大江流入了旷野的尽头。③ 月下二句:下,从天上飞下,是动词。天镜,月亮倒映在江水中好似一面镜子。海楼,海市蜃楼,光线经过不同密度的空气层,发生折射,把远处景物显示出来的奇幻景象。这种现象多发生在海边、沙漠。二句是说,月亮倒映在江面上,仿佛天镜从天而降,云雾缭绕中现出了海市蜃楼的奇幻景观。④ 仍怜二句:怜,爱。故乡水,指长江,因长江自蜀入楚,而李白又在蜀地成长,故称。二句是说,来自家乡的长江水毕竟可爱,它不远万里把我所乘的船送到了荆门之外。

【评析】

　　本篇以写景为主,中间两联尤有气势。"山随"二句是写舟行所见,视野开阔,隐然透出一种豪气。"月下"二句展现一派奇幻壮丽风光。"下"、"生"二字均为动词,使画面生动活泼。最后两句表现了对故乡的深挚感情。

## 送　友　人

　　青山横北郭,白水绕东城①。此地一为别,孤蓬万里征②。浮云游子意,落日故人情③。挥手自兹去,萧萧班马鸣④。

【题解】
　　这首诗是诗人送别友人之作,写作时、地不详。

【注释】
　　① 青山二句:郭,外城。古代在城的外围加筑的一道城墙。二句是说,青山横亘于北郭之外,近处河流环绕着东城。② 此地二句:为别,分别,作别。孤蓬,蓬草,一种野草,秋天根枯,随风而飞,这里喻指友人。二句是说,在这里分别之后,友人将如随风飘去的蓬草,行踪无定。③ 浮云二句:浮游的云彩仿佛似友人踪迹的漂泊不定;夕阳缓缓下山,告别大地,就好像友人分别时依依相惜。④ 挥手二句:自兹,从此。萧萧,马嘶声。班,分别。二句是说,挥手告别从此分离,双方的马儿也因为将要分别而发出长长的嘶鸣。

【评析】
　　这首诗写与朋友别离的感伤,表现了对友人的深挚感情。诗体为五律,但下笔洒脱自然,读来毫无格律束缚之感。"孤蓬"、"浮云"、"落日"等词语,比喻贴切生动,与首尾"青山"、"白水"、"班马"等组成了全篇鲜明的画面。

## 夜泊牛渚怀古

　　牛渚西江夜,青天无片云。登舟望秋月,空忆谢将军①。余亦能高咏,斯人不可闻②。明朝挂帆席,枫叶落纷纷③。

【题解】

这首诗借咏史以抒怀。牛渚,山名,在今安徽省当涂县北,其山脚突入长江部分,名采石矶。东晋名士袁宏年少时以运租为生,一次夜泊牛渚,朗诵所作的《咏史诗》,恰逢镇西将军谢尚泛江经过,听后大相称赏。便邀袁宏相见,赞誉有加,袁宏因此声誉日隆。事见《世说新语·文学》。诗题下原有注曰:"此地即谢尚闻袁宏咏史处。"

【注释】

① 牛渚四句:西江,古时称从江苏省南京市至江西省九江市一段的长江。空忆,徒然想念。谢将军,谢尚,东晋人,曾任镇西将军。四句是说,夜泊牛渚,清风明月,正是当年袁宏受知于谢尚的地方;现在景色依然,但像谢将军这样的人却没有了,只能徒自忆念而已。② 余亦二句:斯人,这个人,指谢尚。二句是说,我也像袁宏一样擅长吟咏诗章,可惜谢尚这样慧眼识才的人却已不复可见。③ 明朝二句:挂帆席,张挂船帆,意为扬帆远行,逍遥江湖。二句是说,明天我就要挂帆远行,只见枫叶纷纷飘落。

【评析】

这首诗借咏史以抒怀,抒发作者怀才莫展、知音不遇的苦闷惆怅之情。情景交融是本篇一大特色。牛渚西江、青天朗月为兴发感情的触媒,碧江帆影、落叶纷纷衬出无限惆怅。本篇平仄调协,音韵铿锵,从声律讲属律诗,但中间四句不用对偶,写得一气流转,自然空灵,为律诗中别调。

## 沙丘城下寄杜甫

我来竟何事?高卧沙丘城。城边有古树,日夕连秋声①。鲁酒不可醉,齐歌空复情②。思君若汶水,浩荡寄南征③。

【题解】

天宝四载(745),李白、杜甫同游河南梁(今河南省开封市)、宋(今河南省商丘县)一带,后又同游山东鲁郡(今山东省兖州市),相处甚欢。其后两人分手,杜甫南下吴、越。这是李白在山东沙丘怀念杜甫的诗。沙丘,今山东临清,在汶水畔。

【注释】

① 日夕句:日夜连续在秋风中发出萧瑟的声音。② 鲁酒二句:鲁,指今山东省西部地区,原为春秋时鲁国所辖地。齐,指今山东省东北部及东部地区,原为春秋时齐国所辖地。二句是说,因为想念杜甫,愁思满怀,喝鲁酒不能醉,听齐歌觉其徒然有情,不能解忧。③ 思君二句:汶(wèn)水,发源于山东省莱芜市的原山,经泰安、东平、汶上流入济水,为山东省中南部主要河流。南征,南行。二句是说,自己思念杜甫之情有如浩荡的汶水,想托南下的汶水将此相思之情带给杜甫。

【评析】

李白、杜甫两大诗人,天宝初年相识,一起在河南、山东漫游,结成深厚的友谊。山东分手后一直未能重逢,杜甫写过不少怀念李白的诗篇,感情深挚。李白怀念杜甫的诗,仅存此首,也表现了深厚之情。诗三、四句写秋景凄凉,衬托下四句怀念之情。李白爱用浩荡的流水来形容奔放深长的感情。其《寄远》(其六)有云:"相思无日夜,浩荡若流波。"《金陵酒肆留别》诗有云:"请君试问东流水,别意与之谁短长。"可参照。诗第二句末、第三句首,连用"城"字,运用顶针格,声调自然流畅,一气贯注。崔颢《黄鹤楼》诗第二、三句云:"此地空余黄鹤楼,黄鹤一去不复返。"句调相似。

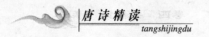

## 静 夜 思

床前明月光①,疑是地上霜。举头望明月②,低头思故乡。

【题解】

这是一首写游子思乡的诗。是李白模仿六朝乐府清商曲体式自制新题的歌词,所以《乐府诗集》编入新乐府辞。

【注释】

① 明月光,一本作"看月光"。② 望明月,一本作"望山月"。宋刻本《李太白集》与一些早期选本首句均作"看月光",此句均作"望山月"。"明月光"、"望明月"当是后人所改。

【评析】

这首小诗抒写乡愁十分动人。前二句写月光。夜深人静,月华如霜,正是最易触动愁绪的境界。后二句由月光而抬头望月,于是思绪便飞向了遥远的故乡,心潮便再也难以平静了。全篇四句,对思乡之情并未铺写,极为含蓄隽永。这首诗大约是李白在外地思念蜀中故乡之作。蜀地多山,李白《峨眉山月歌》、《峨眉山月歌送蜀僧晏入中京》都咏蜀地景物。

## 黄鹤楼送孟浩然之广陵

故人西辞黄鹤楼①,烟花三月下扬州②。孤帆远影碧空尽,惟见长江天际流③。

【题解】

　　黄鹤楼,故址在今湖北省武汉市蛇山的黄鹤矶,楼临长江。传说有仙人子安曾乘黄鹤经过此地,故名。孟浩然,唐代诗人,襄州襄阳(今湖北省襄阳县)人,李白的朋友。之,到。广陵,郡名,即扬州。这首诗是作者送别友人的赠别之作,表现了他的惜别深情。

【注释】

　　① 故人,老朋友,指孟浩然。西辞,从西方离开。② 烟花三月,阳春三月,百花盛开,远远望去如同轻烟笼罩。③ 孤帆二句:伫立江头目送友人,小舟渐行渐远,终于消失在水天尽头,此时呈现在眼前的只是一派滔滔东去的大江。远影,一作"远映"。

【评析】

　　这首小诗写惜别深情,却全借景语传达出来。首句言辞别之地,次句写远行目的地,二句分别点出题意。三、四二句一转,不言如何惆怅,如何惜别,但摹孤帆、碧空、长江东流之景,而情韵自在言外。李白《江夏行》:"眼看帆去远,心逐江水流。"与此同一意境。

# 闻王昌龄左迁龙标遥有此寄

　　杨花落尽子规啼①,闻道龙标过五溪②。我寄愁心与明月,随风直到夜郎西③。

【题解】

　　李白与王昌龄是相好的诗友。他听到王昌龄被贬到西南边陲龙标(今湖南省黔阳县)做县尉的消息后,为之担心发愁,在离龙标遥远的地方写下此诗寄给对方。左迁,贬官,降职。

【注释】

①杨花句：杨花，即杨絮。子规，即杜鹃鸟，啼声很悲切。这句点出听到消息的时节。②闻道句：五溪，即辰溪、酉溪、巫溪、武溪、沅溪五条溪流，在今湖南省西部，邻近贵州省。这句是说，听说去龙标要越过五溪，地方僻远。③夜郎，地名，在今贵州省桐梓县，一说在今湖南省沅陵县。

【评析】

湖南西部在唐代是很偏僻荒凉的地区，王昌龄降职到那里做县尉小官，李白为之愁思满怀。路途遥远，他不能为王昌龄饯行告别，故写下此诗。后二句设想把愁思寄托给明月，随着长风吹到好友身边，表现出李白对好友的热烈感情和浪漫的想象。李白《金乡送韦八之西京》诗有云："狂风吹我心，西挂咸阳树。"写法相似。

## 望庐山瀑布（其二）

日照香炉生紫烟①，遥看瀑布挂前川②。飞流直下三千尺，疑是银河落九天③。

【题解】

本题有二首，此选其二。根据其一中"且谐宿所好，永愿辞人间"二句推测，大约是李白晚年准备隐居庐山时所作。本篇描写庐山瀑布从天而降的壮观场面。

【注释】

①日照句：香炉，庐山峰名，在庐山西北，峰形尖圆，上有烟云聚合，状如香炉，故名。这句是说，在阳光的照耀下，香炉峰上弥漫着紫色烟霭。②挂前川，瀑布垂挂山前溪谷水面。"前川"，一作"长川"。③落九天，从天之极高处落下。九天，九重天，天之最高远处。

【评析】

　　这首诗描画庐山瀑布的壮丽景象。虽仅四句,却写得气势磅礴,震慑人心。一、二两句实写"遥看"之景,"生"、"挂"两字生动传神。三句状写飞流之势,末句是作者的感受。比喻、想象、夸张手法的运用,共同营造出一派夺人心魄的境界。

## 早发白帝城

　　朝辞白帝彩云间,千里江陵一日还①。两岸猿声啼不尽,轻舟已过万重山②。

【题解】

　　李白因参加李璘幕府受到了长流夜郎的处罚,心情非常压抑。唐肃宗乾元二年(759),当他行至夔州(治所在今四川省奉节县)白帝城时,忽然得到了赦免,久被压抑的心情一下子兴奋了起来。这首诗就是写他遇赦放还,千里江陵朝发夕至的轻快心情。白帝,城名,在今四川省奉节县城东瞿唐峡口白帝山上。诗题一作"白帝下江陵"。一说,本篇是李白早年由白帝下江陵时所作。

【注释】

　　① 朝辞二句:彩云间,白帝城位于高山上,仰观如在云中。江陵,今湖北省江陵县。这二句化用《水经注·江水》中的句子:"有时朝发白帝,暮至江陵,其间千二百里,虽乘奔御风,不以疾也。"二句是说,早上从白帝城出发,晚上就回到了江陵,一千二百多里的路程只需一天时间就走完了。② 两岸二句:猿声,三峡多猿,啼声凄清。《水经注·江水》云:"每至晴初霜旦,林寒涧肃,常有高猿长啸,属引凄异。空谷传响,哀转久绝。故渔者歌曰:'巴东三峡巫峡长,猿鸣

三声泪沾裳。'"尽,一作"住"。二句是说,轻捷的小舟在两岸哀啼不已的猿声中飞快地穿过群山,回到了江陵。

【评析】

　　这首诗写遇赦放回一路上的轻快心情。首句写朝发,次句写夕至,二句状舟行之迅捷。三句小小顿宕,略作铺垫蓄势,然后逼出末句。在对一路行程的叙述中,诗人的喜悦心情表露无遗。全诗奔放流转,句调轻快。

## 赠　汪　伦

　　李白乘舟将欲行,忽闻岸上踏歌声①。桃花潭水深千尺②,不及汪伦送我情。

【题解】

　　这首诗是李白离开泾县桃花潭时写了赠给友人汪伦的。汪伦,泾县(今安徽省泾县)人,曾为泾县令。汪氏为当地豪族。汪伦对李白非常友好,常酿制美酒热情招待李白。李白很感激他。据说,宋时汪伦的后代还珍重保存着这首诗的手迹。

【注释】

　　① 踏歌声,民间的一种歌唱形式,互相拉手,以足踏地为节拍而歌。② 桃花潭,水潭名,在今安徽省泾县西南,潭水深不可测。

【评析】

　　这首诗写友朋离别之情,却无感伤低回的意味,相反却写得豪放爽朗。前二句实写离别、送别之事,后二句使用比喻来托出友人感情的深厚。不说情深似潭水,而说水深不及情深,可谓奇思妙想,曲折有味。

# 卷五 盛唐诗·杜甫

## 杜 甫 三十一首

杜甫(712—770),字子美,原籍襄阳(今湖北省襄樊市),迁居巩县(今河南省巩县)。曾应进士举,不第。寓居长安十年,任右卫率府胄曹参军。安史乱起,从长安逃出,奔赴凤翔,投奔唐肃宗,任左拾遗。因疏救房琯,触怒肃宗,出为华州司功参军。不久弃官,流寓秦州、同谷、成都等地。在成都期间,曾入严武幕府,任检校工部员外郎。晚年携家出蜀,漂流于荆州、潭州和衡州一带,后病死于湘江上游的小船上。

杜甫是我国伟大的现实主义诗人。他身经磨难,接近民众,了解他们的疾苦,同情他们的遭遇。他的诗歌紧密结合时事,抒写个人感情,反映民生疾苦,思想深厚,题材广阔,被誉为"诗史"。在艺术上他博采众长,各体皆工,形成了沉郁顿挫的风格。有《杜工部集》。

## 羌 村 三 首

峥嵘赤云西,日脚下平地①。柴门鸟雀噪,归客千里至②。妻孥怪我在,惊定还拭泪③。世乱遭飘荡,生还偶然遂④。邻人满墙头,感叹亦歔欷⑤。夜阑更秉烛,相对如梦寐⑥。

晚岁迫偷生,还家少欢趣⑦。娇儿不离膝,畏我复却去⑧。忆昔好追凉⑨,故绕池边树⑩。萧萧北风劲,抚事煎百虑⑪。赖知禾黍收,已觉糟床注⑫。如今足斟酌,且用慰迟暮⑬。

群鸡正乱叫,客至鸡斗争。驱鸡上树木,始闻叩柴荆⑭。父老四五人,问我久远行⑮。手中各有携,倾榼浊复清⑯。苦辞酒味薄,黍地无人耕⑰。兵革既未息,儿童尽东征⑱。请为父老歌,艰难愧深情⑲。歌罢仰天叹,四座泪纵横。

【题解】

唐肃宗至德二载(757),杜甫因疏救房琯触怒了肃宗,被放回鄜州探亲。这组诗就是杜甫回家后写的。诗中抒写了与家人团聚时悲喜交集的心情和动乱年代民众的艰难生活,同时也展现了一个忧心国事的诗人自我形象。羌村,在鄜州城外,杜甫家人寄居于此。

【注释】

① 峥嵘二句:峥嵘,山势高峻貌,这里是形容云层的形状。赤云,被夕阳映红了的云彩。日脚,穿过云隙下射的日光。二句是写作者回家时所见景色,天边被夕阳映红的云彩正缓缓向西移动,阳光透过云层照射到地面。② 柴门二句:柴门,用柴禾树枝做成的简陋的门。鸟雀噪,鸟雀鸣叫。归客,回家的人,杜甫自指。二句是说,门前的鸟雀叫个不停,好像是在向家人预报我千里回家的喜讯。③ 妻孥二句:妻孥,妻子和孩子,这是偏义复词,指代妻子。怪我在,对我竟然平安地活着感到奇怪。怪,有吃惊、意外的意味。惊定,吃惊的心情平静下来。二句是写妻子乍见作者时一连串复杂的心理变化。意思是说,妻子对我突然出现非常惊讶,简直不敢相信在乱世中我竟还能活着回来。稍顷泪水夺眶而出,等到心情稍稍平复,便不住地擦拭

眼泪。④ 世乱二句：飘荡，漂泊迁移，居无定所。安史之乱爆发后，杜甫曾回奉先，携家迁居鄜州，然后投奔灵武，不幸被困于长安。后来又逃出长安，前往凤翔。现在又从凤翔回到鄜州。生还，活着回来。遂，如愿以偿。二句是说，在这兵荒马乱的年月里，自己遭受着迁徙漂泊的命运，能够活着回家真是万分侥幸。⑤ 邻人二句：满墙头，农村中院墙低矮，杜甫远道来归，邻居们十分关心，多凭墙而观。歔欷(xū xī)，叹息声。二句是说，邻居们靠着矮墙，目睹杜甫与家人的重逢，都感慨万分，连连叹息。⑥ 夜阑二句：夜阑，夜深。阑，尽、晚。更，再、复。秉，持、拿。梦寐，睡梦中。二句是说，夜深人静时，夫妇俩还持烛相对，对所发生的一切仍然疑信参半，如在梦中。⑦ 晚岁二句：晚岁，老年。其实杜甫时年才四十六岁，这是由于动荡乱离的生活使人产生的迟暮之感。偷生，意思是苟活人世，活一天算一天。二句是说，晚年的生活好像是苟活于世，即使回到家里也缺少欢乐的意趣。⑧ 娇儿二句：娇儿，指杜甫的幼子宗武。却，离开。二句是说，宝贝儿子在我的膝前转来转去，他担心我再次离他们而去。⑨ 忆昔，指去年(至德元年)六月间，杜甫携家移居鄜州羌村的情形。追凉，追逐凉爽。⑩ 故，常常。⑪ 萧萧二句：萧萧，风声。杜甫回家在闰八月，西北早寒，故有此景象。抚事，想起种种忧心事。二句是说，北风劲吹，风声萧萧，一想起种种忧心之事，胸中便忧虑丛生，受尽煎熬。⑫ 赖知二句：赖，犹幸。糟床，榨酒的机器。注，流。指经过榨酒器的压榨后，酒就从糟床中流了出来。二句是说，幸而知道庄稼已经收割完毕，仿佛已经看到了糟床里流出的酒。⑬ 如今二句：斟酌，倒酒喝。用，以。慰迟暮，安慰晚年生活。二句是说，现在总算有足够的酒喝了，那就姑且以此作为晚年生活的安慰吧。⑭ 群鸡四句：驱鸡，把鸡赶到树上去。古时北方有些地区鸡窠筑于树上。四句是说，当家里群鸡正乱斗乱叫的时候，有客人来访。赶紧把鸡都赶到树上去，这才听到有人在敲门。⑮ 父老二句：问，问候，慰问，探望。这句是说，父老乡亲知道我远道而归，前来探望。⑯ 手中二句：

倾榼(kē),倒酒。榼,一种盛酒或贮水的器具。二句是说,客人们手中都带着东西,进得门来就从酒器中倒出酒来,这些酒有清的有浊的。⑰ 苦辞二句:苦辞,一再说明,有抱歉的意思。黍地,田地。二句是说,乡亲们一再地解释说,酒味淡薄,是因为家乡田地没人耕种。⑱ 兵革二句:兵革,兵器和战甲,这里指代战争。东征,时与安史叛军的战斗多发生在今河南、河北一带,均在鄜州之东。二句进一步解释田地不耕的原因,是说战争没有止息,儿童(指年轻男子)都被征发到前线打仗了。⑲ 请为二句:请,有请求允许的意思。二句是说,请允许我为父老乡亲高歌一曲,面对艰难时世中的深情厚谊自己感到十分惭愧。

【评析】

　　这三首诗是写在战乱年代中与家人团聚时的复杂心情,从侧面反映了动荡乱离的时代面貌和诗人深沉的忧患。第一首是写初抵家时悲喜交加的心情。其中"妻孥怪我在,惊定还拭泪"、"夜阑更秉烛,相对如梦寐"写乱世中人的心理活动细腻真切,非身历其境者不能道。第二首写作者回家后的心情。通篇围绕"少欢趣"三字展开。"娇儿"以下六句分别从不同角度正面刻画诗人郁郁寡欢的形象。"赖知"四句,笔锋一转,说是有酒斟酌,足慰暮年,似乎露出几许欢趣,但细品之却是慰情聊胜于无的意思,带着几分无奈,仍是"少欢趣"的一种曲折表现。第三首是写动乱时世中的人情温暖。在层层叙述中把人情美表现得十分感人。三诗语言朴素平淡,纯用白描手法,把自己和亲友的思想感情表现得非常细致深刻。

## 北　征

　　皇帝二载秋①,闰八月初吉②。杜子将北征,苍茫问家室③。维时遭艰虞,朝野少暇日④。顾惭恩私被,诏许归蓬荜⑤。拜辞诣阙下,怵惕久未出⑥。虽乏谏诤姿,恐君有遗失⑦。君诚中兴主,经纬固密勿⑧。东胡反未已,臣甫愤所切⑨。挥涕恋行在,道途犹恍惚⑩。乾坤含疮痍,忧虞何时毕⑪。　　靡靡逾阡陌,人烟眇萧瑟⑫。所遇多被伤,呻吟更流血⑬。回首凤翔县,旌旗晚明灭⑭。前登寒山重⑮,屡得饮马窟⑯。邠郊入地底,泾水中荡潏⑰。猛虎立我前,苍崖吼时裂⑱。菊垂今秋花,石戴古车辙⑲。青云动高兴,幽事亦可悦⑳。山果多琐细,罗生杂橡栗㉑。或红如丹砂,或黑如点漆。雨露之所濡,甘苦齐结实㉒。缅思桃源内,益叹身世拙㉓。坡陀望鄜畤,岩谷互出没㉔。我行已水滨,我仆犹木末㉕。鸱鸮鸣黄桑㉖,野鼠拱乱穴㉗。夜深经战场,寒月照白骨。潼关百万师,往者散何卒㉘。遂令半秦民,残害为异物㉙。况我堕胡尘,及归尽华发㉚。

经年至茅屋㉛,妻子衣百结㉜。恸哭松声回,悲泉共幽咽㉝。平生所娇儿,颜色白胜雪。见耶背面啼,垢腻脚不袜㉞。床前两小女,补绽才过膝㉟。海图坼波涛,旧绣移曲折㊱。天吴及紫凤,颠倒在裋褐㊲。老夫情怀恶,呕泄卧数日㊳。那无囊中帛,救汝寒凛栗㊴。粉黛亦解包,衾裯稍罗列㊵。瘦妻面复光,痴女头自栉㊶。学母无不为,晓妆随手抹。移时施朱铅,狼藉画眉阔㊷。生还对童稚,似欲忘饥渴㊸。问事竞挽须,谁能即嗔喝㊹。翻思在贼愁,甘受杂乱聒㊺。新归且慰意,生理焉得说㊻。　　至尊尚蒙尘,几日休练卒㊼。仰观天色改,坐觉妖氛豁⁴⁸。阴风西北来,惨澹随回纥⁴⁹。其王愿助顺,其俗善驰突⁵⁰。送兵五千人,驱马一万匹⁵¹。此辈少为贵,四方服勇决⁵²。所用皆鹰腾,破敌过箭疾⁵³。圣心颇虚伫,时议气欲夺⁵⁴。伊洛指掌收,西京不足拔⁵⁵。官军请深入,蓄锐可俱发⁵⁶。此举开青徐,旋瞻略恒碣⁵⁷。昊天积霜露,正气有肃杀⁵⁸。祸转亡胡岁,势成擒胡月⁵⁹。胡命其能久,皇纲未宜绝⁶⁰。

忆昨狼狈初,事与古先别⁶¹。奸臣竟菹醢,同恶随荡析⁶²。不闻夏殷衰,中自诛褒妲⁶³。周汉获再兴,宣光果明哲⁶⁴。桓桓陈将军,仗钺奋忠烈⁶⁵。微尔人尽非,于今国犹活⁶⁶。凄凉大同殿,寂寞白兽闼⁶⁷。都人望翠华,佳气向金阙⁶⁸。园陵固有神,扫洒数不缺⁶⁹。煌煌太宗业,树立甚宏达⁷⁰。

【题解】

唐肃宗至德二载(757),杜甫因上疏援救房琯而触怒了肃宗,虽经人营救,没有受到进一步的处罚,却已很难在朝廷立足。不久肃宗诏令杜甫回鄜州探亲。说是探亲,其实是对杜甫的疏远。这首《北征》就是作者在回家以后写的。诗中写了杜甫在回家路上的所见所闻,以及回家与家人团聚时悲喜交集的心情,反映了动乱岁月中民众的艰难生活,表现了他对国事民生的忧虑。同时在诗中他对时局发表看法,提出建议,表现了高度的政治责任感。他颂扬皇帝,对唐王朝的前途充满信心,既表现了他的忠君思想,又反映了他的乐观精神。北征,向北行进。因鄜州在肃宗驻跸的凤翔东北,故称。东汉班彪有《北征赋》,写自己从长安至安定(今宁夏回族自治区固原县)时沿途见闻及感想,此诗题名、写法受其影响。

【注释】

①皇帝二载,唐肃宗至德二载(757)。②闰八月,一年十二月之外多设的一个八月。这是因为阴历纪年与地球公转的时间有差数,必须每隔几年设闰月或闰日,以求一致。初吉,初一。③杜子二句:杜子,杜甫自称。子,古代男子的通称。苍茫,渺茫旷远。问,探望。二句是说,怀着迷茫的心情,杜甫将要北上探望家人。④维时二句:维时,这时。维,语助词,无义。艰虞,艰难忧患。朝野,犹公私。二句是说,现在国难当头,不管是公家还是私人都很少有闲暇时间。⑤顾惭二句:顾,回头,这里是自思的意思。恩私被,指自己蒙受皇帝的恩德。诏许,诏书允准。蓬荜(bì),蓬门荜户的简称,指粗陋的房子,犹言寒舍。二句是说,想到自己蒙受皇恩,被允准回家探亲,就感到惭愧不已。⑥拜辞二句:诣(yì),到。阙下,宫阙之下。阙是古代宫殿前的建筑,左右各一,上建高台,双阙之间有空缺之地,故称阙。这里指皇帝的居所。怵惕(chù tì),紧张不安貌。二句是说,到宫中去向皇帝辞别,战战兢兢,久久没有出宫。⑦虽乏二句:自己虽然没有向皇帝进谏的勇气,但又担心皇上会有失误。⑧君诚二句:中兴,衰而复兴。经纬,治理。密勿,勤勉努力。二句是说,皇上的确是中兴之君,他治理朝政勤勉努力。⑨东胡二句:东胡,指安庆绪,安禄山原是东北地区胡人,故称东胡。时安庆绪杀其父安禄山,犹据长安、洛阳。已,停止。二句是说,叛军的反叛活动还没有停止,这是我所极为愤恨的。⑩挥涕二句:行在,天子所在的地方,这里是指凤翔。二句是说,依依不舍地挥泪告别凤翔,一路上仍然精神恍惚。⑪乾坤二句:乾坤,天地。疮痍,创伤,这是指战乱造成的民生凋敝的惨状。忧虞,忧愁。二句是说,放眼山河大地,到处都是一片凋残景象,内心的忧愁何时才会止息。⑫靡靡二句:靡靡,行路迟缓貌。逾,越过。阡陌,田间小路。南北曰阡,东西曰陌。萧瑟,寂寞凄凉的景象。二句是说,迈着沉重的步子,缓缓走在田间小路上,但见人烟稀少、一片寂寞荒凉的景象。⑬所遇二句:被伤,受伤。二句是说,

一路上遇到的都是伤兵,他们伤口流着鲜血,口中发出呻吟。⑭ 回首二句:明灭,或明或暗,或隐或现。二句是说,回首眺望凤翔县,薄暮中旌旗或隐或现,看不分明。⑮ 寒山重,群山叠起貌。重,重叠。⑯ 饮马窟,马匹饮水的洞窟。乐府诗题有《饮马长城窟行》。⑰ 邠(bīn)郊二句:邠,在今陕西省彬县。郊,郊原。入地底,意谓邠郊地形为四面高起,中部凹陷的盆地。泾水,水名,发源泾州东,南流至邠州界,至高陵入渭水。荡潏(jué),水波摇荡貌。二句是说,站在山上,但见邠州郊原地势低陷,泾水波浪起伏。⑱ 猛虎二句:苍崖,苍翠的山崖。二句是说,在山间行路充满危险,前有猛虎出没,一声虎啸几乎要把山崖都震裂开来。⑲ 菊垂二句:山路上开着今秋的菊花,石上刻印着陈年的车轮印痕。⑳ 青云二句:高兴,高雅的意兴。幽事,此处指山间细微之景。二句是说,走在山上,漂浮的青云使人兴起高雅的意兴,山间的景色也常常令人心旷神怡。㉑ 山果二句:罗生,罗列而生。橡栗,橡树果子。二句是说,山果细小,罗列丛生,中间夹杂着橡实。㉒ 雨露二句:濡(rú),润泽。二句是说,这些山果都受到了雨露的滋润,不管是甜的还是苦的都一起开花结果了。㉓ 缅思二句:缅思,遥远地思念。桃源,世外桃源。晋陶渊明有《桃花源诗并记》,描写了一个人人劳动、没有剥削、不征租税、小康安宁的社会。身世拙,意思是遭遇坎坷。二句是说,遥想桃花源中的美好生活,就更为自己身世的坎坷而叹息。㉔ 坡陀(tuó)二句:坡陀,山路起伏貌。鄜畤(zhì),春秋时秦文公祭祀白帝之坛,这里指代鄜州。岩谷,高山与低谷。二句是说,顺着高低起伏的山路和交错出没的岩谷看去,鄜州已经遥遥在望了。㉕ 我行二句:水滨,水边。木末,树梢,指山巅。二句是说,我因已经望见鄜州,归心似箭,早已急步来到水边,回头看去,却见仆人仍然还在山上,远望好像在树梢上面。㉖ 鸱枭(chī xiāo),猫头鹰一类的鸟,昼伏夜出。黄桑,桑树的一种。㉗ 野鼠,指所谓拱鼠。据说这种鼠能像人一样站立起来,以前肢作拱手状,又称礼鼠、黄鼠。㉘ 潼关二句:唐玄宗天宝十四载(755),安禄山陷洛阳。次年,哥舒翰率兵二十万守潼关,玄宗命哥舒翰出战,灵宝一战,唐军溃败,自相踩践以死者万人,潼关失守。百万师,这是夸张的说法,实际只有二十万。散何卒(cù),溃散得何其快。卒,同"猝",突然,快速。二句是说,守卫潼关的百万大军,怎么转瞬间就溃不成军了呢?㉙ 遂令二句:遂,于是。半秦民,一半的秦地百姓,长安一带旧为秦地,故称。为异物,化为异类,即死去。二句是说,潼关失守,使得长安百姓中有一半的人惨遭杀害。㉚ 况我二句:堕胡尘,指陷于长安。当时长安沦陷,杜甫只身投奔灵武,中途为叛军俘获,押解长安,后乘隙逃出。华发,花白的头发。二句是说,更何况我身陷贼中,等到回家时却已经满头白发了。㉛ 经年,经过一年。从至德元年(756)杜甫把家眷安置于鄜州算起,到此次重返鄜州,正好一年。㉜ 衣百结,衣服破碎,多补缀。㉝ 恸哭二句:哭声在松林间回响,悲哀的泉流也随之一起呜咽。这是写家人骨肉重逢时悲喜交加的情景。㉞ 平生四句:颜色,脸色。耶,同"爷",指父亲。背面啼,掉过头去啼哭。垢腻(gòu nì),肮脏。不袜,不穿袜子。四句是说,自己的宝贝儿子,脸色比雪还要苍白。见了父亲,背转身去一个劲地哭。身上肮脏,脚上连袜子也没有。㉟ 补绽(zhàn),补缀,缝补。才过膝,裤腿短,才刚刚过膝盖。表明生活贫困,衣料短缺。㊱ 海图二句:海图,指绘有海景用来补衣的布料。坼(chè),裂开。旧绣,从前绣过花,现在用来打补丁的布。曲折,不整齐貌。二句是说,把绘有海景的布剪开,补在衣上,东一块西一块,就好像是海涛裂开了;用绣过花的布来打补丁,也是横一块竖一块,显得弯曲不齐。㊲ 天吴二句:天吴,神话中虎身人面,八首、八足、八尾、背青黄色的神。紫凤,神话中以紫色为主,兼有五彩的凤凰。天吴、紫凤,都是指海图、旧绣中的图案。裋褐(shù hè),又短又窄的粗布衣服。二句是说,天吴、紫凤的形象横七竖八地被钉补在女儿破旧的衣服上。㊳ 老夫二句:情怀恶,心情不好。二句是说,我心情恶劣,又吐又泄,卧病在床,有好几天。㊴ 那无二句:那,奈何。寒凛栗,冻得发抖。栗,颤抖。二句是说,怎奈我包袱中没有布匹,可以使你们免于寒冷之苦。㊵ 粉黛二句:粉黛,女子搽脸描眉用的颜料。衾(qīn),被子。裯(chóu),帐子。二句是说,打开从凤翔带来的包裹,取出粉黛,被子、床帐也一一摆放出来。㊶ 瘦妻二句:面复光,脸上重新放出光彩。栉(zhì),梳头。二句是说,妻子瘦削的脸上露出了笑容,女儿也兴奋地梳起了头。㊷ 移时二句:移时,一会儿。施朱铅,在脸上涂脂抹粉。朱铅,女子化妆用的颜料。狼藉,杂乱貌。画眉阔,把眉毛画得又浓又阔。唐时妇女装饰尚阔眉。二句是说,一会儿女儿就迫不及待地在脸上涂抹起来,把颜料涂得横七竖八,眉毛也画得又浓又阔。㊸ 生还二句:生还,活着回来。童稚,天真烂漫的孩子。二句是说,能够活着回来,和孩子们在一起,几乎就忘了归途中的饥渴劳顿。㊹ 问事二句:挽须,拉胡须。嗔(chēn)喝,发怒喝斥。二句是说,孩子们天真亲热,他们拉着爸爸的胡须,抢着问这问那;面对着孩子们的亲热,谁又能忍心喝斥他们。㊺ 翻思二句:杂乱聒(guō),乱吵乱嚷。二句是说,回过头来想想当初在沦陷区的愁苦,我倒是甘愿领受孩子们的吵嚷。㊻ 新归二句:新归,刚回来。生理,生计,谋生之道。二句是说,才回家,且先领受别后团聚的欣慰,生计之事哪里说得上呢?意思是生计艰难,且待以后再说吧。㊼ 至尊二句:至尊,皇帝。蒙尘,指帝王流落在外。休练卒,停止练兵,指战争结束。二句是说,现在皇帝还流亡在外,不知到什么时候才能止息战争。㊽ 仰观二句:坐,但,只。妖氛,叛军的嚣张气焰。豁,开朗。二句是说,抬头看天,发现天色正渐渐转晴,妖雾消除,天空开始明朗。这是比喻形势开始好转。㊾ 阴风二句:惨澹,天色阴暗貌。回纥(hé),北方少数民族。其先匈奴,居漠北,以游牧为生。唐末西迁至新疆,即今之维吾尔族。史载唐肃宗至德二载(757),郭子仪以回纥兵精,建议借用其兵,助唐攻灭安史叛军。二句是说,天色惨淡,阵阵阴风伴随着回纥兵从西北而来。㊿ 其王二句:其王,指回纥首领怀仁可汗。助顺,这是指帮助唐朝剿灭叛军。驰突,骑马冲锋,回纥是游牧民族,骑射是其所长。二句是说，回纥王愿意出兵助唐剿灭叛军，这些回纥兵精于骑射冲锋，战斗力强。㉛ 送兵二句：五千人，这是夸张说法，史载回纥怀仁可汗子叶护领兵四千助唐。二句是说，派遣五千士兵，驱策一万匹战马入唐助战。㉜ 此辈二句：少为贵，以少为好，意思是不要来得太多。杜甫担心他们来多了会产生问题。勇决，勇敢果断。二句是说，这些回纥兵还是来得少一点好，然而他们的骁勇果决却是受到各方赞佩的。㉝ 所用二句：鹰腾，如鹰之腾飞。过箭疾，速度超过飞箭。二句是说，回纥兵身手狡捷如鹰之腾飞，破灭敌人之迅捷超过飞箭。㉞ 圣心二句：虚伫(zhù)，虚心期待。这是指唐肃宗对回纥满怀期待。时议，指当时对借兵回纥的不同意见。气欲夺，丧气、沮丧貌。二句是说，皇上对借兵回纥满怀期待，这使那些忧心回纥的臣僚不免沮丧。㉟ 伊洛二句：伊洛，伊水与洛水，二水皆流经洛阳，这里指代洛阳。指掌收，很容易就能收复。西京，长安。不足拔，不值得用大力攻拔。二句是说，两京很容易就可以收复。㊱ 官军二句：请深入，请遣用官军乘胜追击，直捣老巢。请，这里包含有建议、希望的意思，请的对象是官军。蓄锐，集中精锐力量。二句是说，建议官军应集中精锐部队，同时发起进攻，乘胜追击，直捣老巢。㊲ 此举二句：青徐，青州和徐州。青州治所在今山东省益都县，徐州治所在今江苏省徐州市。旋瞻，不久就可看到。略，攻占。恒碣，恒山和碣石山。恒山在今河北省曲阳县西北与山西省接壤处。碣石山，在今河北省昌黎县北。《尚书·禹贡》："太行、恒山，至于碣石，入于海。"恒山、碣石一带接近安禄山的发迹之地。二句是说，如用这样的打法就可收复青徐，不久也能攻克恒山、碣石山一带，直捣安禄山的老巢。㊳ 昊(hào)天二句：昊天，犹高天。积霜露，严霜寒露很浓，秋意浓的意思。肃杀，严酷萧瑟貌。古人认为秋天主肃杀。《汉书·礼乐志》："秋气肃杀。"二句是说，现在正是秋天，杀敌平叛的时机到了。㊴ 祸转二句：祸转，意思是现在转祸为福，正是敌人败亡之时。二句是说，现在是到了消灭敌人、生擒叛军的时候了。㊵ 胡命二句：胡命，叛军的性命，意思是敌人的统治。皇纲,皇朝的纪纲、传统。二句是说,叛军的日子岂能长久,皇朝的纪纲是不应该就此中断的。㉑ 忆昨二句:昨,指安史之乱初起时。狼狈初,指长安沦陷,玄宗仓皇出走。狼狈,慌乱,窘迫貌。古先,古代帝王。二句是说,回想安史之乱初起时,情况就与古代帝王不同。㉒ 奸臣二句:奸臣,指杨国忠。菹醢(zūhǎi),剁成肉酱,古代酷刑之一,这是指处死杨国忠。同恶,共同作恶者。荡析,分崩离析,此指杨国忠等奸党被消灭。《新唐书·玄宗纪》:"次马嵬,左龙武大将军陈玄礼杀杨国忠及御史大夫魏方进、太常卿杨暄。"二句是说,杨国忠等奸臣终究被处死,同党也随之消灭。㉓ 不闻二句:夏殷,这里实包举夏、殷、周三朝。褒妲(dá),褒姒、妲己。褒姒是周幽王的宠姬,妲己是殷纣王的宠妃。这里只举褒、妲,其实还包括夏桀所宠幸的妹喜在内。旧说夏、殷、西周的灭亡都是由于迷恋女色之故。二句是说,还没有听说过夏殷衰落时,君王亲自诛杀爱妃的。意思是赞扬玄宗能缢杀杨贵妃。㉔ 周汉二句:再兴,中兴,衰而复兴。宣光,周宣王、汉光武帝。这是以宣光比唐肃宗,称其为中兴之主。明哲,明智,洞明事理。二句是说,如同周宣王、汉光武帝中兴周汉,唐肃宗也使唐朝衰而复兴,真是一个聪明有智慧的君主。㉕ 桓桓二句:桓桓,威武貌。陈将军,陈玄礼,官左龙武大将军。仗钺(yuè),手持大斧。二句是说,威武英勇的陈将军怀着一片忠心,诛杀奸臣,保全唐王朝。㉖ 微尔二句:微尔,如果没有你。这是化用《论语·宪问》中赞美管仲的话:"微管仲,吾其被发左衽矣。"国犹活,国家还存在。二句是说,如果没有您,人民将饱受灾难;正因为有了您,国家才存在至今。㉗ 凄凉二句:大同殿,在长安南内兴庆宫勤政楼之北。白兽闼(tà),即白兽门,在长安未央宫中。二句是以故宫的寂寞荒凉暗示长安仍为叛军所据。㉘ 都人二句:都人,京城人民。翠华,顶上饰有翠羽的旗帜,是皇帝的仪仗,这里指代皇帝。金阙,宫阙,这里指代皇宫。二句是说,长安百姓盼望唐肃宗回来,祥瑞之气重聚皇宫。⑥⑨园陵二句：园陵，帝王陵墓。数，礼数。二句是说，唐朝先帝的园陵当然有神灵护祐，洒扫祭奠之礼是不会缺少的。意谓长安必定光复。⑦⓪煌煌二句：煌煌，辉煌。太宗业，唐太宗开创的事业。宏达，宏伟发达。二句是说，唐太宗开创的辉煌事业非常宏伟发达，一定长盛不衰。

【评析】

　　这首诗共七十韵，一百四十句，是杜甫诗歌中篇幅最长的一首五言古诗。诗分五段。第一段是写作者向皇帝辞别；第二段是写他回家路上的见闻感受；第三段是写他回家与家人团聚时的情景与悲喜交集的心情；第四段是写他对时局的看法；第五段是回忆历史，写他对皇帝的颂扬和对唐王朝的美好祝愿。前三段以叙事为主，作者以时间、空间为线索，从皇宫辞别写起，一直写到回到自己的家，次第展开，有头有尾。后二段则在叙述中夹杂议论，发表对时局，对历史和前途的看法，叙议结合，而以铺叙为主；层次清晰，结构完整。第二段写沿途所见种种自然景物与战场惨象，有的可喜，有的可痛，写来无不栩栩如生，展示出一幅幅鲜明动人的画面。第三段写回家时与家人团聚时的情景，细腻生动。写小儿女情态尤为逼真深刻，在写法上受晋代左思《娇女诗》影响。这两段在艺术描写上成就尤为突出。

# 赠卫八处士

　　人生不相见，动如参与商①。今夕复何夕，共此灯烛光②。少壮能几时，鬓发各已苍③。访旧半为鬼，惊呼热中肠④。焉知二十载⑤，重上君子堂。昔别君未婚，儿女忽成行⑥。怡然敬父执⑦，问我来何方。问答乃未已，

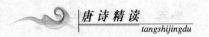

儿女罗酒浆⑧。夜雨剪春韭,新炊间黄粱⑨。主称会面难,一举累十觞⑩。十觞亦不醉,感子故意长⑪。明日隔山岳,世事两茫茫⑫。

【题解】

唐肃宗乾元元年(758),杜甫出为华州司功参军。次年他由洛阳返回华州,归途中去探望了阔别二十年的老朋友卫八。这首诗就是这次探访的产物。诗中记叙了他们久别重逢后的欣喜,表现了动乱年代中弥足珍贵的友情。卫八,未详其名,八是排行,唐人多以行第相称。处士,古时称有才德而隐居不仕者。

【注释】

① 人生二句:动,常常。参(shēn)、商,均为星宿名,此出彼没,两不相见。二句是说,人生别易会难,就如参星与商星一样,难于相会。② 今夕二句:今夕句,语出《诗经·唐风·绸缪》:"今夕何夕,见此良人。"表示对今夕重逢的惊喜兴奋。二句是说,今晚不知是什么日子,我们两人竟然在阔别二十年后又得以在灯下晤谈。③ 少壮二句:少壮,年轻力壮时。苍,灰白色。二句是说,人生的年轻时代能有多少时光,转瞬间彼此的头发都已花白了。④ 访旧二句:访旧,指打听老朋友情况。鬼,指已去世者。热中肠,内心激动,思绪起伏。中肠,内心。二句是说,向卫八打听老友,才知道已有一半的人已经去世;因此不禁连连惊叹,心情激动。⑤ 焉知,哪里知道,这里有没料到的意思。⑥ 儿女句:成行,排列成行,意思是子女众多。上句写卫八尚未成婚,这句写卫八忽已儿女成群,于今昔对比中显示出二十年来的变化。⑦ 怡然,和悦有礼的样子。父执,父亲的朋友。执,志同道合的朋友。⑧ 问答二句:未已,还没有结束。罗,陈列,摆放。二句是说,问答还没有完,儿女们已摆上了酒菜。⑨ 夜雨二句:新炊,新煮的米饭。间(jiàn),掺和。二

句是说,菜是冒着夜雨才割下的春韭,新煮的米饭里掺和着小米。
⑩ 主称二句:累十觞(shāng),一连喝了十杯。二句是说,主人说这次见面可不容易,主客便举起酒杯一连喝了十杯。这里是形容心中高兴,接连干杯。⑪ 十觞二句:故意长,旧情深厚,笃于友情。二句是说,连喝十杯也没有醉倒,为老朋友深厚的情谊所感动。
⑫ 明日二句:茫茫,茫然而不可知。二句是说,明天就将分别,从此高山阻隔,未来情况如何,双方都茫然而不可知晓。

【评析】

　　这首诗写友朋深情,用的是夹叙夹议的写法。起首八句,既是议论,又是深沉的人生叹喟,在一声叹息中引出了此番的重逢。从"焉知"到"感子故意长"几句,笔触转入本篇的中心——主客欢会的描写。在平实的描写中,友人的热情、诗人的欣慰、两人的关系都得到了充分的表现。"明日"二句是设想别后的惆怅,也给全诗留下了不尽的余韵。这首诗渗透着浓厚的世事沧桑感。作者对于情感的表达极有节制,含蓄深沉,不作过度的渲染,却更增加了作品强烈的艺术感染力。

## 石 壕 吏

　　暮投石壕村①,有吏夜捉人。老翁逾墙走,老妇出看门。吏呼一何怒,妇啼一何苦②!听妇前致词③,三男邺城戍④。一男附书至,二男新战死⑤。存者且偷生,死者长已矣⑥。室中更无人,惟有乳下孙⑦。有孙母未去,出入无完裙⑧。老妪力虽衰,请从吏夜归⑨。急应河阳役,犹得备晨炊⑩。夜久语声绝,如闻泣幽咽⑪。天明登前途⑫,独与老翁别⑬。

【题解】

　　唐肃宗乾元二年(759),朝廷与安史叛军的战斗仍在进行中。郭子仪、李光弼等九节度使将兵六十万,在相州(今河南省邺县)围攻安庆绪,不料全军溃败,郭子仪只能断河阳桥保卫洛阳。官军溃败,急需补充兵员,这本是必要的措施。然而各地官吏却胡作非为,任意抓捕壮丁,给人民群众造成了很大的灾难。这时杜甫已由左拾遗贬为华州司功参军,正在从洛阳赴华州探望家乡的路上。这首诗就是他路上亲历的纪实,通过老妇人被抓的事实,揭露了官吏蛮横凶恶、滥抓壮丁的行为。石壕村,在今河南省陕县东七十里。此诗与同时写作的《新安吏》、《潼关吏》、《新婚别》、《垂老别》、《无家别》被称为"三吏"、"三别",是杜甫诗中反映民生疾苦的名篇。

【注释】

　　① 投,投宿。② 吏呼二句:一何,多么,何其。二句是说,衙役们吆喝呼叫是何等的气势汹汹,老妇人哭哭啼啼是何等的凄惨悲苦。③ 致词,陈述。④ 邺(yè)城戍,这里是指攻打邺城。邺城,即相州,又称邺郡,治所在今河南省安阳市。乾元元年(758)安庆绪兵败洛阳,退守邺城,九节度将兵六十万围城。⑤ 一男二句:附书至,捎信来。二句是说,一个儿子捎来了家信,另外两个儿子刚在战场上牺牲了。⑥ 存者二句:已矣,完了。二句是说,活着的人活一天算一天,死去的人就永远这样完了。⑦ 室中二句:更,再。乳下孙,吃奶的孙子。二句是说,家里再没有别的人了,只有一个正在吃奶的小孙子。⑧ 完裙,像样、完好的衣裙。⑨ 老妪(yù)二句:老妪,老妇,这是老妇人自称。二句是说,老妇我虽然体力衰弱,就请你们连夜把我带走吧。⑩ 急应二句:河阳,地名,在今河南孟县。相州溃败后,郭子仪断河阳桥,保卫洛阳,河阳便成前线。备晨炊,准备早饭。二句是说,现在即刻赶到河阳去服役,还可以为部队做早饭。⑪ 泣幽咽(yè),

低声啜泣、气急哽噎貌。⑫登前途,指杜甫重新起程。⑬独与句:因老妇已随军离家,因此杜甫只与返回的老翁告别。

【评析】

　　这是一首叙事诗。全篇可分三层:开篇四句为一层,交代故事发生的缘起。从"吏呼"直到"备晨炊"是第二层,也是全诗的中心,写了官府捉人的始末和老妇人的应对,人物形象在这一层里得到了充分展现。末四句是尾声,交代了故事的结局。诗中老妇人是一个中心人物,刻画得颇为鲜明。她应对沉着,从三男说到孙、媳,句句在理,无可辩驳,使人觉得她言词的有理有节。最终她提出从吏夜归,赶赴前线,更表现出在危急关头勇于牺牲自己、保护家人的气概。全诗以朴素自然的语言描绘下层人民的痛苦生活,明显地继承了汉乐府古诗《孤儿行》、《十五从军征》等篇章的传统。

## 佳　人

　　绝代有佳人①,幽居在空谷②。自云良家子,零落依草木③。关中昔丧乱,兄弟遭杀戮④。官高何足论,不得收骨肉⑤。世情恶衰歇⑥,万事随转烛⑦。夫婿轻薄儿,新人美如玉⑧。合昏尚知时,鸳鸯不独宿⑨。但见新人笑,那闻旧人哭。在山泉水清,出山泉水浊⑩。侍婢卖珠回,牵萝补茅屋⑪。摘花不插发,采柏动盈掬⑫。天寒翠袖薄,日暮倚修竹⑬。

【题解】

　　这首诗大约作于唐肃宗乾元二年(759),这时杜甫举家由华州迁居秦州,饱尝了乱离之苦。诗中写一个女子在战乱年代的不幸遭遇。

丈夫喜新厌旧,使她陷于窘境,但她仍然坚守节操,在艰难中顽强地生活下来。这首诗是否写实,尚有争论。但即使实有其人,我们也能从佳人的形象中读出作者自己的身世之感。杨伦说:"此因所见有感,亦自带寓意。"(《杜诗镜铨》卷五)这是比较中肯的看法。佳人,美貌女子。

【注释】

① 绝代,冠绝当代,一世少有。西汉李延年歌曰:"北方有佳人,绝世而独立。"② 幽居,独居,隐居。③ 自云二句:良家子,好人家的子弟,这里指名门贵族家庭的子女。零落,草木凋谢脱落貌,这是指家世衰落。二句是说,佳人自称出身贵族家庭,然而现在家世衰落,流落于郊野村落之中。④ 关中二句:关中,指函谷关以西地区,这里是指长安。昔丧乱,指天宝十五载(756)安禄山攻陷长安。二句是说,安史乱起,长安陷落,兄弟惨遭杀害。⑤ 官高二句:何足论,有什么值得称道的。二句是说,家中即使有人身居高官又有何用,就连亲人的尸骨都不能收葬。⑥ 世情句:世情,世态人情。衰歇,衰退,败落。这句是说,世态炎凉,因为家门衰微,就遭人嫌弃。⑦ 转烛,在风中转移闪烁的烛光。这里比喻世事不定,盛衰迁移。⑧ 夫婿二句:轻薄,轻浮,不庄重。二句是说,丈夫为人轻浮,朝三暮四,另娶了美貌新人。⑨ 合昏二句:合昏,植物名,又称合欢,俗称夜合花,朝开暮合。二句是说,合欢花尚且朝开暮合;鸳鸯也双栖双宿,不相分离。这是用来反衬丈夫的用情不专和自己的孤独无依。⑩ 在山二句:泉水,喻佳人。二句是说,佳人幽居守节,保持清高,如同山中之泉水。⑪ 侍婢二句:萝,萝藦,一种多年生蔓草,茎络缠于他物。二句是说,佳人生活困窘,需卖珠维持生计,茅屋漏雨,也只能牵蔓草来补。⑫ 摘花二句:不插发,是说无心修饰。柏,树木名,味苦,但岁寒不凋。动,动辄。盈掬,双手捧得满满的。掬,双手捧取。采柏,比喻佳人贞洁如柏树。二句是说,佳人不事修饰,品性坚贞自守。⑬ 倚修竹,写出佳人贞洁自守的形象。梅、兰、竹、菊等花草树木,古人常用以象征人的高洁品格和节操。

【评析】

　　这首诗主要采用叙述笔法,刻画一个身处困境而不改志节的佳人形象。全诗八句一层,共分三层。从"自云良家子"始,到"那闻旧人哭",纯用佳人自述口吻。第一层是自叙家世;第二层是写佳人的不幸遭遇;第三层是赞扬她坚守节操的高尚品德。在佳人的形象中,诗人仿佛看到了自身的遭遇和性格,因而引起了他的强烈共鸣。佳人的形象显然有诗人的寄托。篇末一层是本诗的结穴点,用藤萝、柏树、修竹来装点、映衬人物,既含蓄点出她的境遇,同时又暗示她的节操,有楚骚香草美人的韵味。作者对佳人品德的赞扬全然通过形象的展现隐约地透露出来,表现含蓄深沉,语言质朴,逼似汉魏古诗。

## 梦李白二首

　　死别已吞声,生别常恻恻①。江南瘴疠地,逐客无消息②。故人入我梦,明我长相忆③。恐非平生魂,路远不可测④。魂来枫林青,魂返关塞黑⑤。君今在罗网,何以有羽翼⑥。落月满屋梁,犹疑照颜色⑦。水深波浪阔,无使蛟龙得⑧。

　　浮云终日行⑨,游子久不至。三夜频梦君,情亲见君意⑩。告归常局促,苦道来不易⑪。江湖多风波,舟楫恐失坠⑫。出门搔白首,若负平生志⑬。冠盖满京华,斯人独憔悴⑭。孰云网恢恢,将老身反累⑮。千秋万岁名,寂寞身后事⑯。

【题解】

　　这两首诗是杜甫于唐肃宗乾元二年(759)流寓秦州时所作。上

133

一年,李白因参加李璘幕府而被流放夜郎(今贵州省桐梓县)。早在天宝年间,杜甫就与李白相交,并且同游梁宋,彼此结下深厚的友情。现在李白遭到如此巨大的打击,杜甫不禁深深地为他的命运而担忧。相思成梦,遂成此篇。事实上,在这一年的二月李白已经在流放途中受到了赦免,但杜甫并不知道,因此在这两首诗中流露出很深的忧虑,表现了他对友人命运的无限同情。

【注释】

①死别二句:吞声,不敢放声。恻恻,悲痛伤心貌。二句是说,生离死别使人悲伤不已。②江南二句:江南,大江以南,泛指南方。瘴疠(zhāng lì)地,南方湿热郁闷、疾病流行的地区。逐客,被放逐的人。这里指李白,因李白被长流夜郎,故称。二句是说,李白被放逐到南方瘴气流行地区后,就再也得不到他的音信。③故人二句:故人,老朋友,指李白。二句是说,老友出现在我梦境中,他明白我对他思念之深。④恐非二句:平生魂,生人之魂。二句是说,梦中所见的李白恐怕已不是生人之魂了,到底是不是呢?因为二人相距遥远,实在无法确知。这是担心李白已死。⑤魂来二句:枫林青,江南景色。用《楚辞·招魂》诗意"湛湛江水兮上有枫,目极千里兮伤春心,魂兮归来哀江南"。关塞黑,指秦陇边地。因魂之往返都在夜间,故用"黑"字。二句是说,李白的魂魄从枫林青青的江南飞来,又从黑夜沉沉的秦陇关塞返回。⑥君今二句:罗网,指法网。杜甫以为此时李白犹被羁押。有羽翼,犹展翅飞翔。二句是说,现在你明明身陷法网,怎么会生出翅膀,来去自由呢?⑦落月二句:颜色,指李白的容貌。二句是说,从梦中醒来,但见月色满屋,恍恍惚惚中李白的容颜似乎犹在目前。⑧水深二句:水深句,指李白一路上要经过洞庭湖、三峡等凶险之处。蛟龙,指残害人们的水族动物。二句是说,路途艰险,但愿平平安安,不要遭到祸害。⑨浮云,喻游子,杜甫以为李白还在流放途中。⑩三夜二句:连续三夜都梦见你,说明你对我情谊甚殷。⑪告归二句:告归,告辞,告别。局促,匆遽急迫貌。苦道,一

再地说。苦,竭力。二句是说,梦中的李白总是急急忙忙地要赶回去,一再地说来一次不容易。⑫江湖二句:楫,桨。这是梦中李白说的话,是说江湖上风高浪险,惟恐翻船失事。⑬出门二句:搔白首,愁思之状。二句是写梦中李白的动作。意思是,出门临行时,李白搔着满头白发,好像因为平生大志落空而无限惆怅。⑭冠盖二句:冠盖,达官贵人戴的帽子和乘的车子,这里指代权贵。盖,车盖。京华,京城。斯人,这个人,指李白。憔悴,困顿萎靡貌。二句是说,京城里达官贵人到处都是,惟独李白却困顿失意。⑮孰云二句:孰云,谁说。网恢恢,法网宽大貌,语出《老子》:"天网恢恢,疏而不漏。"将老,李白时年五十九岁。二句是说,谁说法网宽大,哪知他年老反而遭受牵累。⑯千秋二句:意思是说,李白虽然一定能享千古盛名,但他生前潦倒,身后也寂寞凄凉。

【评析】

　　这二首诗写得情真意切,倾诉了对友人不幸遭遇的深切同情和关心,感人至深。上首侧重于对友人命运的担忧,下首侧重在为李白的坎坷遭遇抱不平。上首是初梦,下首是再梦。在艺术表现方面,虽然同是纪梦,在写法上却仍有一些区别。第一首是把梦中之境与梦醒之情交错起来写,梦由情起,情随梦来,忽真忽幻,幻幻真真,在迷离恍惚中把作者对李白的关切和忧虑表现得十分真切。第二首采用的是梦境与现实分写的手法。前半部分是写梦中的李白,写了他的语言、动作;后半部分则对李白的坎坷遭遇表示不平与愤慨。二诗多角度地展示了对李白的怀念与同情,深刻地表现了李白、杜甫两大诗人间真挚深厚的友谊。

## 兵 车 行

　　车辚辚①,马萧萧②,行人弓箭各在腰③。耶娘妻子走相送,尘埃不见咸阳桥④。牵衣顿足拦道哭,哭声直上干云霄⑤。道旁过者问行人,行人但云点行频⑥。或从十五北防河,便至四十西营田⑦。去时里正与裹头,归来头白还戍边⑧。边庭流血成海水,武皇开边意未已⑨。君不闻汉家山东二百州,千村万落生荆杞⑩。纵有健妇把锄犁,禾生陇亩无东西⑪。况复秦兵耐苦战⑫,被驱不异犬与鸡。长者虽有问,役夫敢申恨⑬。且如今年冬,未休关西卒⑭。县官急索租⑮,租税从何出。信知生男恶,反是生女好⑯。生女犹得嫁比邻,生男埋没随百草⑰。君不见青海头,古来白骨无人收。新鬼烦冤旧鬼哭,天阴雨湿声啾啾⑱。

【题解】

唐玄宗时代,随着唐王朝国力的强盛,统治者的欲望也膨胀起来。玄宗好大喜功,热衷于开拓疆土,主动挑起与边疆兄弟民族的战争。本篇描写了唐王朝用兵西北边陲的战争对人民与农业生产造成的祸害,表现了作者对人民不幸遭遇的深切同情。"行",乐府诗中的一种体裁,如《燕歌行》、《从军行》等。杜甫这首诗虽然用的是乐府体裁,却是自创新题。

【注释】

① 辚辚(lín),车轮滚动声。② 萧萧,马的嘶鸣声。③ 行人,出征之人,这里是指被征入伍的战士。④ 耶娘二句:耶,通"爷",父亲。咸阳桥,故址在今陕西省咸阳市南渭河上,又称西渭桥,由长安往西北须通过此桥。二句是说,队伍出发了,父母家人跟着队伍一边走,一边送,走路时扬起的尘土把咸阳桥都给遮住了。⑤ 牵衣二句:干云霄,直冲云霄。干,上冲。二句是说,送行的亲人紧紧拉住征夫的衣服,拦住了队伍,踏地顿足,嚎啕大哭,悲恸的哭声直冲

天空。⑥道旁二句：过者，路过此地的人，这是杜甫自指。但云，只是说。点行，按照名册征兵。频，频繁，次数多。二句是说，有一个过路人看到这个场面，就向征人打听是怎么回事，征人回答说是征兵太频繁了。⑦或从二句：或，有人。北防河，到北边去防守黄河。史载开元年间，吐蕃为边患，唐朝政府曾调集十几万兵力防守黄河。营田，屯田，军人在平时耕种土地。二句是说，有人从十五岁开始到北边去防守黄河，直到四十岁还要到西边去屯田。⑧去时二句：里正，里长。唐制，百户为里，里置里正一人。二句是说，离家参军时，年龄还小，里正还替他扎裹头巾，等到复员回来已经满头白发了，却还要去防守边塞。⑨边庭二句：边庭，边疆，边塞。武皇，汉武帝，这里借指唐玄宗。二句是说，边疆上战争不断，血流成河，但皇帝开拓疆土的野心却还没有满足。⑩君不闻二句：山东，华山以东地区，与"关东"意思略同。唐人梁载言《十道四蕃志》载，关以东七道，凡二百一十一州。这里二百州是举其成数。落，人群聚居的地方。荆杞（qǐ），荆棘和枸杞，这里泛指野生植物。二句是说，您难道没有听说关东一带无数村落都已长满了野草。⑪纵有二句：纵，纵然，即使。把锄犁，操持农具，意为从事耕作。陇亩，田地。陇，通垄，丘陇，田埂。无东西，是说庄稼长得不整齐。二句是说，男子应征打仗去了，农活只好由女子来做，即使是身强力壮的农妇，田里种的庄稼也是歪歪斜斜的。⑫况复，何况。秦兵，关中之兵。⑬长者二句：长者，年长之人，是行人对道旁过者的尊称。役夫，服役之人，即指行人。敢，哪敢。申恨，诉说不满，发泄怨恨。二句是说，您老虽然来问我们，我们哪敢诉说心中的怨恨呢？⑭且如二句：休，遣返的意思。关西，函谷关以西。二句是说，就像今年冬天，原该服役期满的关西士兵都没有被放回家。⑮县官，指朝廷。索租，征收租税。索，索取，索要。⑯信知二句：信，诚然，真的。恶，不好。二句是说，现在才真的知道，生儿子一点都不好，还是生女儿的好。⑰生女二句：比邻，近邻。随百草，意思是死在荒野,与杂草相伴。二句是说,生了女儿还能够嫁给近邻,生了儿子就只有身死疆场,与杂草为伴了。⑱ 君不见四句:青海头,青海湖边。青海湖是我国最大的盐水湖,在今青海省。唐与吐蕃的战争常在青海湖边进行。声啾啾(jiū),鬼的哭声。四句是说,你难道没有看见青海湖边,自古以来战死者的尸体堆积如山,却没有人收葬。新鬼愁冤旧鬼哭泣,一到阴湿天气就听到鬼魂的一片哭声。

【评析】

　　这是一首叙事诗,作者通过对送别场面的描述和役夫诉说的记叙,揭露了统治阶级穷兵黩武给人民群众带来的深重灾难。起首七句(到"哭声直上干云霄")展现了一个惨绝人寰的送别场面。下面是本篇的中心,用行人的口吻进行诉说。强抓壮丁、农田荒芜、横征暴敛等等都在行人的诉说中揭示了出来。"长者虽有问"以下八句,由原先平缓的七言句一变而为急促激烈的五言句,进一步表现了役夫情绪的激荡起伏。最后四句,用感叹语气总结了穷兵黩武带给人民的灾难,使读者留下深刻鲜明的印象。这首诗描写征役给人民带来的深重灾难,采用杂言体,有三言、五言、七言等多种句式,声调抑扬顿挫,使用活泼的问答体,在内容、体式、写法上均受到曹魏时陈琳《饮马长城窟行》的明显影响。本篇与下面的《丽人行》、《哀江头》一样,用的都是乐府诗体,题目却是新创的,这给后来白居易、元稹等的新乐府辞开了先河。

## 丽　人　行

　　三月三日天气新①,长安水边多丽人②。态浓意远淑且真③,肌理细腻骨肉匀④。绣罗衣裳照暮春,蹙金孔雀银麒麟⑤。头上何所有,翠微𬘘叶垂鬓唇⑥。背后何所见,珠压腰衱稳称身⑦。就中云幕椒房亲,赐名大国虢与秦⑧。紫驼之峰出翠釜,水精之盘行素鳞⑨。犀箸厌饫久未下,鸾刀缕切空纷纶⑩。黄门飞鞚不动尘,御厨络绎送八珍⑪。箫鼓哀吟感鬼神,宾从杂遝实要津⑫。后来鞍马何逡巡,当轩下马入锦茵⑬。杨花雪落覆白蘋⑭,青鸟飞去衔红巾⑮。炙手可热势绝伦,慎莫近前丞相嗔⑯。

【题解】
　　这首诗作于唐玄宗天宝十二载(753)。这时的唐王朝正处在社会危机爆发的前夜,然而统治者却仍然沉迷于声色享乐之中,正加速着社会矛盾的激化。在这首诗中,作者借三月三日游春场面的描写揭露了达官贵人骄奢淫逸的生活,暗讽了杨国忠堂兄妹的暧昧关系,掀开了统治集团腐败内幕的一角。同《兵车行》一样,这首诗也是自创新题的乐府诗。

【注释】
　　① 三月三日,上巳节,旧俗人们在这一天要到河边沐浴以祓除不祥。后演变为一般的游春活动,人们在这一天至水边宴饮、游玩。唐代的上巳就已如此。天气新,天气晴朗。② 水边,指曲江一带。曲江是唐代游览胜地。③ 态浓,姿态浓艳。意远,神情娴雅。淑且真,美好天真。④ 肌理句:骨肉匀,腴瘦适中。这句是说,她们皮肤细腻,不胖不瘦,身材匀称。⑤ 绣罗二句:绣罗,绣花的罗衣。罗,一种质地轻软的名贵绸料。蹙(cù)金,即绣金,用金丝绣的图案。二句是说,丽人们的服饰极为华丽,罗衣上用金丝银线绣着孔雀和麒麟,在暮春的阳光下熠熠生辉。⑥ 头上二句:翠微,翡翠。𬘘(è)叶,女子发髻上的饰物。鬓唇,鬓边、鬓脚。二句是说,丽

人头上的饰物非常名贵,用翡翠制成的首饰垂挂到鬓边。⑦ 背后二句:压,这里有附缀的意思。袦(jié),衣服后裾。二句是说,从丽人的背后看,只见裙腰和后襟上缀着珍珠,真是既稳帖又合身。⑧ 就中二句:就中,其中。云幕椒房亲,指代杨贵妃的姐姐。云幕,据《西京杂记》,汉成帝设云幄、云帐、云幕于甘泉紫殿之中,称三云殿。云幕是指铺设幕帐重重如云。椒房,帝后所居宫殿,以椒和泥涂壁,取温、香、多子义。汉代未央宫有椒房殿,皇后所居,后用以指代皇后。这里的云幕、椒房都是指杨贵妃。赐名句,天宝七年(748)唐玄宗赐封杨贵妃姐为国夫人。大姐为韩国夫人,三姐为虢国夫人,八姐为秦国夫人。这里是举二以概三。二句是说,众多丽人中最引人注目的就是杨贵妃的姐姐,三位国夫人。⑨ 紫驼二句:紫驼之峰,骆驼背部肉,其味极美。翠釜,一种精美的锅子。水精,水晶。行,传递。素鳞,银白色的鱼。二句是说,精美的食锅里盛放着驼峰肉;端上来的水晶盘中是鲜美的白鳞鱼,让与宴者顺序夹取。⑩ 犀箸二句:犀箸,用犀角制成的筷子。厌饫(yù),饮食饱足,没有食欲。鸾刀,柄环有铃的刀,因割物时铃鸣如鸟,故称。缕切,把食物切成一条一条。空纷纶,白白忙乱。二句是说,杨氏姐妹早已吃厌了山珍海味,对着满桌的美酒佳肴毫无食欲,久不下筷,害得厨师们白忙碌了一阵。⑪ 黄门二句:黄门,宦官的别称。汉代有黄门令、小黄门、中黄门等,皆由宦官充任,职掌侍奉皇帝及其家族,后代往往沿袭其制。飞鞚,快马。鞚,原指马勒,引申为驰马。不动尘,不起尘土,喻驾车技巧高超,轻车快马尘土不扬。御厨,皇帝的厨房。络绎,接连不断。八珍,珍贵的食品。二句是说,宦者驾着快马轻车,接连不断地送来了御厨所制的精美食品。⑫ 箫鼓二句:宾从,宾客随从。杂遝(tà),众多纷杂貌。要津,本指重要渡口,这里是指显要的职位。二句是说,杨氏姐妹出行时鼓乐齐鸣,感动鬼神;身后跟着一大批宾客随从,这些人都占据要职。⑬ 后来二句:逡(qūn)巡,徘徊徐进貌,这是形容杨国忠大模大样、旁若无人的样子。轩,指曲江边供帝王贵族游处的建筑物。锦茵,铺在地上的锦绣地毯。二句是说,最后来的那个骑马的人是多么的趾高气扬,他来到曲江边上的建筑物前,下得马来,就径直踏入锦毯。⑭杨花句:这是用北魏胡太后诗暗喻杨国忠与堂妹虢国夫人的暧昧关系。《旧唐书·杨贵妃传》:"国忠私与虢国,而不避雄狐之刺,每入朝或联镳方驾,不施帷幔。"胡太后与杨白花私通,白花惧祸,南逃至梁,胡太后思念不已,作《杨白花歌》曰:"秋去春还双燕子,愿衔杨花落窠里。"时当暮春,杨花如雪般飘落,覆盖在水中白苹之上。这里利用杨花、杨白花与杨贵妃姓同字,一方面写景,一方面讽刺,具有双关意义。⑮青鸟句:青鸟,神话中西王母身边充作信使的鸟。红巾,富贵之家所用佩巾。这句是隐喻杨国忠兄妹传递私情。⑯炙(zhì)手二句:炙手可热,原意是火焰灼手,这里是指权势煊赫,气焰嚣张。绝伦,没有什么可以与之相比。二句是说,杨国忠权势煊赫,世上少有,奉劝人们千万不要靠近,免得丞相发怒。

【评析】

　　这首诗用的也是铺叙手法,层次井然。共分三段。第一段是写丽人服饰的华美。作者从长安水边的众多丽人写起,然后集中笔墨于杨氏姐妹;第二段是写杨氏姐妹的食物之精;以上两层都是写她们生活的奢侈。第三段转写杨国忠,通过他趾高气扬、旁若无人的行为,既表现了他炙手可热的权势,更暗讽了他的荒淫无耻。含蓄隐约是本篇的一大特色。作者诚然对杨氏兄妹的丑恶行径无比厌恶,但在表现上却极为克制。用的多为曲笔。例如对丽人形貌服饰和饮食情况的描写,表面上平静道来,客观描述,但实际上饱含诗人的愤慨和讽刺。又如对杨国忠的荒淫也不明白揭出,而是通过他的行为和典故暗示出来的。诚如前人所谓:"无一刺讥语,描摹处语语刺讥;无一慨叹声,点逗处声声慨叹。"(浦起龙《读杜心解》)

# 哀 江 头

少陵野老吞声哭,春日潜行曲江曲①。江头宫殿锁千门,细柳新蒲为谁绿②。忆昔霓旌下南苑,苑中万物生颜色③。昭阳殿里第一人,同辇随君侍君侧④。辇前才人带弓箭,白马嚼啮黄金勒。翻身向天仰射云,一箭正坠双飞翼⑤。明眸皓齿今何在,血污游魂归不得⑥。清渭东流剑阁深,去住彼此无消息⑦。人生有情泪沾臆,江水江花岂终极⑧。黄昏胡骑尘满城,欲往城南望城北⑨。

【题解】

这首诗作于唐肃宗至德二载(757)。上一年杜甫只身奔赴灵武(肃宗驻跸之地),途中为叛军俘获,押送至长安。身处沦陷区的杜甫心情十分郁闷。某个春日,他偷偷来到曲江边,面对着一片冷落萧瑟的景象,回想当年长安的盛况,不禁感触万端,写下了这首诗。江头,曲江边上。曲江是唐代著名的游赏胜地,在今陕西省西安市东南,因水流曲折,故名。

【注释】

① 少陵二句:少陵野老,杜甫自称。少陵,汉宣帝许后之陵,在今陕西省长安县南。因规模小于宣帝陵,故称少陵。杜甫曾在这里住过,所以自号少陵野老。潜行,偷偷地出来漫步。曲江曲,曲江的弯曲处。二句是说,自己陷身贼中,不敢放声大哭,一个春日,他偷偷来到曲江边上。② 江头二句:蒲,蒲柳,即水杨。二句是说,江边很多宫殿都大门紧闭,无人居住;岸上柳树虽已悄悄萌发新绿,却无人

欣赏,不知为谁而绿。③ 忆昔二句:霓旌,霓虹般的彩色旗帜,指皇帝的仪仗。南苑,芙蓉苑,在曲江之南。生颜色,焕发生机。二句是说,想起从前当皇帝驾临芙蓉苑时,苑中花草竞相开放,焕发出勃勃生机。④ 昭阳二句:昭阳殿,汉成帝时皇后赵飞燕及其妹赵合德大受宠幸,合德居昭阳殿。但在诗人笔下往往说成是飞燕居处。这里是指杨贵妃的居处。唐人常以赵飞燕比杨贵妃。李白诗云:"宫中谁第一,飞燕在昭阳。"(《宫中行乐词》)同辇,与皇帝同乘一辆车,说明皇帝对她的宠爱。辇(niǎn),车。侍君侧,在皇帝身旁侍奉。二句是说,杨贵妃备受皇帝宠爱,与皇帝同车出入,陪侍在皇帝身边。⑤ 辇前四句:才人,唐代宫中女官。皇帝出行,才人在辇前侍卫。嚼啮(niè),咬。黄金勒,以黄金为饰的马笼头。翻身,转身。四句是说,皇帝出行时,车前有才人侍卫,她身骑白马,突然转身仰射,一箭射中一对飞鸟,使之下坠。⑥ 明眸二句:明眸皓齿,明亮的眼睛、洁白的牙齿,形容美女,这里指代杨贵妃。血污游魂,被鲜血沾污的孤魂,也是指杨贵妃。天宝十五载(756)唐玄宗在出亡途中,经过马嵬驿时,在军士的要求下,先杀杨国忠,接着又被迫缢杀杨贵妃。二句是说,美丽的杨贵妃现在又在何处?可怜她满身血污再也无法回到长安。⑦ 清渭二句:清渭,渭水以清澈见称。马嵬驿南临渭水。剑阁,在今四川省剑阁县北,玄宗在缢杀贵妃后受到军队保护,避难蜀中,剑阁是其必经之地。去住,去与留,指玄宗去而贵妃留。二句是说,贵妃死后,玄宗才得以至蜀,从此二人幽明永隔,彼此不通音讯。⑧ 人生二句:泪沾臆,泪水沾湿了胸前衣襟。岂终极,哪有止境。二句是说,人生有情,面对着世事沧桑不禁泪洒衣襟,而自然界却照样江水东流,花开年年,这样的情景哪有终极。是说人事已非,景物依旧。⑨ 黄昏二句:胡骑,指安史叛军。城南,杜甫家居城南。望,这里意为"向"。望城北,一作"忘南北"。二句是说,暮色中的长安胡骑驰突,烟尘弥天。此情此景使人心潮起伏,感触万端,神思恍惚间竟不辨方向,想去城南旧居却向北走去。

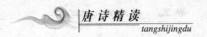

【评析】

　　唐玄宗宠幸杨贵妃,信任杨国忠,导致安史之乱,所谓昏君误国。但他前期励精图治,国势昌隆,最后在逃亡途中不得已将杨贵妃处死,又引起人们的同情、怜悯。唐人作品中对玄宗、杨贵妃事往往具有讽刺、同情两重态度,杜甫亦然。其《丽人行》为讽刺,本篇则主要是同情。这首诗有着浓烈的今昔盛衰之感。前四句写自己潜行曲江边上。"忆昔"以下八句回忆乱前玄宗、贵妃游览曲江情景。"明眸"以下六句写乱中杨贵妃死而玄宗逃亡,形成悲剧。以简练的语言描绘两人的今昔不同遭遇,形象鲜明,感人至深。玄宗、杨贵妃的今昔剧变,从侧面反映了唐王朝的由盛趋衰,并引发了杜甫浓烈的世事沧桑的感慨,故最后两句以心神不定作结。

# 茅屋为秋风所破歌

　　八月秋高风怒号,卷我屋上三重茅①。茅飞渡江洒江郊,高者挂罥长林梢,下者飘转沉塘坳②。南村群童欺我老无力,忍能对面为盗贼,公然抱茅入竹去③。唇焦口燥呼不得,归来倚杖自叹息④。俄顷风定云墨色,秋天漠漠向昏黑⑤。布衾多年冷似铁,骄儿恶卧踏里裂⑥。床头屋漏无干处,雨脚如麻未断绝⑦。自经丧乱少睡眠,长夜沾湿何由彻⑧!安得广厦千万间,大庇天下寒士俱欢颜,风雨不动安如山⑨。呜呼!何时眼前突兀见此屋,吾庐独破受冻死亦足⑩。

【题解】

　　唐肃宗上元元年(760),刚到成都的杜甫在浣花溪畔建起了草堂。次年秋天,一场暴风袭击了草堂,把屋上的茅草卷走了,使诗人一家在秋雨中饱尝了屋漏之苦。他推己及人,希望天下所有的寒士都能有一所安稳的屋子。

【注释】

① 八月二句:三重(chóng),多层的意思。古汉语中三、九往往泛指多的意思。二句是说,八月里秋风劲吹,卷走了屋顶上的茅草。② 茅飞三句:江郊,江边郊野之地。罥(juàn),缠绕,牵挂。长林梢,林中树梢。塘坳(ào),积水的洼地或池塘。三句是说,茅草被风卷起飞过了江,洒落在江边郊野,有的高挂在树梢上,有的飘落到池塘里。③ 南村三句:忍能,竟然忍心这样做。能,这样,唐人口语。对面,当面。入竹,逃到竹林中去。三句是说,南村的小孩子们欺我年老乏力,竟然忍心当面做盗贼,堂而皇之地抢走了茅草,进了竹林。④ 唇焦二句:大声喝阻,喊得口干,却毫无效果,回到家里累得靠着手杖连连叹气。⑤ 俄顷二句:俄顷,顷刻,一会儿。云墨色,云层发黑。秋天,指天空,秋字点明季节。漠漠,广漠无边貌。向,趋向,接近。二句是说,一会儿,风平息了,茫茫天空乌云笼罩,天色越来越暗淡。⑥ 布衾(qīn)二句:布衾,布被。恶卧,睡相不好。踏里裂,把被里都蹬得裂开了。二句是说,多年的布被冰冷似铁,儿子的睡相不好,竟把被里都蹬裂了。⑦ 雨脚如麻,雨点不断如线。⑧ 自经二句:丧乱,死丧祸乱,指安史之乱。何由彻,怎么才能由夜到天明。彻,从夜到明。二句是说,自从战乱以来,我就很少睡过好觉;现在屋子里雨漏得竟连一块干的地方都没有,真不知怎样才能够熬过漫漫长夜直到天明呢?⑨ 安得三句:安得,怎么才能得到。广厦(shà),高大宽敞的房屋。大庇(bì),全部遮蔽,掩护。三句是说,有什么办法,可以获得千万间高大宽敞的屋子,让天下的贫寒人士都有一个遮风挡雨的地方,人人喜笑颜开,即使在狂风暴雨中也能安稳如山。⑩ 呜呼二句:突兀,高耸貌。见,通"现",出现。死亦足,即使死了也心甘情愿。二句是说,什么时候眼前突然出现这样的房子,即使我在小屋里

被冻死,我也是心甘情愿的。

【评析】

　　这首诗着重写诗人遇秋雨屋漏之苦,语言朴素平实,但十分生动真切。最后"安得"以下六句,直抒胸臆,由个人的遭遇联想到天下的寒士,希望能够大庇苍生,这就提升了本篇的思想境界。诗中"茅飞"以下三句一停顿,与一般诗作的二句一停顿不同,"南村"以下、"安得"以下,也是如此,这种句法是比较少见的。又"南村"、"大庇"、"呜呼"、"吾庐"各句,均为超过七字的长句,语气跌宕,有效地表现了诗人激动的感情。

## 丹青引赠曹将军霸

　　将军魏武之子孙,于今为庶为清门①。英雄割据虽已矣,文彩风流犹尚存②。学书初学卫夫人,但恨无过王右军③。丹青不知老将至,富贵于我如浮云④。开元之中常引见,承恩数上南薰殿⑤。凌烟功臣少颜色,将军下笔开生面⑥。良相头上进贤冠⑦,猛将腰间大羽箭⑧。褒公鄂公毛发动,英姿飒爽来酣战⑨。先帝天马玉花骢,画工如山貌不同⑩。是日牵来赤墀下,迥立阊阖生长风⑪。诏谓将军拂绢素,意匠惨澹经营中⑫。斯须九重真龙出,一洗万古凡马空⑬。玉花却在御榻上,榻上庭前屹相向⑭。至尊含笑催赐金,圉人太仆皆惆怅⑮。弟子韩幹早入室,亦能画马穷殊相。幹惟画肉不画骨,忍使骅骝气凋丧⑯。将军画善盖有神,偶逢佳士亦写真。即今飘泊干戈际,屡貌寻常行路人⑰。途穷反遭俗眼白,世上未有如公贫⑱。但看古来盛名下,终日坎壈缠其身⑲。

**【题解】**

曹霸是曹操的后裔,是唐代著名的画家。天宝年间曾为皇帝画过功臣像和御马图,官至左武卫将军。唐代宗广德二年(764),曹霸流寓成都,与杜甫相识。杜甫写了这首诗送给他。诗中对曹霸高超的画艺作了高度评价,对他坎坷的遭遇表示深切的同情,同时也流露出诗人自己身处乱世的愤懑与不平。丹青,本指绘画的颜料,后引申为绘画之意。引,曲调名。

**【注释】**

① 将军二句:魏武,曹操,曹操生前没有做过皇帝,曹丕称帝后,追尊为魏武帝。庶,平民百姓。清门,清寒之家。二句是说,曹霸是名门之后,到了今天却家世凋零成为一般的平民百姓。② 英雄二句:英雄割据,指曹操东汉末年争霸中原,三分天下的事业。已矣,成为过去。文彩风流,曹氏家族有浓厚的艺术气息。曹操、曹丕、曹植都是文学家,曹髦(曹操曾孙)是画家,现在曹霸也是著名画家,故称。二句是说,曹家先辈叱咤风云、割据一方的英雄霸业虽然已成历史,但浓厚的艺术才华却一直流传了下来。③ 学书二句:学书,学习书法。卫夫人,名铄,字茂漪,东晋女书法家。尤善草隶。但,只是。恨,遗憾。王右军,即王羲之,字逸少,东晋著名书法家,官至右军将军。早年从卫夫人学书,后博采众长,推陈出新,独创新体。二句是说,曹霸在书法上开始是学卫夫人体,只恨书法上的成就没能超越王羲之。这里是赞美曹霸努力学书,有赶超前代大书法家的意向。④ 丹青二句:分别化用《论语》语句。不知老将至,语出《论语·述而》:"发愤忘食,乐以忘忧,不知老之将至。"富贵句,语出《论语·述而》:"不义而富且贵,于我如浮云。"二句是说,曹霸沉潜于艺术中,孜

孜不倦,用心专一,以至忘了自己快到老年,视荣华富贵若过眼云烟。⑤ 开元二句:开元,唐玄宗年号。开元时期是唐王朝的鼎盛时期。承恩,蒙受恩泽,意思是受到皇帝的赏识。南薰殿,唐代官殿名。在长安南内兴庆宫内。二句是说,曹霸在开元年间曾多次在南薰殿受到皇帝的召见。⑥ 凌烟二句:凌烟,阁名,在太极宫中,是为表彰功臣而建的高阁。唐太宗贞观十七年(643)二月,命阁立本绘功臣二十四人图像于其上。少颜色,色泽暗淡。二句是说,凌烟阁内的功臣画像因年久而色泽暗淡,现在请曹霸重绘则奕奕有生气。⑦ 进贤冠,古时文官所戴之缁布冠。⑧ 大羽箭,一种四羽大竿长箭。⑨ 褒公二句:褒公,褒国忠壮公段志元。鄂公,鄂国公尉迟敬德。毛发动,意思是描画生动逼真,好像画中人物的须发都在飘动。英姿飒爽,身姿俊爽,神采飞扬。二句是说,曹霸画的褒公、鄂公图像鲜明生动,栩栩如生,他们的毛发似乎都在拂动;他们雄姿英发,神采飞扬,好像正要大战一场。⑩ 先帝二句:先帝,指玄宗。玉花骢,玄宗所乘马。据《明皇杂录》:"上所乘马有玉花骢、照夜白。"如山,众多貌。貌不同,是说所画玉花骢与真马不像。二句是说,宫中画师虽然众多,但他们所画的玉花骢却都不像真马。⑪ 是日二句:是日,这一天。赤墀(chí),丹墀,宫殿中的红色台阶。迥(jiǒng)立,昂然挺立。阊阖,宫殿的正门。二句是说,这一天人们把玉花骢牵到宫殿阶下,那马昂然挺立于宫门前,精神抖擞,如欲飞动,生出一片长风似的。⑫ 诏谓二句:诏谓,皇帝下诏命令。拂绢素,展开画布。意匠,构思。惨澹经营,艰苦的运思构想。二句是说,皇帝命令曹霸展开画布,摹画玉花骢,于是曹霸开始了艰苦的构思。⑬ 斯须二句:斯须,一会儿,须臾。九重,九天之上,天之极高处。真龙,喻指曹霸所画的马。古时,马高八尺称为龙。二句是说,一会儿的工夫,仿佛一匹真马从天而降;与曹霸所画的马相比,古往今来的所有平庸的马好像都被一扫而空。⑭ 玉花二句:屹,站立。相向,相对。二句是说,曹霸所画的玉花骢高挂在御榻上,这样榻上的画马与庭院中的真马相对而立,真假莫辨。⑮至尊二句：至尊，皇帝，指玄宗。赐金，赏赐金钱。圉(yǔ)人，职掌养马放牧等事的官吏。太仆，宫中掌管车马的官员。惆怅，赞美叹息。二句是说，皇帝对曹霸的画艺大加赏识，赐以重金，这使得圉人、太仆都为之赞叹感慨。⑯弟子四句：韩幹，唐代画家，曹霸的学生，善绘人物、鬼神，尤工画马。天宝中曾在宫中画过玉花骢、照夜白等名马，当时称为独步。官至太府寺丞。入室，谓得师传，学业达到高深程度。《论语·先进》："由也升堂矣，未入于室也。"穷殊相，穷尽各种不同的形象，意谓形象逼真。画肉不画骨，意思是韩幹所画的马多臃肿肥胖，缺乏骨力。这里以韩幹作陪衬，对韩幹的画技不免有所贬抑。骅骝，传说中周穆王八骏之一，这里指代骏马。气凋丧，即丧气。四句是说，曹霸的学生韩幹画艺高超，也能逼真地描摹名马；只是他画的马多肥硕，没有画出马的骏爽骨力，因而使得那些骏马为之失神丧气。⑰将军四句：偶，一作"必"。佳士，不同凡俗之士。写真，描画形象。这里说曹霸常在宫廷为帝王作画，偶然在社会上碰到佳士，亦为之写真。干戈，兵器，这里指代战乱。貌，描画，作动词用。四句是说，曹霸的画生动传神，艺术高超，以前他只替英杰之士画像；而现在身处战乱动荡年代，他迫于生计，屡屡为一般人作画。⑱途穷二句：遭俗眼白，受俗人轻视。晋朝阮籍会做青白眼，对于喜欢的人以青眼相待，对不喜欢的人则以白眼相向。二句是说，曹霸身处乱世，落魄潦倒备受一般俗人的轻视，再没有人像他那样贫困窘迫的了。⑲但看二句：坎壈，坎坷不平，穷困失意貌。二句是说，只要看看古往今来众多享有盛名的人，大都一生被穷困潦倒、艰难失意所伴随。

【评析】

全诗可分三层，起首八句，为一层，介绍曹霸的家世和对艺术的痴迷。从"开元之中常引见"到"忍使骅骝气凋丧"为第二层，是对曹霸绘画艺术的描写。最后八句为三层，写曹霸今日的坎坷遭际。第二层共二十八句为全诗重点，细致刻画曹霸画艺。先写他绘人的不凡技艺,再详写他画马,通过与真马相向,帝王、官僚的行动举止作陪衬,层层渲染,突现了曹霸画马的高超成就。写法与汉乐府《陌上桑》写罗敷美貌一段相似。最后八句为曹霸的坎坷遭遇表示深深的哀惋和不平,同时也寄寓了杜甫自身晚年流落失意的身世之感。

## 月 夜

今夜鄜州月,闺中只独看①。遥怜小儿女,未解忆长安②。香雾云鬟湿,清辉玉臂寒③。何时倚虚幌,双照泪痕干④。

【题解】

这首诗是唐肃宗至德元年(756)八月的作品。六月,杜甫把家人安置在鄜州的羌村。然后只身投奔灵武,中途为叛军俘获,押解长安。杜甫陷身贼中,心情十分苦闷。亲人不在身边,更增添了他的思念。这首诗就是他月夜思亲之作。

【注释】

① 今夜二句:鄜州,今陕西省富县。闺中,闺中人,指妻子。二句是说,明月当空,此刻远在鄜州的妻子正独自一人望月。看,读平声。② 遥怜二句:解,懂得。长安,以地代人,指身陷长安的杜甫。二句是说,儿女们年龄还小,还不懂得想念身在长安的爸爸。③ 香雾二句:香雾,弥散在夜雾中的鬓发的香气。云鬟,发鬟蓬松如云。清辉,月光。二句是说,更深夜静,妻子久久在月下远望,以至雾气把发鬟染湿,月光带来的寒意侵袭她的手臂。④ 何时二句:虚幌,透明的窗帷。双照,月亮照着两人。二句是说,什么时候才能夫妻团聚,可以双双凭窗,月光照着不再流泪的两人呢?

【评析】

　　这首诗对月怀人,其眷眷深情通过巧妙的构思表现出来。明明是作者想念亲人,却偏从对方落笔。首联写月夜妻子独看。颔联转写儿女,说他们天真烂漫还不懂得想念远隔的父亲,二句一气直下,明白生动。颈联正面描绘妻子的形象。"湿"字见出凝望之久,"寒"字见出夜之深。夜阑人静,犹自望月,可见她的孤寂、担心与思念的深切。尾联表达作者的美好愿望,希望与家人早日团圆,共享天伦之乐,却仍然以月夜为背景,照应细密。

春　望

　　国破山河在,城春草木深①。感时花溅泪,恨别鸟惊心②。烽火连三月,家书抵万金③。白头搔更短,浑欲不胜簪④。

【题解】

　　这首诗作于唐肃宗至德二载(757)三月。当时安史叛军已经占据了长安。杜甫身陷贼中,与家人骨肉阻隔,又得不到朝廷的消息。面对着明媚春光中满目疮痍的山河大地,诗人所感受到的却是一腔悲凉。本篇就是写他的这种心情。春望,指在春日瞭望时的所见所感。

【注释】

　　① 国破二句:山河大地依旧,国家却残破不堪;春天虽已降临人间,长安城里却草木丛生,呈现一派荒芜之象。② 感时二句:感慨时世乱离,看花时眼泪不禁溅到花朵上;与家人离别不觉黯然神伤,以至听到鸟声也为之惊心动魄。③ 烽火二句:连三月,指正月、二月、

三月,连续三月战火不断。抵万金,意思是战乱频仍,邮路不通,一封家信可抵万金之贵。时杜甫家眷寄居鄜州。二句是说,接连三月战火不断,邮路阻绝,家信难得。④ 白头二句:白头,指白发。按格律此句第二字应用平声字,故用"白头"。浑欲,简直。簪(zān),用来插定发髻或连冠于发的一种长针。二句是说,因忧思而搔头,白发越搔越少,简直连簪子都插不住了。

【评析】

这首诗抒发伤时忧乱和自悲身世的感慨。全篇围绕着"感时"、"恨别"而展开。感时者,忧念国家残破,烽火不息;恨别者,心系家人,悲离别,盼家书。颔联为千古名句,"感时"、"恨别"点出一篇之旨。赏春花,听春鸟,本是赏心悦目之事,现在却溅泪、惊心,见出诗人的反常心理。颈联"烽火"句承"感时"而来,是说战火不息,兵荒马乱。"家书"句顺"恨别"而至,是说家人阻隔,音信渺茫。尾联说头发既白又稀,写出了诗人为感时、恨别而起的深深忧思。全篇结构紧凑,章法严密。

## 春 夜 喜 雨

好雨知时节,当春乃发生①。随风潜入夜,润物细无声②。野径云俱黑,江船火独明③。晓看红湿处,花重锦官城④。

【题解】

唐肃宗上元元年(760),杜甫携家迁居成都,因为有友人的帮助,他在浣花溪畔建起了草堂,并住了下来。这是杜甫一生中一段难得的安定时期,因而他的心情也比较安逸。这首诗作于定居成都后不久,是对春雨的赞颂,也反映了诗人内心的喜悦。

【注释】

① 好雨二句:好像知道到了人们最需要雨的季节,一场好雨在春天里悄悄地降临了。② 随风二句:潜入夜,在夜间悄悄来了。润物,滋润万物。二句是说,伴随着春风,春雨在夜间悄悄来到人间,悄无声息地滋润着大地万物。③ 野径二句:野径,田间小路。二句是说,黑夜里田埂与云层一片漆黑;而江上渔船却亮着渔火一点。④ 晓看二句:红湿处,指经过春雨沐浴的红花。花重,花经雨后沉甸甸的样子。锦官城,成都的别名。二句是说,明天早晨,看到锦官城内一片片红艳、潮润的花丛,就知道那是昨夜春雨的作用了。

【评析】

前四句是正面写春雨之来,一个"潜"字,一个"细"字,抓住了春雨的特征,写得传神。唯其细微无声,才显得似乎是潜入。"野径"二句用侧笔,是承"入夜"而来,而在径云俱黑中却渔火独明,鲜明的色彩对比渲染了春雨降临的环境。尾联写春雨既来之后的结果。"重"字能得物之神理。通篇写雨,无一句直接写喜,而喜悦之情却在对物象的描摹中自然体现出来。

## 不见

不见李生久,佯狂真可哀①。世人皆欲杀,吾意独怜才②。敏捷诗千首,飘零酒一杯③。匡山读书处,头白好归来④。

【题解】

这首诗大约作于唐肃宗上元二年(761)。这时杜甫住在成都,而李白被赦后却一直浪迹四方。虽然李、杜自天宝别后,就再没有机会见面,然而杜甫对李白的怀念却有增无已。现在得不到李白的音信,不由得牵挂起来。诗中表现了作者对友人命运的深切同情和关怀。题下有自注:"近无李白消息。"

【注释】

① 不见二句:佯(yáng)狂,假装疯狂。李白行为放达,纵酒高歌,脱略行迹,在一般人眼里是有些疯癫的,所以杜甫如此说。二句是说,已经很久没有见到李白了,想到他似乎疯癫的样子,真是值得同情。② 世人二句:皆欲杀,李白曾在李璘幕府任职,李璘败后,李白受到牵连系狱,当时有人认为李白该杀。"皆"字表现当时有不少人不理解甚至厌恶李白。怜才,爱才。二句是说,李白受到牵连下狱后,不少人认为他可判死罪,唯独我爱惜他超群出众的才华。③ 敏捷二句:飘零,漂泊无依。李白一生长期漫游四方,故称。二句是就其才而言,说他诗思敏捷,写了上千首诗;然而身世飘零,游踪不定,性嗜酒,平时经常与酒为伴。④ 匡山二句:匡山,大匡山,在今四川省彰明县(李白的故乡)。李白年轻时曾在此读书。二句是说,李白年岁已大,可以不必浪迹天下,还是回到家乡的匡山隐居读书吧。

【评析】

这首诗表现了杜甫对李白深切的理解、同情、赞佩和劝慰,读来感人至深。劈首两句已是真情毕露。颔联既为李白的处境深忧,又为他的才华而赞叹不已。颈联是对李白身世的描绘,是对李白一生创作、生活经历的最好概括,既有赞叹,又有同情。尾联是作者的殷殷劝告,他劝李白垂老还乡,并与自己重晤,眷眷深情,溢于言表。诗中以世人与自己对李白截然不同的态度作对比,以李白的非凡才能与不幸遭遇作对比,酣畅地表现了作者对李白的深情。

## 旅夜书怀

细草微风岸,危樯独夜舟①。星垂平野阔,月涌大江流②。名岂文章著,官应老病休③。飘飘何所似,天地一沙鸥④。

【题解】

这首诗作于唐代宗永泰元年(765)。杜甫离开成都,携家东下,开始了晚年的漂泊生涯。这首诗就是作于前往渝州(今四川省巴县)、忠州(今四川省忠县)的路上。诗中通过对旅途夜景的描绘,抒发了落拓不遇、漂泊无依的感叹,蕴蓄着诗人的一腔悲愤。

【注释】

① 细草二句:危樯,高高的桅杆。危,高。二句是说,岸上微风吹拂细草,江上孤舟夜泊,高高的桅杆直指天空。② 星垂二句:原野茫茫,苍穹浩浩,群星垂挂;月亮倒映在奔腾的大江中,好像是随着江流翻涌。③ 名岂二句:是把"著名"、"休官"拆开倒置,构成二句。意思是说,诗文虽写得好,又岂能因此而著名?自己既老又病,理应弃官不做。二句都是愤慨的话。时杜甫已辞去严武幕府的职务。④ 飘飘二句:现在四处漂泊,居无定所,犹如天地间的一只鸥鸟。

【评析】

这首诗通过景物描写来抒写他浓重的身世飘零之感。前四句侧重写景,展示的虽是开阔景象,然其一个"独"字,隐隐然与末句中"天地一沙鸥"呼应。"星垂"二句向称名句,展现了浩大开阔的境界。"垂"、"涌"二字最见锤字炼意的功力。后四句转写身世的感叹。"名岂"二句是对近年来遭际的概括。"飘飘"二句乃是即景自况,既写出当下处境,又是一种人生感受,有不胜苍凉的感觉。李白《渡荆门送别》诗第三、四句云:"山随平野尽,江入大荒流。"与此诗颔联意境相似,李句雄浑自然,杜句壮阔锤炼,各极其妙。

## 江　汉

　　江汉思归客,乾坤一腐儒①。片云天共远,永夜月同孤②。落日心犹壮,秋风病欲苏③。古来存老马,不必取长途④。

【题解】

　　这首诗大约作于唐代宗大历三年(768)。杜甫已由夔州经过了一路的飘荡,来到了公安(今湖北省公安县)。这一年杜甫已经是五十七岁的老人了,生活境遇更加艰难。但诗中却表达了不甘迟暮、仍想有所作为的壮心,体现了乐观的精神。江汉,长江、汉水,公安正在江汉之间。

【注释】

　　① 江汉二句:思归客,思念家乡的游子。乾坤,天地。腐儒,迂腐的书生,这是作者的自嘲。二句是说,自己是漂泊江汉间的一个思乡游子,又是天地间一介迂腐书生。② 片云二句:永夜,长夜。二句是说,自己与长空中一片浮云一样,远在天边;又像漫漫长夜中的一轮月亮,孤独无依。③ 落日二句:苏,病体逐渐康复。二句是说,自己并没有因年老而丧失志气,反而见落日而雄心犹壮;秋风起酷暑消,天气凉爽,自己的疾病也渐渐消除。④ 古来二句:老马,用《韩非子·说林上》的典故。齐桓公伐孤竹国,返回时迷失方向。管仲就说:"老马之智可用。"就让老马走在前面,部队跟在后面,果然找到了归路。二句是说,从古

以来人们就懂得利用老马的智慧,而不要求它长途奔驰。意思是自己年岁虽大,体力虽衰,但智慧经验尚能发挥作用。

【评析】

　　这首诗抒发诗人老当益壮的雄心,情景交融,借景抒情。首联点出作者自我形象。中间二联把客观之景与主观之情融合起来。颔联"片云"、"孤月"的意象既是景色,又是隐喻,亦景亦情,是诗人坎坷身世的象征。颈联则触景生情,由客观之景激发出一片凌云壮志。尾联借用典故正面托出不甘年老、积极用世的情怀。后四句辞语慷慨,音节响亮,很好地表达了诗人的豪迈胸襟。

## 登岳阳楼

　　昔闻洞庭水,今上岳阳楼①。吴楚东南坼,乾坤日夜浮②。亲朋无一字,老病有孤舟③。戎马关山北,凭轩涕泗流④。

【题解】

　　这首诗作于唐代宗大历三年(768)。这一年杜甫从公安出发,于暮秋时节来到岳阳。此诗写他登上岳阳楼所见洞庭湖浩渺阔大的景象和由此引起的身世之叹,并表现了他对国事的忧心。岳阳楼,在今湖南省岳阳县城西门上,楼高三层,下瞰洞庭湖,始建于唐。

【注释】

　　① 昔闻二句:洞庭水,洞庭湖。在今湖南省北部,长江南岸,沿湖为岳阳、华容、南县、汉寿、沅江、湘阴等县,在岳阳县城陵矶入长江。二句是说,从前早已耳闻洞庭湖的大名,今日终于登上岳阳楼一

睹洞庭湖的真容。② 吴楚二句：春秋时吴国和楚国。后世常以吴、楚泛指长江中下游一带。坼(chè)，裂开。二句是夸张写法，在岳阳楼上其实无法看到吴地。但湖水浩渺无边，故诗人想象吴楚就在遥远的湖之东南方分界。二句是说，在岳阳楼上俯视洞庭湖，在茫茫无际的湖之东南，应是吴楚分界之处。洞庭湖开阔浩大，就好像天地都浮在湖面上。③ 亲朋二句：无一字，意思是没有来信。老病，时杜甫五十七岁，身体衰弱，患有肺病、疟疾、风痹等多种疾病，又兼耳聋、眼暗、齿落，十分痛苦。二句是说，自己既得不到亲戚朋友的书信，又兼年老多病，以船为家，四处漂泊。④ 戎马二句：戎马，战马。这里指代战争。时吐蕃十万兵马侵扰灵武，京师长安为之戒严，形势十分严峻。关山，关隘山岭。凭轩，靠在岳阳楼的栏杆上。轩，指岳阳楼的栏槛。涕泗，眼泪和鼻涕。二句是说，眺望远方，想到北方战争仍在进行，不禁忧伤得涕泗横流。

【评析】

这首诗写作者深沉的忧患，用的也是情景结合、由景入情的写法。前四句写景。首联点出题意，引起下文。颈联即写登楼所见。极写洞庭湖的浩大气势和作者开阔的视野。语句夸张，感受真切，诚为千古名句。与孟浩然《临洞庭湖赠张丞相》"气蒸云梦泽，波撼岳阳城"二句，角度不同，而有异曲同工之妙。与王维《汉江临眺》之"郡邑浮前浦，波澜动远空"构思也相近。又，"乾坤日夜浮"句，既是夸张，又是一种错觉，与曹操咏沧海的名句"日月之行，若出其中。星汉灿烂，若出其里"（《步出夏门行》）亦相近似。后四句转入抒怀，颈联尚忧一己，尾联则心忧天下，境界、胸怀逐步拓宽。

## 蜀　　相

丞相祠堂何处寻，锦官城外柏森森①。映阶碧草自春色,隔叶黄鹂空好音②。三顾频烦天下计,两朝开济老臣心③。出师未捷身先死,长使英雄泪满襟④。

【题解】
　　这首诗是诗人在唐肃宗上元元年(760)在成都寻访诸葛武侯祠作的。蜀相是指诸葛亮,他是三国蜀汉丞相,封武乡侯。这首诗既表达了作者对诸葛亮的崇敬之情,同时也对诸葛亮的壮志未酬深表惋惜。

【注释】
　　① 丞相二句:锦官城,又称锦城,在今成都市南部。柏森森,柏树繁盛茂密貌。旧注说,诸葛武侯祠前有诸葛亮手植的大柏树,树围数丈。二句自问自答,诸葛武侯祠在什么地方呢?就在锦官城外柏树茂密之处。② 映阶二句:自、空,都有徒然、枉自的意思。黄鹂,黄莺鸟。二句是说,祠堂阶下芳草碧绿,树间黄鹂声声啭鸣,可惜英雄早已逝去,这一片春光也徒自美好而已。③ 三顾二句:三顾,诸葛亮隐居隆中(今湖北省襄阳县西),刘备曾三顾茅庐,礼请诸葛亮出山。顾,拜访、探望。频烦,即屡次烦劳。两朝,指刘备、刘禅两代君主。开济,开指创立基业,济指渡过难关。二句追述诸葛亮一生功绩。是说,刘备曾三顾茅庐,问以天下大计;出山后诸葛亮鞠躬尽瘁辅佐刘备、刘禅两朝君王。④ 出师二句:出师,领兵出战。刘禅当政时,诸葛亮多次领兵北伐,力图兴复汉室。最后一次与司马懿对垒渭南,相持百余日,病死军中,平生理想没有实现。长,永远的意思。二句是说,诸葛亮领兵北伐还没有成功,就溘然长逝,这使后代的英雄豪杰永远为之泪洒衣襟,痛惜不已。

【评析】
　　这首诗凭吊古人,感触万端。前四句写景,后四句记事抒怀。领联写的虽是目前春色,然下一"自"字、"空"字,便寓有无限感慨。颈

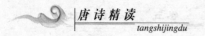

联概括诸葛亮一生大事,对仗工整,语句雄浑,堪称名句。尾联点出他赍志以没,理想成空,从而突出了诸葛亮一生的悲剧色彩,同时也使本篇洋溢着一股浓烈的悲壮意味。

## 客 至

舍南舍北皆春水,但见群鸥日日来①。花径不曾缘客扫,蓬门今始为君开②。盘飧市远无兼味,樽酒家贫只旧醅③。肯与邻翁相对饮,隔篱呼取尽余杯④。

【题解】

这首诗大约作于唐肃宗上元二年(761)。当时杜甫仍住在成都草堂。诗题下有原注曰:"喜崔明府相过。"(过,过从,访问。)从诗歌的描写看,崔明府是作者的友人。诗中写出了对友人来访的欣喜心情。崔明府,其名不详。明府是唐人对县令的尊称。

【注释】

① 舍南二句:是写所居环境的清幽。屋舍南北一带的小溪都因春天来了而涨满,只见鸥鸟每天飞来飞去。② 花径二句:缘,因为。蓬门,用蓬草编织而成的门,形容屋舍的简陋。二句是说,园中的小径还从来没有为客人将至而打扫过(是说没有客人来访),寒舍那蓬草编成的门今天是第一次为你敞开。③ 盘飧(sūn)二句:飧,熟食。兼味,两种以上的菜肴。醅(péi),没有滤过的酒。二句是说,因为离市场远,所以盘中的菜很简单;因为家贫,所以拿出来招待的酒也只是陈旧的浊酒。④ 肯与二句:肯,愿意。取,语助词,用在动词后。尽余杯,把残酒喝光。二句是说,您若愿意与邻家老人相对饮酒,我就隔着篱笆把他叫来,一起尽情畅饮。

【评析】

　　这首诗写得很有情趣,主人的热情,主客间亲密无间的关系都被表现得非常真切,表现了杜甫在成都时宁静清闲生活的一面。前半部分是写客至。前三句都是写居住环境的寂寥清幽,目的是为衬出第四句,表现对客人将至有着一种空谷足音的欣喜。后半部分是写待客。"盘飧"二句说的既是实话,同时也显示了两人熟不拘礼的关系。尾联表现了诗人与邻居的亲密关系和他的豁达情怀。全诗娓娓道来,如话家常,使人油然而生一种亲切之感。

## 闻官军收河南河北

　　剑外忽传收蓟北,初闻涕泪满衣裳①。却看妻子愁何在,漫卷诗书喜欲狂②。白日放歌须纵酒,青春作伴好还乡③。即从巴峡穿巫峡,便下襄阳向洛阳④。

【题解】

　　这首诗作于唐德宗广德元年(763)。上一年官军收复了河南一带,这一年史朝义又被迫自缢,李怀仙斩其首级来降。这样河北一带也收复了,绵延达七年之久的安史之乱终于平息。这时杜甫正在四川梓州,消息传来,惊喜若狂,压抑多年的激情就像决了堤的洪水一下子喷涌而出,写下了这首激动人心的诗。

【注释】

　　① 剑外二句:剑外,剑阁以南的蜀中地区,因唐都长安在剑阁东北,故称。蓟(jì)北,蓟州北部。唐代蓟州相当今之河北省蓟县、三河、玉田、丰润、遵化等县地。这里的蓟北是指今河北省北部一带,这

是安史叛军的老巢。涕泪,眼泪。二句是说,身在蜀中,忽然传来了官军收复蓟北的消息,因喜悦而激动的泪水一下子夺眶而出,沾湿了衣襟。② 却看二句:却,再。漫卷,胡乱卷起,这是狂喜时不自觉的动作。二句是说,再看看妻儿,往日的愁容一扫而空,高兴得胡乱卷起书卷好像发疯一般。③ 白日二句:白日,白天。纵酒,尽情痛饮。青春,春天。二句是说,白天引吭高歌,纵情饮酒,趁着明媚春光正好返回家乡。④ 即从二句:巴峡,四川巴县(今属重庆市)以东一带江面上的山峡。巫峡,长江三峡之一,在今湖北省巴东县西,与四川省巫山县接界。襄阳,郡名,治所在今襄樊市,辖境相当于今湖北省襄阳、南漳、宜城、当阳、远安等县地。二句是构想回家路线,打算先由水路从巴峡出发,穿过巫峡,然后改换陆路,直奔襄阳,再到洛阳。

【评析】

杜甫的诗歌大都深沉含蓄,一唱三叹。但这首诗却是例外,写得飞流直下,一泻千里,狂喜之情,溢于言表。其基本特点,就在于把一连串神态动作接二连三地叠加在一起,犹如电影中的快镜头,给人以目不暇接的感觉。他初是喜极而泣,接着是狂喜而漫卷诗书,又是放歌,又是纵酒,最后构想回家路线也是一下子穿越四地,略不停留。正是在这样的描写中,一个欣喜若狂的诗人形象便生动鲜明地表现出来了。从结构上看,本诗前半是写"初闻",是写实;后半部分是写心中的计划,是想象。颈联又是纽接前后的过渡。"白日"句是承前而言,"青春"句是启后之句。

# 秋 兴(其一)

玉露凋伤枫树林,巫山巫峡气萧森①。江间波浪兼天涌,塞上风云接地阴②。丛菊两开他日泪③,孤舟一系故园心④。寒衣处处催刀尺,白帝城高急暮砧⑤。

【题解】

　　这首诗大约作于唐代宗大历元年(766)。这时杜甫正由云安(今四川省云阳县)迁居夔州(今四川省奉节县)。这首诗主要抒发了诗人漂泊异乡所引起的思念故园(杜甫有故园在长安)之情。秋兴,见秋景而兴发感叹。原有八首,是一套组诗,内容主要是怀念当年在长安时的见闻和经历,本篇是第一首。这套组诗由于内容深沉,对仗格律工整,词采富丽,受到后代文人的推崇和仿效。西晋潘岳曾作《秋兴赋》,此诗题目受其启发。

【注释】

　　① 玉露二句:玉露,白露。凋伤,使草木凋零。巫山,在今四川省巫山县东,巴山山脉特起处。巫峡,长江三峡之一,在今湖北省巴东县西,与四川省巫山县接界。《水经·江水注》:"自三峡七百里中,两岸连山,略无阙处,重岩叠嶂,隐天蔽日,自非停午夜分,不见曦月。"萧森,晦暗阴森貌。二句是说,秋露使草木凋谢零落,巫山、巫峡一带光线暗淡,阴气森森。② 江间二句:兼天,连天,"兼"有吞并意。塞上,关塞险要处,这里指夔州。夔州多山,阴云笼罩,故称"接地阴"。二句是说,江上波浪滔天,塞上阴云笼罩。③ 丛菊句:丛菊,菊花丛。两开,两次开放。杜甫离开成都来到夔州已经一年,去年菊花开时犹在云安,今年此时则已在夔州了,故说"两开"。他日,往日。这句是说,从成都到夔州已历两度菊开,想到长时流寓蜀地,看菊时不禁再度流泪。④ 孤舟句:一系,犹系联,受到羁绊。此处"系"字是双关词,兼指系舟江边与牵挂故园的心情。这句是说,孤舟一条系在江边,原拟乘舟离蜀东下再北归,此愿未遂,看到它就牵动了回归故园的心情。意思是暂时不能回返故乡。⑤ 寒衣二句:催刀尺,意思

是赶制寒衣。刀尺,裁缝用具,这里借指缝制衣服。急暮砧(zhēn),意思是响起一片捣衣声。砧,捣衣用的砧石。二句是说,天气渐凉,人们开始赶制寒衣,白帝城里响起了一片捣衣声。

【评析】

　　这首诗是触景生情、睹物伤怀之作。前四句的写景突出的是阴气森森的感觉,使人凛然兴起一种浓重的悲怆感。五六句写看菊掉泪,见舟思家,就顺理成章地逼出了悲怆之情。最后两句则紧扣当下之景:秋色笼罩,寒意阵阵,远远近近一片捣衣声。这种带着家庭温馨气息的意象有效地反衬出作者的漂泊孤单。全诗婉曲地把流寓异乡的悲凉和思念故园的深情表现了出来。

## 咏怀古迹(其三)

　　群山万壑赴荆门,生长明妃尚有村①。一去紫台连朔漠,独留青冢向黄昏②。画图省识春风面,环佩空归月夜魂③。千载琵琶作胡语,分明怨恨曲中论④。

【题解】

　　组诗《咏怀古迹》大约是作者于唐代宗大历元年(766)在夔州所作。一共写了五首,分别吟咏庾信故居、宋玉宅、昭君村、永安宫(刘备庙)和武侯祠。咏的虽是古迹,但也抒发了个人的身世之感。咏怀古迹,歌咏怀念古人古迹之意。这里所选的是咏王昭君一首。作者十分同情昭君的遭遇,为她不幸的命运而感叹,其中也寄托了自己怀才不遇的不平。

【注释】

　　① 群山二句:荆门,山名,在今湖北省宜都县西北。明妃,王昭

君,名嫱,汉元帝宫人,西晋时避司马昭讳,称明君。村,昭君村,在今湖北省秭归县。二句是说,群山连绵起伏,仿佛一起朝着荆门山飞奔而来,昭君从小生活的村子依然还在。②一去二句:紫台,指紫宫,帝王所居宫殿,这里指汉宫。朔漠,北方沙漠之地。这是指匈奴地域。青冢,指昭君墓,在今内蒙古自治区呼和浩特市城南二十里。据说北方多白草,只有昭君墓上的草是青的。二句是说,昭君离开汉宫去到匈奴,从此生活在那里,死后只留下一座坟墓,在暮色中显得无比凄凉。③画图二句:省识,约略辨识,看不太清楚。春风面,指昭君美貌。据《西京杂记》载,汉元帝后宫既多,不得常见,使画工为宫人画像,按图召见。宫女多贿赂画师,只有昭君不肯行贿,因此始终见不到皇帝。后来匈奴与汉朝和亲,单于(匈奴最高首领)请求汉朝送美女作阏氏(匈奴王妻),于是就派昭君去。当昭君辞别时,元帝才发现昭君的美貌为后宫之冠,后悔不迭。环佩,身上佩带着的环形玉器。空归,意思是昭君死后灵魂仍要回到汉宫。因是魂归,所以用"空"字。二句是说,仅凭画图如何能看出昭君的美貌?昭君身在匈奴,思念祖国,但只能月夜魂归而已。④千载二句:千载,指长期。胡语,琵琶为胡人乐器,故云。二句是说,千年以来,琵琶声声,分明是昭君在曲中诉说她的哀怨。

【评析】

这首诗咏的是昭君命运,兼寓自己落拓不遇的悲慨。昭君因为天生丽质,不愿贿赂画师,终于导致了她的人生悲剧。这在作者心中引起极大共鸣,他在昭君身上仿佛看到了自己的影子。诗篇以浓重的彩笔,通过对昭君事迹的追念和描绘,表现了对昭君命运的深刻同情,同时也曲折地寄寓了诗人自己怀才不遇的感慨。末句所谓"怨恨",也可以说是全篇的基调,只是在诗中表现得含蓄不露,蕴藉深沉。"环佩"一句想象昭君死后魂返故国,写得尤有韵味,荡漾着一种低回凄楚的情味。

## 又呈吴郎

堂前扑枣任西邻,无食无儿一妇人①。不为困穷宁有此,只缘恐惧转须亲②。即防远客虽多事,便插疏篱却甚真③。已诉征求贫到骨,正思戎马泪盈巾④。

【题解】

唐代宗大历二年(767),杜甫在夔州赁居瀼西草堂,不久又迁居东屯茅屋。行前他把草堂借给了姓吴的亲戚。杜甫住在草堂时,有一个老妇人常来此打枣。她无儿无女,生活无着,杜甫很同情她的遭遇,一直让她在草堂前打枣。现在杜甫离开这儿,那位吴郎便安插了篱笆,不让老妇人继续打枣。也许是老妇人曾向杜甫诉说了她的遭遇,于是就有了这首对吴郎规劝的诗。这首诗表现了杜甫对民众的深切同情。篇末由老妇人的遭遇联想到时势的动荡,更体现了杜甫忧国忧民、伤时悯乱的情怀。

【注释】

① 堂前二句:扑枣,打枣。任,任随,听凭。西邻,住在西边的邻居,指老妇人。二句是说,常来堂前打枣的老妇人,是住在西边的邻居,她无儿无女,生活贫困,你就随她去打枣吧。② 不为二句:为,因为。宁,难道,哪里,怎么。缘,因为。转,更。二句是说,如果不是因为穷困,怎会如此,正因为见您害怕,就更要待她和蔼可亲。③ 即防二句:虽然她防备远来的客人(指吴郎)不免过虑,但您现在插上了稀疏的篱笆却真的像是拒绝老妇人似的。④ 已诉二句:诉,诉说。征求,朝廷征收苛捐杂税。戎马,战马,指代战争,时吐蕃侵扰日重。二句是说,老妇人曾向我诉说过,朝廷的横征暴敛已把她榨取得一贫

如洗;自己一想到现在时局动荡,战火不息,就止不住泪湿手巾。

【评析】

　　这首诗开首第一句便开门见山,揭出全篇之旨,以下所有文字皆从此句衍化而出。接着是说老妇人的悲惨境遇,是希望以此唤起吴郎的同情心。颔联既是为老妇人辩解,又是对吴郎的建议。颈联二句说得尤其婉转。意思是劝吴郎不必插上篱笆,拒绝老妇人。但他却说,那老妇人防备吴郎没有必要,吴郎不是那种吝啬人。然后又说,你现在插上篱笆,倒像是真的拒绝老妇人。二句语意含蓄委婉,批评对方却不使人难堪,易于接受,这是说话的艺术。尾联由此及彼,从老妇人的遭遇联想到整个时代,想到天下苍生的苦难。这是借此启发吴郎,放宽视野,不要斤斤于小事。正是在如此反复曲折的陈说中,杜甫待人的周到体贴便跃然纸上。全诗语言朴素委婉,陈情恳切,具有强烈的感染力。

## 登　高

　　风急天高猿啸哀①,渚清沙白鸟飞回②。无边落木萧萧下③,不尽长江滚滚来。万里悲秋常作客,百年多病独登台④。艰难苦恨繁霜鬓,潦倒新停浊酒杯⑤。

【题解】

　　这首诗作于杜甫寓居夔州时。这时诗人大约五十六岁,从乾元元年(758)由华州出发的漂泊,到此时也已近十个年头了。诗人以垂老之年,仍然流寓蜀地,未能归老故乡;而身体的疾病随着年岁的增长,却日甚一日地严重起来。这首诗就是表现了作者此时迟暮悲凉的心情。

【注释】

① 猿啸哀,猿声凄清哀转。② 渚(zhǔ),水中小洲。③ 落木,落叶。萧萧,风吹动树叶的声音。④ 万里二句:万里,指离家遥远。百年,一生的意思。多病,时杜甫身患肺病、疟疾、风痹等多种疾病。二句是说,漂泊万里流寓他乡,在这萧瑟的秋天里总使人悲伤;年过半百,体弱多病,此刻独自登上了高高的楼台,不禁感慨万千。⑤ 艰难二句:苦恨,极恨。繁霜鬓,头上有不少犹如秋霜的白发。潦倒,失意衰颓。新停,时杜甫多病,刚刚戒酒。二句是说,时局动荡,生活艰难,使头上添了许多白发;失意潦倒,体弱多病,不得不在不久前戒酒停饮。

【评析】

这首诗写登高临眺的所见所感。前半写景,既是情感触发之媒,又为下文抒怀作了气氛的烘染。四句从上到下,由近及远,展现的是一幅空阔浩渺的画面。后半笔触转到自身,引发出深沉的身世之叹。"万里"、"百年"分别从时空两方面来写自己的遭遇。"艰难"句是说身世坎坷,"潦倒"句承"多病"而来。四句感怀身世,渗透着浓重的悲凉意味。由于全篇境界与词语内涵都很开阔,音节响亮,从而使诗呈现出悲壮雄浑的风格。全篇四联皆对,既工稳严整,又一气流注,略无雕琢板滞之感,足见杜甫的诗歌艺术已臻于化境。明代胡应麟《诗薮》赞美此诗为"自当为古今七言律第一"。

## 绝句二首(选一)

江碧鸟逾白,山青花欲然。今春看又过,何日是归年。

【题解】

　　这首诗作于唐代宗广德二年(764)。因为严武再度入蜀,任成都尹,杜甫重又回到了草堂。虽然生活暂时安顿了下来,心情也轻松了一些,然而内心深处的漂泊之感还是不由自主地会流露出来。

【注释】

　　江碧二句:逾,同愈,更加。然,同燃,燃烧。二句是说,江水碧绿更衬出鸟儿的洁白,山色苍翠更显得花红似燃。

【评析】

　　这首诗前二句写景,用映衬法,"江碧"、"山青"映衬鸟白、花红。刻画精工,而又清新流畅,流露出来的似是轻快的心情。后二句抒情。"今春"句承上启下,由景入情,自然引出末句,托出全篇之意。一春将尽,归期杳然,失望、惆怅之情便极含蓄有力地传达出来。可见诗人即使生活暂时安稳,但内心深处的漂泊之感、思归之念,却总是挥之不去的。

# 江畔独步寻花(其六)

　　黄四娘家花满蹊,千朵万朵压枝低①。留连戏蝶时时舞,自在娇莺恰恰啼②。

【题解】

　　这首诗大约作于唐肃宗上元二年(761)。经过了长途跋涉,杜甫于前年底来到成都。在朋友的帮助下,他的生活暂时安定了下来,上一年又在浣花溪畔建起了草堂,总算是有了一个安稳的家。因此在这一段时间里,诗人的心情是比较轻松安适的。在这首诗中,我们可以看到他心情闲适潇洒的一面,表现出他对生活的热爱。原作共七首,这是第六首。

【注释】

① 黄四娘家二句:黄四娘,其人不详。唐人喜以行第相称,男女皆同。蹊,小路。压枝低,盛开的花朵把枝头都给压低了。二句是说,黄四娘家门前的小路上,百花盛开,绽放的花朵把树枝都压低了。② 留连二句:留连,留恋不忍离去。恰恰,恰巧。一说,恰恰形容莺声密集。二句是说,蝴蝶翩跹起舞,好像留恋百花不忍离去;黄莺悠闲自在,在杜甫经过黄四娘家时恰巧鸣叫。

【评析】

这四句诗看似写景,然而诗人的一份闲适心情也自然融汇其中。首句以"花满蹊"领起,以下三句都是就花而写。不过虽是写花,却不句句粘滞于花,而是笔法错综。二句从正面落笔。"压枝低"三字传神,正是春二三月繁花似锦的景象。三四二句却从侧面写出花事之盛,写戏蝶,写娇莺,一写动态,一写声音,相映成趣,正好衬出"满蹊"春花的茂盛与诱惑力,而作者的喜悦也随之一起流露了出来。

## 江南逢李龟年

岐王宅里寻常见,崔九堂前几度闻①。正是江南好风景,落花时节又逢君②。

【题解】

李龟年是著名音乐家,曾受到唐玄宗的赏识,恩遇有加,安史乱后,流落江潭。杜甫年轻时曾听过李龟年的演奏,还留有深刻的印象。大历五年(770),在江南采访使筵上又重逢李龟年,这使诗人产生了许多感喟。本诗就是这种复杂心情的写照。江南,此指湖南潭州(今湖南省长沙市)一带。

【注释】

① 岐王二句：岐王,唐玄宗之弟李范。寻常,经常,常常。崔九,原注:"崔九即殿中监崔涤,中书令崔湜之弟。"他是玄宗的宠臣。九,崔涤排行。闻,指听到李龟年的演奏。二句是写从前两人的关系,意思是他们在达官贵人的府第里经常见面(这些都是安史乱前在长安发生的事)。② 正是二句：落花时节,暮春季节。二句是说,没想到暮春时节在江南潭州,又一次与您相遇。

【评析】

这首诗感慨世事沧桑,有不胜今昔之感。然而却写得含而不露,意在言外。前二句是写昔,后二句是写今。今昔对照,意味深长。从前之风华,今日之飘零是一层意思。个人遭际中透射出时代的巨变,又是一层意思。乱世中的邂逅,彼此感到的悲喜又是一层意思。短短四句即有如许内涵,可谓纸短情长,含不尽之情见于言外。

## 卷六　中唐诗

### 赵微明 一首

赵微明(生卒年不详),天水(今甘肃省天水市西南)人。擅长书法。诗风高古。乾元三年(760),元结编选《箧中集》,收录其诗三首。

### 回军跛者

既老又不全,始得离边城。一枝假枯木①,步步向南行。"去时日一百,来时一月程②。常恐道路旁,掩弃狐兔茔③。所愿死乡里,到日不愿生。"闻此哀怨词,念念不忍听。惜无异人术,倏忽具尔形④。

【题解】

本篇描写因战乱而致伤残的士兵在回乡途中的哀怨心理。跛者,腿脚有伤病的人。

【注释】

① 一枝句:枝,通"肢"。假,凭借,依靠。这句是说,跛者因行动不便而借助枯树枝的支撑行走。② 去时二句:去时一天可行进一百里路程,回来时相同的路程要走一个月。③ 常恐二句:茔(yíng),坟

墓。二句是说,时常担心自己死于途中而被草草掩埋在狐兔出没的野冢中。④ 惜无二句:倏(shū)忽,极短的时间。具,使……完备,作动词用。尔,你。二句是说,遗憾自己没有神人的法术,可以在顷刻之间使跛者的肢体恢复健全。

【评析】

　　汉代乐府诗《十五从军征》曾经描写过一位少年从军、年老回乡,却无家可归的老兵。本篇所写的角度虽然与之不同,但主人公的命运却同样悲惨。"去时"两句使年青力壮时的行军迅捷与老迈肢残时的行动迟缓形成鲜明的对比,说明战事对老兵身心带来的严重伤害。"所愿"两句则揭示了老兵内心复杂微妙的情感:即使回到家乡,肢体已残,难以为生,毫无生趣,不如死去;但就是死,也要死在家乡。全诗以朴素的文笔生动地描绘了伤残士兵的悲惨生涯与哀怨心态。

## 元　结 一首

　　元结(719—772),字次山,号元子、猗玗子、浪士、漫郎、漫叟、聱叟等,汝州鲁山(今河南省鲁山县)人。相继担任过水部员外郎、道州刺史、容州刺史等职。他主张诗歌应反映民生疾苦,起到规讽的作用,提倡质朴高古的诗风。曾将箧中所存沈千运等七人的二十四首诗编为《箧中集》。有《元次山集》。

## 贫　妇　词

　　谁知苦贫夫,家有愁怨妻。请君听其词①,能不为酸凄?所怜抱中儿,不如山下麑②。空念庭前地,化为

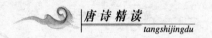

人吏蹊③。出门望山泽,回头心复迷。何时见府主④,长跪向之啼⑤?

【题解】

天宝十载至十四载(751—755)期间,元结写了一组《系乐府》,共十二首,从各个方面表现了对民生疾苦的同情和对国家政局的忧虑。《贫妇词》就是其中之一,写贫妇哭诉其家庭的悲惨境遇。

【注释】

① 听其词,听取贫妇的话语。"所怜"以下八句是转述贫妇述苦的内容。② 所怜二句:麑(ní),小鹿。二句是说,贫妇怀抱中的小儿吃不饱,还不及小鹿由母鹿抚养得好。③ 空念二句:蹊(xī),小路。二句是说,只想到门前的空地已经成为前来索要租税的官吏时常往来的道路。④ 府主,州郡长官。⑤ 长跪句:长跪,古人席地而坐,两膝据地,臀部着脚跟。表示庄重时则挺直腰股,称为长跪。啼,啼哭。这句是说,恭敬地跪着向长官啼哭。

【评析】

诗人深刻而尖锐地揭露了当时的社会弊端,展现了普通百姓走投无路、痛不欲生的惨状,就连怀中幼子也要忍受饥寒之苦,而这一切正是由官府连年不断的残酷压榨造成的。"出门"两句极言贫妇的神思恍惚、茫然无主。建安诗人王粲在描写乱离时期景象的作品《七哀诗》中,有"路有饥妇人,抱子弃草间。顾闻号泣声,挥涕独不还"的诗句,可与本篇参看。

# 钱 起 一首

钱起(710?—782?),字仲文,吴兴(今浙江省湖州市)人。相继担任过蓝田尉、祠部员外郎、司勋员外郎、考功郎中等职。诗歌作品大多抒写山林隐逸之情。与卢纶、吉中孚、韩翃等人并称"大历十才子"。又与郎士元齐名,称"钱郎"。有《钱考功集》。

## 谷口书斋寄杨补阙

泉壑带茅茨,云霞生薜帷①。竹怜新雨后,山爱夕阳时②。闲鹭栖常早,秋花落更迟。家童扫萝径,昨与故人期③。

【题解】

本篇是作者任蓝田尉期间寄赠友人之作。谷口,即蓝田(今陕西省蓝田县西)辋谷口,为辋川流入灞水处。补阙,官职名,主管供奉讽谏。杨补阙,生平未详。

【注释】

① 泉壑二句:茨,茅屋。薜(bì)帷,薜荔缠绕形成的帷帐。二句是说,居处因在山中,与泉水奔泻的山壑相邻,山中云气仿佛缭绕在帷帐旁边。② 竹怜二句:怜,怜爱。二句是说,新雨后的竹子,格外青翠可爱;夕阳照射下的山色,更觉灿烂逗人。③ 家童二句:期,约定。二句是说,家童打扫着布满藤萝的山路,是因为我昨天就和老朋友约定见面。

【评析】

钱起与王维有过频繁的交游酬唱,受到王维诗风的不少影响。本诗描写隐逸生活的清幽闲适,与王维的同类作品十分相似。只是王诗大多追求天然浑成,而钱诗在炼字琢句方面却煞费苦心。如本诗颔联,如果按照正常语序,当作"新雨后怜竹,夕阳时爱山",如今刻意改变语序,就显得句法生新,耐人玩味。

## 郎士元 一首

郎士元(？—780?)，字君胄，中山(今河北省定县)人。历任渭南尉、左拾遗、郢州刺史等职。作诗工五律，擅长饯别酬赠，与钱起齐名。

## 塞下曲

宝刀塞下儿，身经百战曾百胜，壮心竟未嫖姚知①。白草山头日初没②，黄沙戍下悲歌发③。萧条夜静边风吹，独倚营门望秋月。

【题解】

这是一首边塞题材的作品，着重表现一位长期征战边塞，建立功勋而未获上级奖赏的老兵的不幸遭遇和悲怆心情。塞下，边塞附近。

【注释】

① 壮心句：嫖姚，西汉名将霍去病曾担任嫖姚校尉。这里用来借指守边的将领。这句是说，那位立功士兵没有被上级将领所知悉。② 白草，西北地区草名，干熟时呈白色，性坚韧。③ 黄沙，边境沙漠地区。

【评析】

全篇格调苍凉，情味深远。前三句描写边塞健儿屡立战功却不为人知。后四句描绘由黄昏直至夜深时的情景，用白草、落日、沙漠、边风等景物着力表现周围环境的空阔荒芜，而诗中的主人公孑然一身仰望着明月，心头涌起了复杂的悲凉情绪。

## 韩 翃 一首

韩翃(生卒年不详),字君平,南阳(今河南省沁阳县附近)人。相继担任过淄青节度使从事、驾部郎中、知制诰、中书舍人等职。为"大历十才子"之一。

寒 食

春城无处不飞花,寒食东风御柳斜①。日暮汉宫传蜡烛②,轻烟散入五侯家③。

【题解】

按照古代习俗,每年冬至后一百零五日为寒食节,在此期间需禁火三日。直至第四日,即清明节的清晨,才能点燃新火。但在宫廷之中情况略有不同,在寒食节最后一天的傍晚就可以将新火种赏赐给高官贵族。这首诗写的就是这一现象。据说韩翃曾因此诗而受到德宗的赏识。

【注释】

① 御柳,宫苑内栽种的杨柳。② 汉宫,借指唐宫。唐人诗文多借汉朝之事来喻指时事。③ 五侯,东汉桓帝时宦官单超等五人备受宠信,同日封侯,时称五侯。又西汉成帝封外戚王谭等五人为侯,亦称五侯。这里泛指外戚、宦官之类的近臣。

【评析】

首句描绘京城寒食节时柳絮漫天飞舞的景象。次句承上启下,既点明柳絮有不少来自宫苑中的杨柳,又与下文描写宫廷传烛赐火相照应。最后两句写寒食本应禁火,而宫廷却派专人将新火种赏赐给豪门贵族,从中反映出他们所受到的恩宠和享有的特权。诗人抓住了这个细节,以冷静的叙述表现了深刻而委婉的讥讽。

## 张　继 一首

张继(?—779?),字懿孙,襄州(今湖北省襄樊市)人。安史之乱中流寓吴越一带。后担任过御史、检校祠部员外郎、转运使判官等职。与刘长卿、皇甫冉、窦叔向等人交好。

## 枫　桥　夜　泊

月落乌啼霜满天,江枫渔火对愁眠①。姑苏城外寒山寺②,夜半钟声到客船。

【题解】

这首诗表现了作者泊船枫桥,夜晚所见所闻的情景。枫桥,又名封桥,在今江苏省苏州市枫桥镇。

【注释】

① 江枫,水边的枫树。渔火,渔船上的灯火。② 姑苏城,即苏州城。苏州城西南有姑苏山,故又称姑苏城。寒山寺,在苏州城西边枫桥附近。一说,此处寒山寺泛指枫桥附近诸山上的寺院,并非今日所见的寒山寺。

【评析】

全诗句句写景,又处处流露出愁情。首句从三个不同角度写愁眠者对周遭环境的感受:目送"月落",耳闻"乌啼",身感"霜满天",

使读者身临其境地感受到凄清孤寂的气氛。次句写夜深无法入眠,只能面对江枫、渔火,暗示此刻是孤身一人,因而更添客愁。最后两句写夜半时分传来的悠扬钟声,在万籁俱寂中听来,愈加觉得荒凉寂寥,整首诗的意境也由此显得格外清远萧瑟。

## 刘长卿 四首

刘长卿(?—790?),字文房,宣州(今安徽省宣城市)人。相继担任过长洲尉、监察御史、随州刺史等官职。他在当时诗名颇盛,与钱起、郎士元、李嘉祐并称为"钱郎刘李"。特别擅长五律,自诩为"五言长城"。有《刘随州集》。

### 穆陵关北逢人归渔阳

逢君穆陵路,匹马向桑乾①。楚国苍山古,幽州白日寒②。城池百战后,耆旧几家残③。处处蓬蒿遍④,归人掩泪看。

【题解】

作者于大历年间奉使淮西,巡行光、黄等数十州,沿途遇到在安史之乱后重返故里的百姓,触景生情,写下了这首诗。穆陵关,又作木陵关,故址在今湖北省麻城县北。渔阳,唐河北道郡名,又称蓟州,治所在今天津市蓟县,曾经是安禄山起兵叛乱时的根据地。

【注释】

① 桑乾(gān),桑乾河,即今永定河,又名卢沟河,在渔阳郡内。
② 楚国二句:楚国,古代楚国疆域主要在今湖北、湖南等地,穆陵关

正属此境内。幽州,唐河北道州名,天宝时改为范阳郡,治所在今北京城西南。这二句是作者在设想行人在归途中所见到的景象。③ 耆(qí)旧句:耆旧,老年人。这句是说,经过长期战乱,残存的少数人家,家里也只有老年人(青壮年都在战争中死去)。④ 蓬蒿,蓬草和蒿草,这里泛指杂草丛。

【评析】

首联点明题旨,自颔联以下均为诗人遥想的各种情况。"楚国"两句以自然景象的凄凉来映衬社会的衰败。末两联进一步铺陈满目疮痍、触处荒芜的场景,使得还乡之人情难自已,悲伤流泪。全篇情真意切,含蓄深沉,寄托了诗人对安史之乱后社会残破、民生凋敝的忧虑和悲慨。

## 长沙过贾谊宅

三年谪宦此栖迟,万古惟留楚客悲①。秋草独寻人去后,寒林空见日斜时②。汉文有道恩犹薄③,湘水无情吊岂知④。寂寂江山摇落处⑤,怜君何事到天涯⑥。

【题解】

作者为人正直,曾因此两度遭贬。这首诗是他在迁谪南方、路经长沙时所作的。贾谊,汉文帝时著名的政论家,因遭权贵谗毁而被贬为长沙王太傅。

【注释】

① 三年二句:栖迟,居住。楚客,指贾谊。长沙在先秦时期属于楚国疆域,贾谊贬官长沙,故称为楚客。这二句指贾谊被贬为长沙王太傅,虽然在此地仅滞留三年,但其悲伤失意之情却一直留存至今。

② 秋草二句：贾谊在长沙时曾作《鵩鸟赋》，以抒发贬谪失意的情怀，其中有"庚子日斜兮，鵩集予舍"、"野鸟入室兮，主人将去"的句子。诗人此处借用其字面，描写探访贾谊故宅时所见到的荒凉萧瑟的景象。③ 汉文句：汉文帝虽然是有道的君主，却仍然不能重用贾谊。贾谊自长沙被召回后，又出为梁王太傅，郁郁而终。④ 湘水句：相传屈原自沉于湘水，贾谊贬谪长沙时写有《吊屈原赋》投入湘水之中。这一句是感叹湘水无情，又怎能将贾谊的哀吊传递给屈原呢。⑤ 江山摇落，指江边山上草木在秋风中凋败。宋玉《九辩》："悲哉，秋之为气也！萧瑟兮，草木摇落而变衰。"此处"摇落"化用其语。⑥ 君，既指贾谊，又指诗人自己。

【评析】

诗人将追怀古人与自伤身世交融在一起，借他人之酒杯浇胸中之块垒，显得含蓄蕴藉。前两联描写寻访贾谊旧宅的情景，营造出凄凉抑郁的气氛。"秋草"两句融入贾谊《鵩鸟赋》中的词句，却能浑然一体，令人难以察觉。后两联触景伤情，并生发议论。"汉文"句用"犹"字转折，略有讽怨之意。"湘水"句既是指贾谊凭吊屈原一事，又暗示自己此刻内心苦闷，无从倾诉。最后两句将吊古伤昔之情与自身迁谪失路之悲相互联系，寄寓了无限的感慨。

## 送严士元

春风倚棹阖闾间城①，水国春寒阴复晴②。细雨湿衣看不见，闲花落地听无声。日斜江上孤帆影，草绿湖南万里情③。东道若逢相识问，青袍今已误儒生④。

【题解】

严士元，冯翊临晋（今陕西省华阴市）人，历任京兆府户曹掾、殿中侍御史、虞部员外郎等职。至德三年(757)春天,严士元赴京城长安任职,途经苏州,遇到了当时初仕长洲(在今苏州)县尉的刘长卿。在分别之际,诗人写下了这首诗。

【注释】

① 春风句:棹(zhào),船桨。倚棹,泊舟。阖闾(hé lú)城,苏州。春秋时吴王阖闾建国都于苏州,后因称苏州为阖闾城。这句是说,严士元即将乘船从苏州出发。② 水国,水乡,这里指苏州一带。③ 湖南,指太湖之南。④ 东道二句:东道,原本指旅人投宿的主人家,这里指严士元日后投宿的人家。青袍,唐代县尉为九品官,官服为青色。这二句是诗人对严士元的嘱托:此去如果有相识的人问起我的消息,就告诉他们,我这一介儒生如今已经被县尉这一官职所误。

【评析】

前两联描写宾主双方相逢时的情景。三四句描摹江南春色,细雨绵密,落花轻柔,显得细致入微。后两联转入赠别主题。日斜帆影勾起诗人心头的依恋不舍之情。"草绿"句以万里草绿象征愁思的浩荡无尽。最后两句是对朋友的嘱咐,诗人自嘲被九品的地方官职所羁绊。

## 逢雪宿芙蓉山主人

日暮苍山远,天寒白屋贫①。柴门闻犬吠②,风雪夜归人③。

【题解】

这首诗描写雪夜投宿于深山时的情景。芙蓉山,在今湖南省宁乡县境内。

【注释】

① 白屋,贫家的住所,因为建筑没有用彩漆涂饰,故称白屋。② 犬吠,狗叫。③ 夜归人,指芙蓉山当地的居民。

【评析】

本篇笔致简淡凝练,却富有层次,意味深永。首句写暮色苍茫,路途遥远,点明投宿的原因。次句写天气的恶劣和山家的清贫。最后两句截取了风雪夜归的场景,并不多作渲染,却表现出山居生活孤寂的况味。

## 韦应物 三首

韦应物(737?—791?),字义博,京兆杜陵(今陕西省西安市)人。早年为玄宗侍卫,后相继担任过洛阳丞、滁州刺史、苏州刺史等官职。作品以田园山水诗著称,风格恬淡闲适,自然率真。有《韦苏州集》。

## 淮上喜会梁州故人

江汉曾为客①,相逢每醉还。浮云一别后,流水十年间②。欢笑情如旧,萧疏鬓已斑③。何因不归去?淮上对秋山。

【题解】

这是诗人游历江淮,与故友重逢时的作品。淮上,淮水畔,此处指今江苏淮安一带。梁州,治所在今陕西省汉中市。

【注释】

① 江汉,长江、汉水流域。这里偏指流经汉中市的汉水。② 浮

云二句：指双方分别之后，行踪如浮云般飘忽不定，而时间如流水般消逝，至今已过了十年。③ 萧疏，稀疏，稀少。鬓已斑，鬓发已经黑白相间。

【评析】

本篇笔法跌宕起伏，将故友契阔重逢时悲喜交集的情感展现得淋漓尽致。首联追忆昔日欢聚痛饮的情景，似乎仍历历在目。颔联抒发对身世飘零、年华流逝的感慨。颈联写久别重逢后的欢乐依然如往日一般，但鬓发斑白，日渐衰老，又让人倍感神伤。尾联用设问形式，先问自己为何不回归西北老家去，接着回答是因为贪恋淮水一带青山绿树，风景优美(作者曾任滁州刺史，滁州与淮水相邻)。

## 寄李儋元锡

去年花里逢君别①，今日花开已一年。世事茫茫难自料，春愁黯黯独成眠②。身多疾病思田里，邑有流亡愧俸钱③。闻道欲来相问讯，西楼望月几回圆④。

【题解】

李儋(dān)，字幼遐；元锡，字君贶，都是韦应物的挚友。两人分别于建中三年(782)秋及四年春至滁州拜访过作者。建中四年(783)十月至次年七月发生了朱泚称帝长安、德宗出奔奉天等事件。兴元元年(784)春，作者仍在滁州刺史任上，写下此诗寄给这两位身在远方却挂念自己的朋友。

【注释】

① 去年句：指李儋于建中四年拜访自己一事。诗人当时有《赠李儋侍御》，其中有"残花犹待客，莫问意中人"的句子。② 黯黯，沮丧

忧愁的样子。③邑有句：指在自己管辖的地区内仍然有外出逃亡的人，因而惭愧未能尽到地方长官的职责。④闻道二句：听说朋友们准备前来探望自己，诗人一直都在盼望着能与好友团聚，每晚登上西楼看月亮，月亮都已经圆了好几次。

【评析】

首联用复沓回环的笔法来表现物是人非的感受，抒发对于好友的殷切思念。中间两联写别后一年来人事的动荡凋敝，以及内心的忧虑苦闷，表现出诗人作为地方官吏的责任感和不安心态。尾联再次转向对好友的怀念，听说他们将来探访，正准备倾诉满怀心事，却不料久候不至，让人平添无限惆怅。诗人内心的焦躁和忐忑已跃然纸上。

## 滁 州 西 涧

独怜幽草涧边生①，上有黄鹂深树鸣。春潮带雨晚来急，野渡无人舟自横。

【题解】

诗人于建中、兴元年间担任滁州刺史。这首诗描写的就是滁州郊外的景致。滁州，唐代属淮南道，治所在今安徽省滁县。西涧，即乌土河，在滁州城西门外。

【注释】

①怜，怜爱。

【评析】

诗人通过对暮春景物的描绘来反映淡泊萧散的心境。整首诗充分运用了动静对比的手法，用鸟鸣声声来烘托林涧的幽静，用雨骤潮涨来反衬渡口的荒野。尤其是最后两句写景真切，宛然在目，因而一再地被后人化用。如宋代寇准《春日登楼怀旧》"野水无人渡，孤舟尽日横"；苏舜钦《淮中晚泊犊头》"晚泊孤舟古祠下，满川风雨看潮生"；欧阳修《采桑子·西湖念语》"野岸无人舟自横"等等，都是从本诗中衍化而来的。

## 戴叔伦 三首

戴叔伦（732—789），字次公，一作幼公。一说名融，字叔伦。润州金坛（今江苏省金坛市）人。先后担任过东阳令、容州刺史等官职。尤为擅长五言律绝。有《戴叔伦集》。

## 怀素上人草书歌

楚僧怀素工草书①，古法尽能新有余。神清骨竦意真率，醉来为我挥健笔②。始从破体变风姿③，一一花开春景迟。忽为壮丽就枯涩④，龙蛇腾盘兽屹立⑤。驰毫骤墨列奔驷，满坐失声看不及⑥。心手相师势转奇，诡形怪状翻合宜⑦。人人细问此中妙，怀素自言初不知⑧。

【题解】

怀素，字藏真，唐代著名僧人书法家。俗姓钱，幼年出家为僧。好作草书，与张旭并称"颠张狂素"。大历年间进京以求进益，受到不少大家名流的赏识，张谓、颜真卿、钱起等人都纷纷为之赋诗作文。这首诗也是其中之一。

【注释】

① 楚僧,怀素为湖南长沙人,长沙古为楚地。② 醉来句:怀素好饮酒,每每在酒酣兴发时创作草书。③ 破体,东晋王献之改变其父王羲之的行书,转为行草并用,被称为"破体书"。怀素曾随从兄邬彤学习过二王法帖。④ 忽为句:就,趋向。这一句是形容怀素运笔忽然从宏壮瑰丽转为枯笔涩势。⑤ 龙蛇句:与上文"花开春景迟"都是形容怀素草书的风姿,或艳丽如春花,或雄奇如龙蛇猛兽。⑥ 驰毫二句:说怀素驰骋笔墨,动作迅捷,犹如驷马奔腾,令满座观者的目光都跟不上他的动作,因而为之失声嗟叹。⑦ 心手二句:翻,反而。合宜,合适,恰当。二句是说,怀素创作时心手相应,虽然字形奇异诡怪,却相当合适。⑧ 怀素句:初,全,都。这句是说,怀素说自己也讲不清其中的奥妙。

【评析】

前四句从总体落笔,写怀素的草书融会古今之长,并着力突出其为人的真率狂放。中间六句从旁观者的角度着笔,写怀素草书给人的视觉感受。诗人运用一连串形象的比喻来加以形容,整首诗的节奏也由舒缓逐渐转为激越,最终使得观赏者失声赞叹,目不暇接。最后四句点明怀素是将内心的真实感受寄托在书法创作之中,因而即使变化奇诡,也各得其宜;但要仔细询问其中奥妙所在,连他本人也无法说清楚。强调其书法技艺的神妙已难以用语言来辨析。

## 除夜宿石头驿

旅馆谁相问①?寒灯独可亲。一年将尽夜,万里未归人②。寥落悲前事③,支离笑此身④。愁颜与衰鬓,明日又逢春。

【题解】

　　本篇描写除夕之夜独宿旅馆,不得与家人欢聚的情景。除夜,除夕。石头驿,在今江西省新建县赣江西岸。

【注释】

　　① 问,问候。② 万里句:自己离家万里,岁末也不能回去。③ 寥落,冷落,冷清。④ 支离句:支离,分离,此处指流离外地。这句嘲笑自己在外漂泊。

【评析】

　　首联以设问起句,感叹旅途中的孤单凄凉、举目无亲。颔联化用南朝梁武帝萧衍《子夜四时歌·冬歌》中的句子"一年漏将尽,万里人未归",分别从时间和空间着笔,更进一步突出岁暮途远的落寞和伤感。颈联先是追怀往事,不禁悲从中生;随后又感慨现实,无奈自嘲苦笑。其中蕴涵了无尽的酸楚和苦痛,真切而感人。尾联描写自己因忧愁而日渐衰朽,因时光流逝、新春又到而倍加伤感。情调抑郁,寄慨深远。盛唐诗人高适有《除夜作》云:"旅馆寒灯独不眠,客心何事转凄然?故乡今夜思千里,霜鬓明朝又一年。"戴叔伦的这首诗在构思布局上与之相似,或许受到过一定的启发。

# 过 三 闾 庙

　　沅湘流不尽①,屈子怨何深。日暮秋风起,萧萧枫树林②。

【题解】

　　本篇当是作者任湖南转运留后期间所作。三闾庙,祭祀屈原之庙。屈原曾担任三闾大夫,后因怀忠见疑,自沉于汨罗江,地点在今湖南省汨罗县。

【注释】

① 沅湘,沅江和湘江,都在今湖南省境内。屈原遭放逐后,曾长期流浪于沅湘之间。② 萧萧:草木摇落声。

【评析】

前两句用沅江、湘江滔滔不尽的水流来比喻屈原内心怨愤的深重。后两句既是描摹即目所见的景物,同时又暗用屈原作品中的词句,如《九歌·湘夫人》"袅袅兮秋风,洞庭波兮木叶下";《招魂》"湛湛江水兮上有枫,目极千里兮伤春心",刻画三闾庙周围萧瑟的气氛,含蓄深沉,寄托了诗人内心的悲凉感慨之情。

## 司空曙 三首

司空曙(720?—790?),字文初,一作文明,广平(今河北省永年县)人。安史之乱中避地江南。担任过剑南西川节度从事、检校水部郎中、虞部郎中等官职。诗风婉雅闲淡,为"大历十才子"之一。有《司空曙诗集》。

## 喜外弟卢纶见宿

静夜四无邻,荒居旧业贫①。雨中黄叶树,灯下白头人②。以我独沉久,愧君相见频③。平生自有分,况是蔡家亲④。

【题解】

诗人在安史之乱中曾避居江南,本篇当作于此期间。描写了自

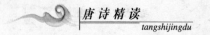

己与表弟卢纶的真挚情谊。

【注释】

① 旧业贫,指自己家境原来清贫,没有像样的产业。② 白头人,指年老的自己。③ 以我二句:自己长久以来独自隐居荒野,对卢纶的常来探望感到有愧。④ 平生二句:分,情分。蔡家亲,汉末羊祜为蔡邕外孙,后世因称表亲为"蔡家亲"。二句是说,两人本来就志趣相投,更何况是表亲关系。

【评析】

前四句描写诗人自己荒居生活的清贫孤寂,情调悲伤;后四句写卢纶来访见宿给诗人带来的喜悦之情,前后正反相生,互相映衬。"雨中"两句以"黄叶树"映衬"白头人",渲染凄迷悲凉的气氛,历来备受称道。明代人谢榛在《四溟诗话》中曾将这两句拿来和韦应物《淮上与洛阳李主簿》中的"窗里人将老,门前树已秋",以及白居易《途中感秋》中的"树初黄叶日,人欲白头时"作比较,认为司空曙更胜一筹,"善状目前之景,无限凄感,见乎言表"。

## 云阳馆与韩绅宿别

故人江海别①,几度隔山川。乍见翻疑梦,相悲各问年②。孤灯寒照雨,湿竹暗浮烟。更有明朝恨,离杯惜共传③。

【题解】

这是一首赠别诗。云阳,在今陕西省泾阳县。韩绅,未详。一本作韩申卿,疑当作韩绅卿,其人为韩愈叔父。宿别,指与韩绅同宿后又离别。

会。本篇是陆羽迁居之后,作者前去拜访不遇之际所作的。

【注释】

① 虽,唯,只。郭,外城。古代在城的外围加筑的一道城墙。带郭,与外城相近。② 野径句:沿着荒僻的小路进入栽种桑麻的地带。③ 未著花,尚未开花。④ 报道二句:这是"西家"的答话,说陆羽到山里去了,每天都要到傍晚才回来。

【评析】

前两联突出陆羽居处的偏僻幽静,切合其避世隐居的逸士身份。后两联描写向邻居询问陆羽的行踪,得知他终日流连山中,显示出其为人的洒脱不羁。诗人着力展现自然高远的意趣,整首诗声调虽为律体,但中间四句没有严格对偶,以免流于板重沉滞。

## 顾 况 一首

顾况(727?—816?),字逋翁,号华阳山人,苏州(今江苏省苏州市)人。担任过杭州新亭监盐官、温州永嘉监盐官、校书郎等职。后辞官归隐于茅山。有《华阳集》。

## 听 角 思 归

故园黄叶满青苔,梦后城头晓角哀①。此夜断肠人不见,起行残月影徘徊。

【题解】

诗人听到号角声后,兴起了怀乡思归之情。

【注释】

① 晓角,报晓的号角声。

【评析】

诗人曾在幕府中任职,熟悉军旅生活,因此在创作边塞题材的作品时,常常能融入自己的亲身体验,显得极为真切。本篇前两句写敌军乘夜遁逃,惊起大雁高飞,同时也引起我方将领的警觉。后两句展示边防将领打算率军追逐,此时天气严寒,大雪飘满弓刀之上,反映出将士们不畏环境恶劣、威武雄壮的面貌。作品并没有直接描写追击交战的激烈场面,而是别具匠心地表现激烈交战前我方的作战准备,在达到高潮之前戛然而止,言有尽而意无穷,留给读者丰富的想象空间。

## 皎　然 一首

皎然(720?—?),俗姓谢,字清昼,湖州长城(今浙江省长兴县)人。开元、天宝之际应进士试不第,遂出家为僧。漫游各地,与不少名士文人交接。曾与颜真卿一起在湖州聚集文士八十余人为诗会,将联唱诗作编为《吴兴集》。撰有《诗式》,是唐代著名的诗论专著。有《皎然集》。

### 寻陆鸿渐不遇

移家虽带郭①,野径入桑麻②。近种篱边菊,秋来未著花③。扣门无犬吠,欲去问西家。报道山中去,归时每日斜④。

【题解】

陆鸿渐,陆羽,一名疾,字季疵,复州竟陵(今湖北省天门市)人,精于茶道,著有《茶经》。大历年间参与过由皎然、颜真卿组织的诗原因,而是用"纵然"、"只在"等关联词加以勾勒,更显得曲折跌宕,耐人寻味。韩偓《醉着》云:"万里清江万里天,一村桑柘一村烟。渔翁醉着无人唤,过午睡来雪满船。"杜荀鹤《溪兴》云:"山雨溪风卷钓丝,瓦瓯篷底独斟时。醉来睡着无人唤,流下前溪也不知。"意境都与本篇相似。

## 卢  纶 一首

卢纶(生卒年不详),字允言,河中蒲州(今山西省永济市)人。安史之乱中避居鄱阳。相继担任过昭应令、检校户部郎中等职。为"大历十才子"之一,但诗风与其他人不尽相同,尤其有不少军事题材的作品。有《卢纶集》。

## 和张仆射塞下曲(其二)

月黑雁飞高①,单于夜遁逃②。欲将轻骑逐③,大雪满弓刀。

【题解】

张仆射,指徐州刺史张建封。贞元十二年(796),张加检校右仆射。次年冬曾入朝觐见。其所作《塞下曲》已佚。诗人的这组和诗共六首,约作于此时,表现的都是边塞战争的情况,目的是为了称颂张建封的武功。

【注释】

① 月黑,月色黯淡。② 单于(chán yú),汉代匈奴君主的称号。这里泛指北方少数民族的首领。③ 欲将句:将,率领。这句是说,将领打算率领快捷的骑兵追逐敌人。

【注释】

①江海,泛指四方各地。②乍见二句:两人久别重逢,颇感意外,反倒怀疑这并非现实,而是在梦中;彼此询问年龄,不觉悲从中来。③更有二句:两人明日又将分别,因而互相传递酒杯,惜别劝饮。

【评析】

诗人在战乱时代与阔别多年的好友不期而遇,悲喜交集,而明日又要各自上路,内心充满了遗憾和迷惘。首联写昔日与友人分手后各自浪迹四方,彼此山川阻隔,由此反衬出相聚的难得。颔联表现久别重逢后恍然如梦的情景,暗示出睽违日久,年老貌衰,包含了无尽的辛酸。颈联描写当前身边的夜景,渲染凄凉迷离的气氛,借以抒发诗人黯然感伤的心绪。尾联写分别在即,因而双方更要珍惜这短暂的欢聚,相互劝酒,以慰离愁,其中蕴涵了对友人依恋难舍的深情。

## 江村即事

钓罢归来不系船①,江村月落正堪眠②。纵然一夜风吹去,只在芦花浅水边。

【题解】

本篇表现了江村渔家的闲适情趣。即事,以眼前景物为题材。

【注释】

①系船,停船后用缆绳把船系在岸上。②江村句:指夜已深,正可即时睡在船上。

【评析】

作品语言清新,意趣天然。全诗围绕"不系船"展开,从侧面来表现江村的静谧幽美和渔翁的悠然自得。三四句并未直接申说"不系船"的

【评析】

作者虽然要抒发"思归"之情,却并不直接表露,而是寓情于景,显得曲折含蓄,深挚感人。前两句描写梦中所见故园荒芜冷落的景象,因而醒后听到凄清的号角声更觉得哀怨悲凉。后两句表现归思难遣,无法安睡,而内心的伤感又无人理会,只能在残月的映照下独步徘徊,顾影自怜。

## 朱 绛 一首

朱绛(生卒年不详),里贯、生平均无考。约为肃、代时期人。今存诗一首。

## 春 女 怨

独坐纱窗刺绣迟,紫荆花下啭黄鹂①。欲知无限伤春意,尽在停针不语时。

【题解】

本篇描写春日绣女的愁怨。

【注释】

① 啭(zhuàn),鸟鸣。

【评析】

前二句写紫荆花开,鹂声宛转,本是春光明媚、令人心情舒畅的时候,而绣女却独坐窗前,行动迟缓。后两句轻轻点出原因,原来在她内心深处有着无限的伤感和哀怨。但诗人又并不说破,极尽含蓄,让读者在其黯然无语中仔细揣测和体味。

# 卷七 中唐诗

## 李 约 一首

李约(生卒年不详),字存博,李唐宗室,陇西成纪(今甘肃省秦安县西北)人。担任过浙西观察从事、兵部员外郎等职。

### 观 祈 雨

桑条无叶土生烟,箫管迎龙水庙前①。朱门几处看歌舞,犹恐春阴咽管弦②。

【题解】

古人在天气干旱时常常举行祭神求雨的活动。这首诗表现了作者观看祈雨时的感慨。

【注释】

① 水庙,龙王庙。② 朱门二句:朱门,朱漆大门,指富贵人家。咽,声音滞涩。二句是说,豪门贵族都在观赏歌舞表演,还在担心一旦天气阴雨,就会使乐器受潮,不能发出清亮的声响。

【评析】

前两句写农夫因为天气干旱而祈雨,后两句写豪门为观赏歌舞而盼晴。前后以"箫管"、"管弦"绾合,而彼此的心情却截然相反。诗人将这两幅不同的生活场景串接在一起,虽然没有直接发表意见,予以褒贬,但对于后者不顾民生、耽于行乐的讥刺已尽在不言之中了。

## 孟　郊 三首

孟郊(751—814),字东野,湖州武康(今浙江省德清县)人。早年隐居嵩山,家境贫困,屡试不第,浪迹于江西、湖北、湖南等地。担任过溧阳尉、试协律郎等官职。与韩愈并称为"韩孟"。作品以五古为主,大多抒写个人的困苦和社会的不公,诗风清奇僻苦。有《孟东野集》。

### 古　怨　别

飒飒秋风生,愁人怨离别。含情两相向,欲语气先咽①。心曲千万端,悲来却难说②。别后唯所思,天涯共明月③。

【题解】

本篇写临别时的一腔愁绪。

【注释】

① 欲语句:想要说些告别的话,但气息早已哽咽。② 心曲二句:心里的事千头万绪,但一时悲伤,难以言说。③ 别后二句:分别之后只有相互思念,彼此天各一方,所共者只有一轮明月。

【评析】

前两句用"飒飒秋风"烘托愁怨的气氛。中间四句细致地刻画了离别时痛苦伤感的神态和复杂微妙的心绪。宋代柳永《雨霖铃》中的名句"执手相看泪眼,竟无语凝噎",情景与此相仿。最后两句推想分别后的相思,南朝刘宋时谢庄《月赋》有"美人迈兮音尘阙,隔千里兮共明月"句,唐张九龄《望月怀远》诗有"海上生明月,天涯共此时"句,此处化用其语。

## 游 子 吟

慈母手中线,游子身上衣。临行密密缝,意恐迟迟归。谁言寸草心,报得三春晖①。

【题解】

本篇诗题下有作者自注:"迎母溧上作。"作者幼年丧父,全靠母亲含辛茹苦地将子女抚养成人。这首诗约作于贞元十六(800)、十七年(801)间。当时诗人正在洛阳被选为溧阳县尉,准备迎养老母。当初辞家别母的情景再度浮现在眼前,于是写下了这首情真意切、感人肺腑的诗。游子吟,乐府题名,属《杂曲歌辞》。

【注释】

① 谁言二句:三春,指孟春、仲春和季春,即农历的正月、二月和三月。晖,阳光。二句是说,谁说小草可以报答春日阳光的恩德呢?

【评析】

"慈母"两句描写游子离家之前,母亲穿针引线为其缝制行衣的场景。"临行"两句承接上文,表现游子眼中的慈母形象。按照古代风俗,母亲或妻子在缝制行装时必须针脚细密,否则会延误家人的归期。"密密缝"的细节包含了慈母对游子的无限怜爱、担忧和祈盼。母亲的这份心意,游子也深切地体会到了,但此去前途未卜,归期难定,内心深处有着深深的愧疚,终于引出了最后的"谁言"两句。作者没有直接称颂慈母,而是以比喻来作结,极言母爱的博大无私,也反映了子女欲报母爱于万一的心理。

## 织 妇 辞

夫是田中郎,妾是田中女。当年嫁得君,为君秉机杼①。筋力日已疲,不息窗下机。如何织纨素,自著蓝缕衣②?官家榜村路,更索栽桑树③。

【题解】

本篇反映了农家织妇所遭受的不公正待遇。

【注释】

① 秉机杼,从事纺织。秉,操持。机杼,指织布机。② 如何二句:纨素,精细的绢。蓝缕,也作褴褛,衣服破旧。二句是说,为什么织的是精致洁白的细绢,穿的却是破衣烂衫。③ 官家二句:官家,民间对官方的称呼。榜,张贴告示。索,要求,命令。二句是说,官府在村路边贴出告示,命令要在此栽种桑树。

【评析】

诗人经历坎坷,生活贫苦,对于生活在社会底层的百姓所遭受的种种不幸有着亲身的体验和深切的同情。这首诗写农妇虽然辛勤纺织却仍然衣不蔽体,而且还要不断遭受官府变本加厉的压榨和剥削。韩愈在《送孟东野序》里提到过"物不得其平则鸣",这种"不平之鸣"在这首诗中就表现得非常鲜明强烈。

## 李 贺 二首

李贺(790—816),字长吉,昌谷(今河南省宜阳县)人。曾以诗歌谒见韩愈,深得器重,但因为避父讳,不能够参加进士科考试。

担任过奉礼郎。后辞官闲居，郁郁而亡。擅长乐府诗创作，以苦吟闻名，想象新奇独特，风格诡丽幽峭。有《李长吉歌诗》。

## 雁门太守行

　　黑云压城城欲摧，甲光向日金鳞开①。角声满天秋色里，塞上燕脂凝夜紫②。半卷红旗临易水，霜重鼓寒声不起③。报君黄金台上意，提携玉龙为君死④。

【题解】

　　作者描绘了边塞征战的艰苦惨烈，表现了将士们慷慨激昂的报国壮志。据唐人张固《幽闲鼓吹》记载，作者将自己的诗卷呈送给韩愈，其中第一篇就是此诗，得到了韩愈的盛赞。故事虽然不尽可信，但也反映出这首诗在当时就受到人们的关注。雁门太守行，乐府题名，属《相和歌·瑟调》。

【注释】

　　① 甲光句：金鳞，铠甲由金属小片连缀而成，犹如鱼鳞一般。这句是说，铠甲在阳光的照耀下闪闪发光。② 塞上句：燕脂，即胭脂。这句是说，暮色渐深，边塞城墙在残阳余晖中由胭脂色变为凝重的紫色。③ 半卷二句：易水，在今河北中部。二句是说，军队挺进易水河畔，红色战旗半卷半张，天寒霜重，又使战鼓声低沉不响。④ 报君二句：黄金台，战国时燕昭王所筑，置千金于台上，用以招揽贤才。玉龙，指剑。二句是说，为了报答君王重才养士的厚意，甘愿手持宝剑，战死沙场。

【评析】

　　整首诗意象独特，色彩多变，形成绚丽奇幻的表达效果。"黑云"两句描写敌军逼境，局势紧迫；而我军军容甚盛。"角声"两句以虚写实,从侧面烘托战事的激烈和凶险。"半卷"两句写在荒寒严峻的形势下继续追击敌军。"报君"两句设身处地代替主将慷慨陈辞,表现了誓死报国的豪情。南朝刘宋时代诗人鲍照的《出自北门行》云:"募骑屯广武,分兵救朔方。投躯报明主,身死为国殇。"本篇所写内容与之相仿,而风格更显奇诡。

## 老夫采玉歌

采玉采玉须水碧,琢作步摇徒好色①。老夫饥寒龙为愁,蓝溪水气无清白②。夜雨冈头食蓁子,杜鹃口血老夫泪③。蓝溪之水厌生人,身死千年恨溪水④。斜山柏风雨如啸,泉脚挂绳青袅袅⑤。村寒白屋念娇婴,古台石磴悬肠草⑥。

【题解】

作者描写了一位在艰险环境下铤而走险、为官府采玉的老役夫,表现了对于民生疾苦的关注和同情。

【注释】

① 采玉二句:水碧,产自深水中的碧玉。步摇,妇人插在发髻间的饰物,行走时会摇颤。二句是说,役夫们所采集的必须是深水中的碧玉,采得之后,只不过被雕琢成妇人的首饰,徒然有着美好的色泽。
② 老夫二句:蓝溪,当指蓝田溪水。蓝田在长安东南,以产玉著称。二句是说,老役夫忍受饥寒下水采玉,搅得蓝溪浑浊,连溪中的龙也发愁难得安宁。③ 杜鹃句:古人有杜鹃啼血的传说,这句是说,深山之中杜鹃在哀啼,采玉老人在哭泣。④ 蓝溪二句:厌,同"餍",饱食。二句是说,蓝溪溺死了无数采玉工人,以致他们在身死千年之后仍然在怨恨

溪水。⑤泉脚句：袅袅，摇曳不定的样子。这句是说，采玉时将绳索一端系于泉水下落处的岩石上，另一端挂着采玉人垂入溪水中，远远望去，泉水似乎在袅袅摆动。⑥村寒二句：白屋，不施彩色的房屋，贫者所居。石磴，石阶。悬肠草，蔓生植物，又名思子蔓、离别草。二句是说，老役夫看见古台石磴上生长着的悬肠草，触景生情，联想到家中幼小的孩子。

【评析】

韦应物有一首《采玉行》云："官府征白丁，言采蓝溪玉。绝岭夜无家，深榛雨中宿。独妇饷粮还，哀哀舍南哭。"本篇题材与之相同，但情节愈为惊心动魄，风格也更趋奇奥诡丽。最后两句生动细致地展现了采玉老夫复杂微妙的心理变化：原本饱尝艰辛，早就疲乏麻木，即使身处险境、命悬一线也茫然不觉，却因为在不经意间瞥到身边的悬肠草而联想到家中的幼子，顿时百感交集，惟恐一旦失手就再也无法见到家人。

## 张仲素 一首

张仲素（769？—819），字绘之，一作缋之，河间鄚县（今河北省任丘市东北）人。担任过屯田员外郎、翰林学士、中书舍人等官职。作品多为乐府，以闺情见长。

# 秋思二首（其一）

碧窗斜日蔼深晖①，愁听寒螀泪湿衣②。梦里分明见关塞，不知何路向金微③。

【题解】

本篇描写闺中思妇怀念远方征戍的丈夫。

【注释】

① 碧窗句:蔼,笼罩,布满。这句是说,碧纱窗被斜日笼罩在暗淡的余晖之中。② 寒螀(jiāng),寒蝉。③ 梦里二句:金微,即今阿尔泰山。二句是说,思妇虽然在梦中见到丈夫所在的边塞,却并不知该如何才能去金微。

【评析】

整首诗采用倒叙的手法,显得婉曲而深挚。前两句描写梦醒时的情景,借助"碧窗"、"斜日"、"寒螀"等景物营造了秋日黄昏时分的凄清气氛。同时又写思妇泪湿衣襟,留给读者一丝悬念。后两句追忆梦中的情景,揭示出令思妇伤感的原因。南朝齐梁时代的诗人沈约在《别范安成》中说:"梦中不识路,何以慰相思。"感叹彼此山川暌隔,连梦中相见的机会也不能得到。本诗又多了一层转折,梦里关塞历历眼前,带给人无限的希望和欣喜,但待要仔细寻找时又茫然无从,只留下无比的怅惘和痛苦。

## 柳宗元 三首

柳宗元(773—819),字子厚,河东(今山西省永济市)人。贞元九年(793)进士。相继担任过监察御史里行、礼部员外郎。因协助王叔文等力革弊政而被贬为永州司马,调任柳州刺史,最后死于柳州。他与韩愈一起倡导古文运动,并称为"韩柳"。有《柳河东集》。

## 田家三首(其一)

篱落隔烟火,农谈四邻夕①。庭际秋虫鸣,疏麻方寂历②。蚕丝尽输税,机杼空倚壁③。里胥夜经过,鸡黍事筵席④。各言官长峻,文字多督责⑤。东乡后租期,车毂陷泥泽。公门少推恕,鞭扑恣狼籍⑥。努力慎经营,肌肤真可惜⑦。迎新在此岁,惟恐踵前迹⑧。

【题解】

这组诗约作于贬官永州期间,共三首。诗人透过田家生活表面的恬淡宁静,看到了农民遭受的严酷压榨,把这种景象真实地表现在诗里。

【注释】

① 篱落二句:农村各家由篱笆隔开,到了晚上,左邻右舍就互相串门聊天。② 疏麻句:疏麻,植物名,多指大麻。寂历,凋零疏落。这句是说,大麻叶正在日渐凋零。③ 蚕丝二句:杼(zhù),织机上的梭子。二句是说,因为蚕丝都被当作税交了,家中的织机空置不用。④ 里胥二句:事,办。二句是说,公差晚上来催讨租税,农家忙着杀鸡做饭来款待他们。⑤ 各言二句:胥吏们都说长官非常严厉,下达文书责成他们征收租税。⑥ 东乡四句:推恕,推恩宽恕。恣,随意,任意。狼籍,折磨糟蹋而使之困厄痛苦。这四句是胥吏向农家举的一个事例:东乡人缴纳租税超出了规定的期限,原因是车轮陷入泥坑,不能前行;但官府并不谅解宽恕,而是恣意地鞭打他们,毫不留情。⑦ 努力二句:经营,指筹划缴纳租税。二句是说,胥吏警告农民们好好筹备应缴的租税,以免遭受皮肉之苦。⑧ 迎新二句:迎新,指新谷登场。当时施行两税法,规定夏税在六月内纳毕,秋税在十一月内纳毕。踵,跟随。二句是说,农夫们相互提醒抓紧时间,惟恐步东乡人的后尘。

【评析】

作品描写了农家秋夜聚谈时的情景。开始六句展现乡村环境的宁静,从中透露出几分萧条和冷落。接着翔实地记录了农夫们谈话的具体内容。从"各言官长峻"到"肌肤真可惜",都是农家转述胥吏在讨要租税时的恐吓之辞,严词厉色,跃然纸上。最后两句是农夫相互之间的告诫,因为有了前文的铺垫,所以虽然文辞简约,却显得极为沉痛。作者对此虽然未作任何评价,但透过文字仍然可以感受到他的愤慨和讥刺。

## 登柳州城楼寄漳汀封连四州

城上高楼接大荒①,海天愁思正茫茫。惊风乱飐芙蓉水,密雨斜侵薜荔墙②。岭树重遮千里目,江流曲似九回肠③。共来百越文身地,犹自音书滞一乡④。

【题解】

永贞元年(805),柳宗元等参与王叔文改革集团的成员相继遭到贬谪,直至元和十年(815)才重新被起用,但仍因受到排挤,被分发至边远州郡。柳宗元、韩泰、韩晔、陈谏、刘禹锡分别任柳州(治今广西壮族自治区柳州市西)、漳州(治今福建省漳州市)、汀州(治今福建省长汀县)、封州(治今广东省封开县)、连州(治今广东省连山)刺史。本篇是诗人初至柳州怀念故友时写下的。

【注释】

① 大荒,荒僻的边远地区。② 惊风二句:飐(zhǎn),吹动。薜荔(bì lì),一种蔓生的常绿植物,气味芬芳。二句是说,狂风吹动着池塘中的荷花,暴雨斜打在缘墙而生的薜荔上。③ 岭树二句:山岭上层层重叠的树木遮住了遥望远方的视线,蜿蜒曲折的柳江就好似内心缠结的愁思。④ 共来二句:百越,泛指南方少数民族。文身,在身上刺刻花纹。古代南方少数民族有"断发文身"的习俗。犹自,仍然。滞,阻隔。二句是说,大家都来到南方蛮夷之地,即便要互通问候,却仍然连书信

都无法送达。

【评析】

　　这是作者登楼远眺之际,怀念故友、寄托感慨之作。首联统领全诗,抒写身处高楼面对大荒时的感受,境界开阔宏大,情思郁结深广。中间两联由近及远,描摹眼前所见的各种景象。"芙蓉"、"薜荔"暗喻自己品行高洁,"惊风"、"密雨"则让人联想到他在政治上所遭受的压迫摧残,而重岭密树、江流九曲又使得诗人内心充满了强烈的愤懑和愁苦。尾联由己及人,感慨与友人们虽已同遭贬谪,栖身蛮荒之地,却还要忍受彼此路远暌隔、音讯难通的痛苦,全诗情调显得愈加沉痛哀婉。

## 江　雪

　　千山鸟飞绝,万径人踪灭。孤舟蓑笠翁①,独钓寒江雪。

【题解】

　　本篇塑造了一位清高孤寂的渔翁形象,隐隐有自喻之意,当作于贬谪永州期间。

【注释】

　　① 蓑笠翁：穿着蓑衣、戴着笠帽的老翁。

【评析】

　　作者在章法布局上颇费巧思,前三句虽然都是写景,却无一字涉及雪,直至第四句才点明,给人以奇峭劲健的感受。前两句先设定了一个寥廓空寂的背景。"千山"、"万径"与下文的"孤舟"、"独钓"形成强烈的对比;同时又添上"绝"、"灭",立刻就营造出幽僻冷清的氛围。后两句将视线集中到渔翁身上,由于有了前面对背景的渲染,人物显得格外渺小孤独,但与周围环境的绝对死寂相比,又隐隐透露生机,显得远离尘俗,特立独行。

## 韩愈 五首

韩愈(768—825),字退之,河南河阳(今河南孟县)人。先世郡望为昌黎(今河北省昌黎县),故世称韩昌黎。贞元八年(792)进士。先后担任过监察御史、国子博士、刑部侍郎等职。元和十四年(819)因为上表反对唐宪宗迎接佛骨而被贬为潮州刺史。顺宗时,相继担任国子监祭酒、兵部侍郎、吏部侍郎等官职。他是唐代古文运动的代表人物,喜将散文句法运用于诗歌创作之中,形成了雄伟奇崛的风格。有《昌黎先生集》。

### 山　石

山石荦确行径微①,黄昏到寺蝙蝠飞。升堂坐阶新雨足,芭蕉叶大支子肥②。僧言古壁佛画好,以火来照所见稀③。铺床拂席置羹饭,疏粝亦足饱我饥④。夜深静卧百虫绝,清月出岭光入扉。天明独去无道路,出入高下穷烟霏⑤。山红涧碧纷烂漫,时见松枥皆十围⑥。当流赤足蹋涧石,水声激激风生衣。人生如此自可乐,岂必局束为人鞿⑦?嗟哉吾党二三子,安得至老不更归⑧?

【题解】

贞元十七年(801)七月,诗人来到洛阳,和朋友们一同游览了洛阳北面的惠林寺。随即写下这首诗,叙写了当时游历的经过和感慨。

【注释】

① 山石句：荦(luò)确,山石嶙峋的样子。微,狭窄。这句是说,山石嶙峋,道路狭窄。② 升堂二句：支子,即栀子。二句是说,到达佛寺,进入客堂后,看到阶前种植的芭蕉和栀子因为受到雨水的滋润而显得格外肥大。③ 稀,指壁画模糊。④ 疏粝,糙米。⑤ 天明二句：穷,尽。烟霏,雾气。二句是说,清晨独自一人在山间漫游,在无路处攀行,于迷茫的晨雾中时出时入,忽上忽下。⑥ 山红二句：枥,同"栎",一种落叶乔木。二句是说,山间红叶盛多,清泉流淌,显得繁盛绚丽;时常还会看到一些松树、枥树,都长得相当粗壮。⑦ 岂必句：局束,窘迫拘束。羁(jī),套在马口上的缰绳,这里是牵制的意思。这句是说,何必受人控制,不得自由。⑧ 嗟哉二句：吾党、二三子,都是借用《论语》中的词语,"吾党之小子狂简"(《公冶长》)、"二三子以我为隐乎?"(《述而》)这里是指同游的朋友们。这二句是诗人对朋友们所说的话：你们为何这么大年纪了还不辞官归隐呢?

【评析】

前人评价韩愈的诗歌创作,时常会提及"以文为诗"这一艺术特色。这首七古就汲取了古文在章法、剪裁、造句和议论等方面的特长。全篇按照时间线索,逐层铺叙了游览的行程。"山石"四句描写黄昏到寺之后所见雨后荒僻清幽的景致。"僧言"四句表现僧人的殷勤好客。"夜深"两句叙述作者游兴不减,隔窗赏月的情景。"天明"六句描绘次日凌晨出山,先是雾气弥漫,难辨道路;而后日出雾散,奇景纷呈,逸趣横生。"人生"四句转入议论,将此番出游的欢乐与平日受人牵绊的生活加以对比,表露出辞官归隐的心愿。整首诗一气流转,引人入胜。

## 听颖师弹琴

昵昵儿女语,恩怨相尔汝①。划然变轩昂,勇士赴敌场②。浮云柳絮无根蒂,天地阔远随飞扬③。喧啾百鸟群,忽见孤凤凰④。跻攀分寸不可上,失势一落千丈强⑤。嗟余有两耳,未省听丝篁⑥。自闻颖师弹,起坐在一旁⑦。推手遽止之,湿衣泪滂滂⑧。颖乎尔诚能,无以冰炭置我肠⑨。

【题解】

师是对于僧人的尊称。颖师来自天竺,善于弹琴,元和年间居于长安。当时有不少诗人都写诗称赞他的技艺超群,如李贺就曾受邀写过《听颖师弹琴歌》。

【注释】

① 昵昵二句:昵(nì)昵,同"暱暱",亲热,亲近。恩怨,指情侣夫妻间的恩爱怨情。相尔汝,犹言卿卿我我。这二句形容琴声轻柔缠绵,如同青年男女谈情说爱。② 划然二句:划然,突然。这二句形容琴声突然转为雄壮高亢,如同勇士奔赴战场。③ 浮云二句:形容琴声悠扬宛转,如同白云柳絮,在辽阔的天地间任意飘浮。④ 喧啾二句:喧啾,喧闹嘈杂。这二句形容琴声时而如百鸟争鸣,繁杂热闹;时而又如凤凰长鸣,声音嘹亮。⑤ 跻攀二句:跻(jī)登,上升。千丈强,千丈有余。这二句形容琴声高至极点,忽又一下子跌落。⑥ 嗟余二句:省(xǐng),懂得。丝篁,丝竹弦管。这二句感叹自己虽有两耳,却不懂得欣赏音乐。⑦ 起坐句:指因为受到琴声感染,一会儿站起,一会儿坐下。⑧ 推手二句:遽(jù),急忙。滂滂,形容泪流不止。二句是说,推开颖师的手,急忙制止他继续演奏,而眼泪早已沾湿衣服。⑨ 颖乎二句:冰炭置肠,形容情感受到强烈的刺激,忽喜忽悲。二句是说,颖师你确实精于弹琴,但请不要继续演奏,因为我再也经受不起了。

【评析】

诗人极力展现了颖师琴艺的高超和琴声所具有的强烈感染力。前十句从正面着笔,充满了奇思妙想,用了一连串生动贴切的比喻来刻画琴声的瞬息万变,充分调动读者的丰富联想,将难以言传的听觉感受转化为具体可感的视觉形象,既再现了乐曲所要表达的情境,又使人有身临其境的感受。后八句描写自己的内心感受,由于受到强烈刺激而情难自禁,不忍卒听。从侧面再次烘托琴声的动人。李贺的《李凭箜篌引》在描写李凭弹奏箜篌技艺出众时也用了一系列比喻,较韩诗更显得奇峭诡丽。

## 左迁至蓝关示侄孙湘

一封朝奏九重天,夕贬潮州路八千①。欲为圣明除弊事,肯将衰朽惜残年②。云横秦岭家何在③,雪拥蓝关马不前。知汝远来应有意,好收吾骨瘴江边④。

【题解】

元和十四年(819),作者上书谏迎佛骨,触怒了宪宗,被贬为潮州刺史。赴任途中经过蓝田关,写下这首诗给侄孙韩湘。左迁,降职。蓝关,即蓝田关,在今陕西省蓝田县南。韩湘,字北渚,韩愈之侄韩老成的长子。

【注释】

① 一封二句:朝、夕,极言被贬之速。九重天,指皇宫。潮州,又称潮阳,治今广东省潮安县。二句是说,早晨刚上书给皇帝谏迎佛骨,到了傍晚就被贬官到了距离长安八千里之遥的潮州。② 欲为二句:想要为圣明的皇帝革除弊政,又怎么肯顾惜自己衰老虚弱的生命。③ 秦岭,在今蓝田县东南。④ 知汝二句:瘴江,指岭南一带瘴气弥漫的江流。这二句是作者对韩湘的交代:我知道你远道而来随我远行,是有想法的,你将可以在那瘴气弥漫的江边收拾我的尸骸。

【评析】

诗人直言进谏,反遭贬谪,心情郁闷压抑,但表现在诗中的却不尽是消沉失意,而是充满了慷慨激昂之情。前两联直陈遭贬的原因,显示了刚直不阿、死而后已的精神。颈联即景抒情:浮云遮蔽,家人隔绝,大雪覆盖,马匹局促不前,暗示出内心的沉痛抑郁。整首诗的情调至此略显苍凉凄楚,但旋即就转为悲壮激愤。诗人自忖此去必死无归,所以在尾联中郑重交代后事,在结构上又照应了"肯将衰朽惜残年"一句。全篇气势雄浑磅礴,情感沉郁顿挫,读来感人至深。

## 题木居士(其一)

火透波穿不计春①,根如头面干如身②。偶然题作木居士,便有无穷求福人。

【题解】

木居士,原来只是一段朽木,被供奉在寺庙中,称为木居士。居士,在家修行的佛教信徒。原诗共两首。

【注释】

① 火透句:不计春,不计年,无法计算年月。这句是说,树根经过火烧水浸,已年深日久。② 干,树干。

【评析】

这首咏物诗采用寓言式的手法,对盲目崇拜、趋炎附势的社会现象作了辛辣的讽刺。一段普通的树枝,历经水火侵蚀,早已腐朽不堪。但因其形状扭曲,类似人形而被供奉祭拜,摇身一变就俨然成为能够赐人福祉的木居士。诗人将其先前的狼狈落拓与而后的堂皇庄严拈合在一起,构成了极为强烈的反讽效果。

## 早春呈水部张十八员外(其一)

天街小雨润如酥①,草色遥看近却无。最是一年春好处,绝胜烟柳满皇都②。

【题解】

这组诗共两首,描写了早春时节长安的景色,是长庆三年(823)作者写给张籍的。张十八员外,张籍,字文昌,排行十八。贞元年间与韩愈结识,长庆元年(821)由韩愈推荐为国子博士,后担任水部员外郎。

【注释】

① 天街,指京城的街道。酥,用牛羊乳制成的酪类食品。② 最是二句:这正是一年之中春色美好的时候,绝对胜过满城烟柳的景色。

【评析】

诗人用清新淡雅的笔触描写了初春温润的景色。"草色遥看近却无"一句显示出作者细致入微的观察力和表现力:春草初萌,经过雨水的滋润,远远望去似乎有一片朦胧的青绿色;但靠近之后,因为草芽稀疏,反倒看不出什么颜色来。最后两句见微知著,强调早春的景色更胜于满城烟柳。与韩愈同时的杨巨源有一首《城东早春》:"诗家清景在新春,绿柳方黄半未匀。若待上林花似锦,出门俱是看花人。"也对早春的景色情有独钟。

## 李 益 三首

李益(748—827?),字君虞,陇西姑臧(今甘肃省武威市)人。

曾任邠宁、朔方、幽州节度从事。宪宗时为秘书少监兼集贤学士。官至礼部尚书。作品题材广泛,尤以边塞诗著称。有《李君虞集》。

## 喜见外弟又言别

十年离乱后,长大一相逢。问姓惊初见,称名忆旧容①。别来沧海事,语罢暮天钟②。明日巴陵道,秋山又几重③。

【题解】

作者与失散多年的表弟偶然相逢,但不久又将分别。本篇表现了那一刻既充满惊喜,又满怀惆怅的心情。外弟,表弟。

【注释】

① 问姓二句:两人见面时互问姓名,仿佛并不相识,等到说出姓名之后,才回忆起旧时的面容。② 别来二句:暮天钟,日暮时分寺院的钟声。二句是说,两人互相诉说分别后的离乱情事,说完以后已近黄昏。③ 明日二句:巴陵,唐代郡名,治所在今湖南省岳阳市。二句是说,明日两人就将分别,彼此之间又将有重山阻隔。

【评析】

诗人用质朴平实而又充满深情的语言表现了亲友在乱离之中久别重逢的感人一幕。前两联所写的情景与司空曙《云阳馆与韩绅宿别》中的"故人江海别,几度隔山川。乍见翻疑梦,相悲各问年"相似,但用"惊初见"、"忆旧容",更为细腻地传递出聚散无常的感慨和悲欣交集的心情。颈联用"沧海事"将两人叙旧的内容一笔带过,其中蕴涵了人情世态的种种变故,透露出无尽的感喟;"暮天钟"则暗示两人倾谈时的投入,以至不觉时间的流逝。尾联想到明日两人又将分别,

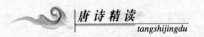

重山阻隔,后会无期,充满了凄怆感伤。

## 从军北征

天山雪后海风寒①,横笛偏吹《行路难》②。碛里征人三十万③,一时回首月中看。

【题解】

作者于建中初至贞元初期间多次参佐戎幕,对边塞征战生活相当熟悉。本篇写的就是随军北征时的见闻。

【注释】

① 天山,唐代指伊州(今新疆维吾尔自治区哈密市)、西州(今吐鲁番盆地附近)以北一带的山脉。海,指僻远之地。②《行路难》,乐府题名,属杂曲歌辞。③ 碛(qì),沙漠。

【评析】

全诗寓情于景,韵味悠长。前两句描写边塞风雪交加的情景,渲染了荒芜苍凉的气氛,暗示出行军过程的艰辛;耳畔随即又传来《行路难》这样表现世路艰险和离别悲伤之意的笛曲声,更令人触景伤神,勾起内心的思乡怀归之情。后两句用夸张的笔法,写月夜笛声在数十万征人心中引起共鸣,使得他们不约而同地回首怅望。

## 夜上受降城闻笛

回乐烽前沙似雪①,受降城下月如霜。不知何处吹芦管②,一夜征人尽望乡。

【题解】

建中元年(780)作者入朔方节度使崔宁幕,随军巡行朔野。本篇当作于此期间。受降城,唐代受降城有东、中、西三城,此处当指中受降城,在今内蒙古自治区包头市西。

【注释】

① 回乐烽,当指回乐县的烽火台。回乐县在唐时属灵州,故址在今宁夏回族自治区灵武市西南。② 芦管,芦笳,一种管乐器。

【评析】

本篇在表现内容和手法上都与《从军北征》相近。前两句描摹边塞风景,用"沙似雪"、"月如霜"来烘托凄清荒寒的气氛。后两句写芦管声不知从何而来,说明乐曲的依稀难辨,但即便如此,仍然唤起征人无尽的乡愁。诗人用一个"尽"字就把征戍艰辛和离乡日久等内容全都包含在其中,使整首诗显得言尽旨远,婉转蕴藉。

## 王  建 二首

王建(766?—?),字仲初,颖川(今河南省许昌市)人。担任过渭南尉、秘书郎、陕州司马等官职,后罢任闲居京郊。擅长乐府、宫词,与张籍并称。有《王司马集》。

## 水 夫 谣

苦哉生长当驿边①,官家使我牵驿船。辛苦日多乐日少,水宿沙行如海鸟②。逆风上水万斛重③,前驿迢迢后淼淼④。半夜缘堤雪和雨,受他驱遣还复去⑤。夜寒衣湿披短蓑,臆穿足裂忍痛何⑥。到明辛苦无处说,齐声腾踏牵船歌⑦。一间茅屋何所直⑧,父母之乡去不得。我愿此水作平田,长使水夫不怨天。

【题解】

这首诗描写纤夫在官府压迫之下的痛苦生活。水夫,船夫,这里指为驿站拉纤的船夫。

【注释】

① 当,在。驿,官府设立的交通站。② 水宿句:指纤夫晚上在江河边睡觉,白天行走在沙滩上,如同海鸟一般。③ 逆风句:斛(hú),古代计算弓力的单位。这句是说,顶着风逆流而上时,手中的纤绳就异常沉重。④ 淼(miǎo)淼,水势浩大的样子。⑤ 半夜二句:受到官府的役使,刚回来就又要出发,即使是深更半夜,雨雪交加,也得沿着堤岸牵引船只。⑥ 臆穿句:胸口被纤绳磨穿,脚底被沙石划裂,如何能忍受这样的痛苦?⑦ 腾踏,用力蹬踏。⑧ 何所直,值什么钱。直,通"值"。

【评析】

作者在展现纤夫的日常生活和心理状态时,极为细致,且富有层次。起始两句总领全篇,"苦哉"兼指其生活艰苦和内心痛苦。从"辛苦日多乐日少"到"父母之乡去不得",逐层深入地描写了纤夫夜以继日、不得停歇的劳作过程,以及由哀叹到怨愤,最后又归于无可奈何的心理变化。最后两句是作者的感慨,虽然显得很无奈,但哀婉沉痛,感人至深。

# 新嫁娘词(其三)

三日入厨下①,洗手作羹汤。未谙姑食性,先遣小姑尝②。

【题解】

原作共三首,这是其中第三首,表现了新媳妇初次下厨时忐忑不安的心情。

【注释】

① 三日句:按照古代习俗,新媳妇在婚后第三天要下厨房烹调。② 未谙二句:谙(ān),知道。姑,婆婆。二句是说,不知道婆婆的口味如何,就先让小姑尝尝。

【评析】

整首诗朴实自然,充满了浓厚的生活气息。诗人从新媳妇下厨时的一些细节入手,将人物的心理、性格揭示得非常鲜明生动。洗手作羹汤,足见其郑重谨慎;担心不合婆婆的口味,表现出内心的忧虑不安;先询问小姑意见,又透露出她的细心聪慧。

## 张 籍 三首

张籍(766?—830?),字文昌,吴郡(今江苏省苏州市)人。担任过国子助教、水部员外郎、主客郎中、国子司业等官职。擅长乐府诗创作,内容切中时弊,风格平易质朴,与王建并称"张王"。有《张司业集》。

## 野 老 歌

老农家贫在山住,耕种山田三四亩。苗疏税多不得食,输入官仓化为土①。岁暮锄犁傍空室,呼儿登山收橡实②。西江贾客珠百斛③,船中养犬长食肉。

【题解】

诗人将山农的贫苦与商贾的奢靡作了鲜明强烈的对比,从中揭示出严酷的社会现实。

【注释】

① 苗疏二句:由于山田贫瘠,种下的粮食长得不好,赋税却很重,使得山农自己也没有粮食可以食用,而送入官府仓库的粮食堆积久了,都霉变化为尘土。② 岁暮二句:傍空室,一则表明岁末农闲,二则表明贫穷,家徒四壁。橡实,栎树的果实,可食用,味苦。二句是说,到了年底,山农家中只剩下锄头和犁等农具,只能呼唤孩子上山拾取橡实充饥。③ 西江,珠江干流,在今广东省西部。贾客,商人。

【评析】

诗人运用了大量的对比手法,如"耕种山田三四亩"、"苗疏"与"税多"之间,"不得食"与"化为土"之间,"登山收橡实"与"养犬长食肉"之间,都构成强烈的反差。在简短的篇幅中就把农夫税多粮少、贫富悬殊的社会不平等现象表现得异常深刻鲜明,令人触目惊心。作者另有一篇《贾客乐》,其中提到"农夫税多长辛苦,弃业宁为贩宝翁",也揭示了中唐以后商业在发展过程中与农业经济之间所产生的尖锐矛盾。

秋 思

洛阳城里见秋风,欲作家书意万重。复恐匆匆说不尽,行人临发又开封①。

【题解】

本篇通过寄送家书时的细节,非常真切地表达了游子对故乡亲人的无限怀念。

【注释】

① 行人,指捎信人。

【评析】

诗人要表现游子在寄送家书时的"意万重",却并没有去具体说明书信的内容,而是通过在托人捎信之前的一个细节来展现其复杂微妙的心理:总觉得有说不尽的话、表达不尽的意思,匆促间还没有能在信中说明白,于是又在捎信人快要出发时拆开信封添上几笔。正是在这看似平常的细节中,流露出对于故乡亲友的深切思念,整首诗也显得言浅意深,耐人寻味。白居易《禁中夜作书与元九》云:"心绪万端书两纸,欲封重读意迟迟。"也表现了相似的心理。

# 凉州词(其一)

边城暮雨雁飞低,芦笋初生渐欲齐。无数铃声遥过碛①,应驮白练到安西②。

【题解】

凉州,唐代辖境在今甘肃省永昌县以东、天祝县以西一带,是"丝绸之路"西段的必经之道,以富庶闻名。《凉州词》是产生于唐玄宗开元年间的乐曲。唐代诗人所作的《凉州词》,其内容大抵歌咏西北边陲的情景。唐代宗广德年间,凉州等西北州郡失陷于吐蕃,之后直至唐穆宗长庆年间都未能恢复,为吐蕃侵扰中原、掠夺财富提供了很大的方便。作者对国土失陷深表忧虑和愤慨,写下了一组《凉州词》。

原作共三首,这是第一首。

【注释】

① 碛,沙漠。② 白练,白色的丝织品。安西,唐方镇名,统辖龟兹、于阗、疏勒、焉耆四镇。贞元六年(790)以后,以辖境尽入吐蕃而废弃。

【评析】

前两句描写边塞风光:黄昏阴雨,大雁低飞,春意萌发,芦笋又已抽芽。画面显得抑郁,又隐隐透露出诗人心中的悲凉:景物依旧,四季的推迁运转如故,但国土沦陷,人事已非。这时,沙漠上传来的驼铃声引起了诗人的注意,联想到内地的大批财富就如此被吐蕃掠走,不由得激起了内心的酸楚和愤慨。作者另有《泾州塞》云:"行到泾州塞,唯闻羌戍鼙。道边古双堠,犹记向安西。"把这种情感表现得更为婉曲。

## 贾 岛 二首

贾岛(779—843),字浪仙,一作阆仙,幽州范阳(今属北京市)人。早年出家为僧,号无本。后返俗,屡次参加科举考试均不中。曾担任过遂州长江县主簿。作诗以苦吟著称,力避平易,刻意琢句,形成清奇僻苦的风格。与孟郊并称为"郊岛",又与姚合齐名。有《贾长江集》。

## 哭 孟 郊

身死声名在,多应万古传。寡妻无子息,破宅带林泉①。塚近登山道,诗随过海船②。故人相吊后,斜日下寒天。

【题解】

诗人在元和六年(811)春于洛阳结识孟郊,从此结下深厚的友谊,彼此之间多有酬赠唱和。元和九年(814)八月,孟郊病逝,葬于洛阳邙山,韩愈、张籍等人都写有诗文悼念。本篇当为同时所赋。

【注释】

① 寡妻二句:子息,子嗣,儿子。二句指孟郊死后,只剩下妻子一人,并无子嗣,破旧的房屋位于山林泉石之旁。② 塚近二句:指孟郊的坟墓就在山路旁,而其诗歌作品则远播海外(唐代诗人的作品往往流传至日本和朝鲜半岛的高丽、新罗、百济等国家)。

【评析】

诗人对好友的贫病以殁深感痛心,同时也用声名不朽、作品流传来告慰亡友,因而情调虽然悲哀,却并不消沉。最后两句描写吊唁祭扫之后已近黄昏,残阳斜照,寒意渐起,言外带有无尽的惆怅和感伤。作者还有一首《吊孟协律》:"才行古人齐,生前品位低。葬时贫卖马,远日哭惟妻。孤塚北邙外,空斋中岳西。集诗应万首,物象遍曾题。"内容相仿,但不及本篇意味悠远。

## 寻隐者不遇

松下问童子,言师采药去。只在此山中,云深不知处。

【题解】

作品描写了寻访山中隐士时的一幅场景。本篇题名一作《访羊尊师》,并题作者为孙革。

【评析】

　　整首诗看似信手拈来,不加雕饰,实则颇具巧思,耐人寻味。首句写自己没能遇到隐者,因而向其童子询问,不过具体的问话却被省略掉了。接下来的三句都是童子的回答,可同时又寓问于答。首先,既然未见隐者,诗人必定会询问他的去向,童子回答说去采药了。听完之后不免失望,但一定还不甘心,接着就会打听到哪里采药。等到听说就在此山之中,则不难想象诗人当时转忧为喜的心情,自然立即准备入山,于是急切地追问究竟是在山的何方。不料童子也不清楚具体地点,又留给诗人无限的怅惘和失落。诗人的三次问话均未明写,而是通过童子的回答曲折含蓄地表现出来,而诗人丰富的内心活动也隐隐地呈现出来,引发读者无尽的遐想。

## 李　绅 二首

　　李绅(772—846),字公垂,润州无锡(今江苏省无锡市)人。官至宰相。作品以歌行著称,曾写作新题乐府,反映社会现实,引起元稹、白居易等人的仿效继作。有《追昔游集》。

## 宿　扬　州

　　江横渡阔烟波晚,潮过金陵落叶秋①。嘹唳塞鸿经楚泽②,浅深红树见扬州。夜桥灯火连星汉,水郭帆樯近斗牛③。今日市朝风俗变,不须开口问迷楼④。

【题解】

　　本篇描写秋日夜宿扬州所见到的景象。会昌初年,作者曾任扬州大都督府长史,诗当作于此期间。扬州,今属江苏省。

【注释】

① 金陵,今江苏省南京市。② 嘹唳,声音响亮凄清。楚泽,泛指长江下游一带的湖泽。③ 夜桥二句:星汉,银河。水郭,邻近城郭的河水。斗牛,二十八宿中的斗、牛两宿,这里泛指天上的星辰。二句是说,夜晚桥畔灯火通明,仿佛和天上的银河连成一体,城外河面上停泊着帆船,桅杆高耸,仿佛接近天上的星斗。④ 今日二句:迷楼,隋炀帝在扬州兴建的宫室,以供其享受奢靡荒淫的生活。二句是说,如今扬州城的风俗已经大为改变,无须再向人打听迷楼了。

【评析】

这是作者傍晚坐船行至扬州,准备投宿时写下的作品。前两联表现旅途所见所闻:江面空阔,烟波浩渺,夜潮涌动,落叶缤纷,显得格外幽静。再加上天际传来的几声凄清嘹亮的雁鸣,更使人心头平添了几分落寞惆怅。而恰在此时,在红树掩映中远远地看到了扬州城的轮廓,又带给诗人全新的感受。颈联描写城市夜景的繁华璀璨,以至灯火楼船几乎与天上星宿连成一片。尾联则联想起当年隋炀帝下扬州的奢侈淫靡,但那已是历史的陈迹,一去不复返了。

# 悯 农(其二)

锄禾日当午,汗滴禾下土。谁知盘中餐,粒粒皆辛苦。

【题解】

这是作者早年的作品,又题作《古风》。原作共两首,这是第二首。作者对农民所遭受的残酷剥削深表同情。

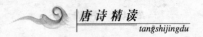

【评析】

本篇虽然语言浅近,但立意高远,笔力简劲。前两句描写农夫辛勤耕作、汗下如雨的情景。后两句则笔锋一转,责问坐享其成者不知稼穑艰辛,语气显得尤为愤慨,将自己所要表现的哀悯之情推向了顶点。晚唐郑遨《伤农》云:"一粒红稻饭,几滴牛颔血。珊瑚枝下人,衔杯吐不歇。"也表现了同样的情感,而用笔则趋于直白。

## 卷八　中唐诗

### 白居易 八首

白居易(772—846),字乐天,晚号香山居士,醉吟先生,下邽(今陕西省渭南市)人,贞元十六年(800)进士。元和时任翰林学士、左拾遗等职。因为越职上书,被贬为江州司马。长庆时任中书舍人。后又相继出任杭州、苏州刺史、刑部尚书等官职。与元稹并称"元白",又与刘禹锡并称"刘白"。早年所作讽喻诗,针砭时弊,强调继承并发展古代的美刺传统。晚年所作则大多吟咏性情,表现流连诗酒的生活,或描摹自然风光。他和元稹所创作的长篇七言叙事歌行,宛转铺陈,平易流畅,被称为"长庆体",对后世产生了很大的影响。有《白氏长庆集》。

#### 买　花

帝城春欲暮①,喧喧车马度②。共道牡丹时,相随买花去。贵贱无常价,酬直看花数③。灼灼百朵红,戋戋五束素④。上张幄幕庇,旁织笆篱护⑤。水洒复泥封,移来色如故⑥。家家习为俗,人人迷不悟。有一田舍翁⑦,偶来买花处。低头独长叹,此叹无人谕⑧:一丛深色花,

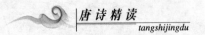

十户中人赋⑨。

【题解】

贞元、元和之际,作者任职于长安,创作了《秦中吟》十首。这组诗一题一事,揭露了中唐时期的政治弊端和社会不公。本篇原列第十首。诗题一作《牡丹》。

【注释】

① 帝城,首都,指长安。② 度,经过。③ 贵贱二句:酬直,支付的价钱。直,通"值"。二句是说,花的价格并不固定,还要看一株上花朵数量的多少而定价。④ 灼灼二句:灼灼,色彩鲜明的样子。戋(jiān)戋,堆积的样子。二句是说,百朵鲜艳的红牡丹,相当于五匹白绢的价钱。⑤ 上张二句:在牡丹上面张设帷幕来遮蔽,在周围又编织篱笆来加以保护。⑥ 移来句:指牡丹被移植来以后,花色仍然像以前一样。⑦ 田舍翁,农家老人。⑧ 谕,知晓,明白。⑨ 一丛二句:中人赋,即中户赋。唐代赋税按户征收,分为上户、中户和下户。二句是说,一丛颜色浓艳的牡丹,价格抵得上十户中等人家的赋税。

【评析】

赏玩牡丹在当时的京城蔚然成风,豪门贵族沉迷于其中,往往不惜一掷千金。本篇前十四句从正面描写暮春时节京城有钱人竞相买花的盛况:车马杂沓,人声鼎沸,一旦发现中意的鲜花,便挥金如土,细心呵护。面对这种痴迷狂热的场面,诗人用"家家习为俗,人人迷不悟"来表明自己的态度。接下来的六句则是从一个旁观者的角度对此作了更深入的剖析。借助田舍翁的长叹,将"一丛深色花"与"十户中人赋"作了强烈鲜明的对比,揭露了深刻的社会矛盾。

## 卖 炭 翁

卖炭翁,伐薪烧炭南山中①。满面尘灰烟火色,两鬓苍苍十指黑②。卖炭得钱何所营③?身上衣裳口中食。可怜身上衣正单,心忧炭贱愿天寒。夜来城外一尺雪,晓驾炭车辗冰辙。牛困人饥日已高,市南门外泥中歇④。翩翩两骑来是谁⑤?黄衣使者白衫儿⑥。手把文书口称敕,回车叱牛牵向北⑦。一车炭,千余斤,官使驱将惜不得⑧。半匹红纱一丈绫,系向牛头充炭直⑨。

【题解】

元和四年(809),作者在长安担任翰林学士、左拾遗。当时李绅首先作了二十首新乐府诗,元稹继之而作了十二首,白居易则扩充为五十首《新乐府》。白居易的这组诗每首独立成篇,从各个方面揭露了社会生活中的尖锐矛盾。本篇原列第三十二首。题下有自注云:"苦宫市也。"宫市指的是中唐贞元末以后,宫廷所需的日常用品由太监直接到民间采办。他们口称"宫市",随意支付少量的金钱,就可以强行夺取需要的商品。本篇中的卖炭翁就遭遇到这样的不幸。

【注释】

① 南山,终南山,在长安城以南。② 苍苍,灰白色。③ 何所营,指购买什么东西。营,营求,置办。④ 市南门外,唐代长安城有东、西两市,各有东南西北四门。⑤ 翩翩,轻快的样子。⑥ 黄衣句:指由宫廷派遣外出采办物品的太监及其手下。⑦ 手把二句:敕,皇命。叱(chì),大声命令。牵向北,长安的东、西两市都在城南,而皇宫则在城北。二句是说,来人手里拿着文书,说是皇帝的命令,接着就调转

车头，呵斥着牛往北边走。⑧ 驱将，赶着走。⑨ 半匹二句：直，通"值"。在唐代的商品交易中，绢帛等丝织品可以代替货币来使用。二句是说，太监们将半匹纱和一丈绫系在牛头上作为炭的价钱。

【评析】

　　本篇前半部分表现卖炭翁在山中伐薪烧炭的艰辛，并点明卖炭得钱是其维持生计的唯一手段。"可怜身上衣正单，心忧炭贱愿天寒"两句把卖炭翁衣不蔽体的处境与复杂矛盾的心理十分精练而真切地表现出来，哀婉沉痛，催人泪下。后半部分描写卖炭翁驾车入城的经历。虽然天寒地冻，牛困人饥，但他心中还是怀着期盼。然而突然出现的宫使不容商量地就夺走了满满一车炭，使得他付出的所有辛劳、寄托的所有希望顿时化为乌有。全诗不加议论，而是直书其事，戛然而止，留给读者深思的余地。

## 长 恨 歌

　　汉皇重色思倾国①，御宇多年求不得②。杨家有女初长成，养在深闺人未识。天生丽质难自弃，一朝选在君王侧。回眸一笑百媚生，六宫粉黛无颜色③。春寒赐浴华清池④，温泉水滑洗凝脂⑤。侍儿扶起娇无力，始是新承恩泽时。云鬓花颜金步摇⑥，芙蓉帐暖度春宵。春宵苦短日高起，从此君王不早朝。承欢侍宴无闲暇，春从春游夜专夜。后宫佳丽三千人，三千宠爱在一身。金屋妆成娇侍夜⑦，玉楼宴罢醉和春。姊妹弟兄皆列土，可怜光彩生门户⑧。遂令天下父母心，不重生男重生女⑨。　　骊宫高处入青云⑩，仙乐风飘处处闻。缓歌慢舞凝丝竹，尽日君王看不足⑪。渔阳鼙鼓动地来，惊破霓裳羽衣曲⑫。九重城阙烟尘生,千乘万骑西南行⑬。翠华摇摇行复止⑭,西出都门百余里。六军不发无奈何,宛转蛾眉马前死⑮。花钿委地无人收,翠翘金雀玉搔头⑯。君王掩面救不得,回看血泪相和流。黄埃散漫风萧索,云栈萦纡登剑阁⑰。峨嵋山下少人行⑱,旌旗无光日色薄。蜀江水碧蜀山青,圣主朝朝暮暮情。行宫见月伤心色,夜雨闻铃肠断声⑲。　　天旋日转回龙驭,到此踌躇不能去⑳。马嵬坡下泥土中,不见玉颜空死处㉑。君臣相顾尽沾衣,东望都门信马归。归来池苑皆依旧,太液芙蓉未央柳㉒。芙蓉如面柳如眉,对此如何不泪垂。春风桃李花开日,秋雨梧桐叶落时。西宫南内多秋草㉓,落叶满阶红不扫。梨园弟子白发新,椒房阿监青娥老㉔。夕殿萤飞思悄然,孤灯挑尽未成眠。迟迟钟鼓初长夜,耿耿星河欲曙天㉕。鸳鸯瓦冷霜华重,翡翠衾寒谁与共㉖。悠悠生死别经年,魂魄不曾来入梦。

　　临邛道士鸿都客㉗,能以精诚致魂魄。为感君王展转思,遂教方士殷勤觅。排云驭气奔如电,升天入地求之遍。上穷碧落下黄泉,两处茫茫皆不见㉘。忽闻海上有仙山,山在虚无缥缈间。楼阁玲珑五云起㉙,其中绰约多仙子㉚。中有一人字太真,雪肤花貌参差是㉛。金阙西厢叩玉扃,转教小玉报双成㉜。闻道汉家天子使,九华帐里梦魂惊㉝。揽衣推枕起徘徊,珠箔银钩迤逦开㉞。云鬓半偏新睡觉,花冠不整下堂来㉟。风吹仙袂飘飖举,犹似霓裳羽衣舞。玉容寂寞泪阑干㊱,梨花一枝春带雨。　　含情凝睇谢君王㊲,一别音容两渺茫。昭阳殿里恩爱绝,蓬莱宫中日月长㊳。回头下望人寰处,不见长安见尘雾。唯将旧物表深情,钿合金钗寄将去。钗留一股合一扇,钗擘黄金合分钿㊴。但教心似金钿坚,天上人间会相见。临别殷勤重寄词,词中有誓两心知。七月七日长生殿,夜半无人私语时。在天愿作比翼鸟,在地愿为连理枝㊵。天长地久有时尽,此恨绵绵无绝期。

【题解】

元和元年(806)冬,作者正在盩厔(今陕西省周至县东终南镇)任县尉,某日与朋友陈鸿、王质夫闲谈起唐玄宗李隆基与贵妃杨玉环之间的爱情故事,都大为感叹。于是就以此为题材,由陈鸿撰《长恨歌传》,白居易作《长恨歌》。白诗对李、杨的恋爱悲剧深表同情,但同时对于玄宗因为沉溺女色而招致祸乱也予以深刻的讥刺。

【注释】

① 汉皇,指汉武帝刘彻,这里借指唐玄宗李隆基。倾国,汉武帝时,乐人李延年唱歌有"倾国""倾城"之语,意思是美女迷人,使人连家、国都不要了。后世就以"倾国倾城"代指美女。② 御宇,统治天下。③ 回眸二句:六宫,皇后、妃嫔等人的住所。粉黛,妇女用来擦脸、画眉的化妆品。这里是代指后宫中的妃嫔。二句是说,杨玉环眸子转动,微微一笑,就流露娇媚之态,后宫所有的妃嫔和她相比都显得不美了。④ 华清池,即骊山(今陕西省临潼境内)华清宫中的温泉。⑤ 凝脂,白嫩柔滑的肌肤。⑥ 云鬓,女子头发多而柔软,故以"云"形容之。金步摇,一种头饰,垂挂有珠子,插在发髻上,行走时会来回晃动。⑦ 金屋,汉武帝年幼时曾说要建造金屋以迎娶姑母之女阿娇。这里借指玄宗为贵妃营建的宫殿。⑧ 姊妹二句:列土,即裂土,分封土地。杨玉环的大姐、三姐和八姐分别被封为韩、虢、秦三国夫人,宗兄杨铦为鸿胪卿,杨锜为侍御使,杨钊(国忠)为右丞相。可

怜,可羡。二句是说,杨玉环的兄弟姐妹都得到封赏,为家门增添光彩,令人羡慕。⑨遂令二句:于是使得天下的父母不再重视生男孩而重视生女孩。当时民间流传的歌谣说:"生女勿悲酸,生男勿喜欢";"男不封侯女作妃,看女却为门上楣"。⑩骊宫,骊山上的华清宫。⑪缓歌二句:丝竹,管弦乐。二句是说,玄宗整天欣赏轻歌曼舞,不知满足。⑫渔阳二句:渔阳,郡名,治所在今北京市东南,当时属平卢、范阳、河东三镇节度使安禄山管辖。天宝十四载(755),安禄山在范阳起兵叛乱。诗中用"渔阳"是暗用东汉彭宠据渔阳反汉的典故。鼙(pí)鼓,军队中用的小鼓。霓裳羽衣曲,舞曲名。开元中由西域传入,后又经过玄宗的润色。这二句指安禄山发动叛乱,扰乱了玄宗的享乐生活。⑬九重二句:九重,古代皇宫建有九重门。乘(shèng),车驾。骑(jì),马匹。二句是说,京城即将被安禄山乱军攻破,玄宗带着贵妃和卫队逃往西南方向的蜀地。⑭翠华句:翠华,皇帝乘舆上所树的用翠鸟羽毛作装饰的华盖。这句是说,皇帝的车驾刚刚行进就又停下。⑮六军二句:六军,护卫皇帝的军队。宛转,缠绵多情。蛾眉,美女,指杨玉环。当时玄宗的车驾行至长安以西的马嵬坡,卫队哗变,要求处死杨国忠和杨贵妃,玄宗无奈,只能依从。二句是说,皇帝的卫队不肯出发,无可奈何之际,只能让贵妃凄惨地死在马队前。⑯花钿二句:花钿,镶嵌珠宝的首饰。金雀,雀形的金钗。玉搔头,玉簪。这二句说,杨贵妃的各种首饰散落一地,无人收拾。⑰云栈句:栈,栈道,在山壁上用木头架起的道路。萦纡,迂回曲折。剑阁,县名,今属四川省。二句是说,玄宗的车驾沿着曲折迂回、高入云霄的栈道到达剑阁。⑱峨眉山,在今四川省峨眉县。玄宗逃亡途中并未经过此山,这里是泛指蜀中的高山。⑲行宫二句:玄宗在行宫里看到月亮,在夜雨中听到铃声,都感到伤心难过。⑳天旋二句:天旋日转,比喻国家遭受倾覆之后再度恢复。龙驭,皇帝的车驾。这二句指肃宗至德二载(757)长安被收复,玄宗由蜀中返回京城,经过马嵬坡杨贵妃的葬地,徘徊不忍离去。㉑不见句:再也看不到杨贵妃,只能见到她死去的地方。㉒太液句:太液池,在长安城东北大明宫内;未央,宫名,在长安西北,两者都始建于汉代。这里泛指宫廷内的池苑、宫殿。㉓西宫句:西宫,太极宫。南内,兴庆宫。这句暗指肃宗(玄宗之子李亨)听信谗言,迁玄宗于太极宫居住,不让他再过问天下大事。㉔梨园二句:梨园,玄宗曾在梨园训练乐工等演习音乐舞蹈。椒房,后妃居住的宫殿,以花椒和泥涂抹墙壁。阿监,宫中的女官。青娥,指年轻貌美的宫女。二句是说,玄宗过去训练的一批艺人以及侍奉后妃的宫女都已逐渐年老。㉕耿耿,明亮。㉖鸳鸯二句:鸳鸯瓦,一伏一仰扣合在一起的屋瓦。翡翠衾,绣有翡翠鸟图案的被子。鸳鸯、翡翠都象征着夫妻恩爱,这里借以反衬玄宗的孤单。㉗临邛句:临邛(qióng),县名,唐代属剑南道,即今四川省邛崃市。鸿都,汉代洛阳宫门名,这里借指长安。这句是说,临邛的道士来到京城作客。㉘上穷二句:穷,穷尽。碧落,天上。黄泉,地下。二句是说,道士为玄宗搜寻杨贵妃的魂魄,上至天界,下抵黄泉,但都没有结果。㉙五云,五色云彩。㉚绰约,美好轻盈的样子。㉛中有二句:太真,杨贵妃原为玄宗之子寿王李瑁之妃,被玄宗度为女道士,道号太真,后还俗入宫,立为贵妃。参差,仿佛。二句是说,其中一位仙子字太真,肌肤雪白,容貌美丽,仿佛就是所要寻找的杨贵妃。㉜金阙二句:扃(jiōng),门户。小玉,吴王夫差的女儿,相传死后成仙;双成,董双成,传说中西王母的侍女,这里都借指太真身旁的侍女。二句是说,道士经过辗转通报,求见太真。㉝闻道二句:九华帐,绣有各种回环图案的帷帐。二句是说,太真听说是汉朝皇帝派来的使者,立刻就从华美的帷帐中惊醒。㉞珠箔句:珠箔,珠帘。迤逦,接连不断。这句是说,仙府的门户相继打开。㉟云鬓二句:觉,睡醒。二句是说,太真因为刚刚睡醒而发髻散乱,还来不及整理头上的花冠就走下堂来。㊱玉容句:阑干,纵横的样子。这句是说,太真神情寂寞,泪痕纵横。㊲凝睇,凝视。㊳昭阳殿二句:昭阳殿,汉代宫殿名,这里借指杨贵妃以前居住的皇宫。蓬莱宫,传说中海中仙山上的宫殿,这里借指现在所住的仙境。二句是说,以往在皇宫里的恩爱已经断绝,从此将长住在这仙境之中。㊴ 唯将四句:擘(bò),分开。四句是说,太真拿出旧时的定情物,将金钗拆成两股,钿合也分成两半,各留下一半,另一半托道士转交给皇帝。㊵ 七月七日四句:长生殿,在华清宫中。比翼鸟,传说中雌雄相互比并而飞的鸟。连理枝,不同根而枝干连生一起的树。四句是说,当年玄宗与贵妃于七月七日牛郎、织女相会之时,曾在长生殿中发下誓言:愿为比翼鸟、连理枝。

【评析】

　　整首诗篇幅宏大,剪裁精当,波澜起伏,层次分明,语言流畅和美,声调婉转悠扬。诗人将历史事实、民间传说和艺术想象巧妙地糅合在一起,融叙事、写景和抒情为一体,创作了这首脍炙人口的作品。一方面对于唐玄宗因为"重色"而导致朝政荒废、国家危亡予以尖锐的讽刺,而另一方面又对李、杨两人凄苦的境遇和缠绵的爱情赋予了深切的同情。

　　全篇可以划分为两大部分。前半部分主要表现了李、杨两人宫廷生活的奢靡荒淫,揭示了最终引发"长恨"的原因所在。后半部分先是叙述安史乱起、马嵬兵变直至生死诀别的过程,贵妃的宛转就死和玄宗的无可奈何使全诗充满了哀婉感伤的情调;随后表现玄宗入蜀直至回京时触景伤情、睹物思人的场景,进一步渲染凄凉落寞的气氛,引发读者更深的怜悯和同情;最后描写道士在海上仙山寻找到贵妃,而她也不忘旧日的盟誓,殷勤寄词。诗人用"天长地久有时尽,此恨绵绵无绝期"来收束全篇,再一次深化了主题。

## 琵琶行 并序

　　元和十年,予左迁九江郡司马①。明年秋,送客湓浦口②,闻舟中夜弹琵琶者。听其音,铮铮然有京都声③。问其人,本长安倡女④,尝学琵琶于穆、曹二善才⑤。年长色衰,委身为贾人妇⑥。遂命酒,使快弹数曲。曲罢悯默⑦。自叙少小时欢乐事,今漂沦憔悴,转徙于江湖间。予出官二年,恬然自安。感斯人言,是夕始觉有迁谪意。因为长句,歌以赠之。凡六百一十二言,命曰《琵琶行》⑧。

浔阳江头夜送客⑨,枫叶荻花秋瑟瑟⑩。主人下马客在船,举酒欲饮无管弦⑪。醉不成欢惨将别,别时茫茫江浸月⑫。忽闻水上琵琶声,主人忘归客不发。寻声暗问弹者谁,琵琶声停欲语迟。移船相近邀相见,添酒回灯重开宴⑬。千呼万唤始出来,犹抱琵琶半遮面。转轴拨弦三两声⑭,未成曲调先有情。弦弦掩抑声声思,似诉平生不得志⑮。低眉信手续续弹,说尽心中无限事。轻拢慢捻抹复挑,初为《霓裳》后《六幺》⑯。大弦嘈嘈如急雨,小弦切切如私语⑰。嘈嘈切切错杂弹,大珠小珠落玉盘。间关莺语花底滑,幽咽泉流冰下难⑱。冰泉冷涩弦疑绝,疑绝不通声暂歇⑲。别有幽愁暗恨生,此时无声胜有声。银瓶乍破水浆迸,铁骑突出刀枪鸣⑳。曲终收拨当心画,四弦一声如裂帛㉑。东舟西舫悄无言,唯见江心秋月白。　　沉吟放拨插弦中,整顿衣裳起敛容㉒。自言本是京城女,家在虾蟆陵下住㉓。十三学得琵琶成,名属教坊第一部㉔。曲罢曾教善才伏,妆成每被秋娘妒㉕。五陵年少争缠头,一曲红绡不知数㉖。钿头云篦击节碎,血色罗裙翻酒污㉗。今年欢笑复明年,秋月春风等闲度㉘。弟走从军阿姨死㉙,暮去朝来颜色故㉚。门前冷落鞍马稀,老大嫁作商人妇。商人重利轻别离,前月浮梁买茶去㉛。去来江口守空船,绕船月明江水寒。夜深忽梦少年事,梦啼妆泪红阑干㉜。　　我闻琵琶已叹息,又闻此语重唧唧㉝。同是天涯沦落人,相逢何必曾相识。我从去年辞帝京,谪居卧病浔阳城。浔阳地僻无音乐,终岁不闻丝竹声。住近湓江地低湿,黄芦苦竹绕宅生。其间旦暮闻何物,杜鹃啼血猿哀鸣。春江花朝秋月夜,往往取酒还独倾。岂无山歌与村笛,呕哑嘲哳难为听㉞。今夜闻君琵琶语,如听仙乐耳暂明。莫辞更坐弹一曲,为君翻作《琵琶行》㉟。　　感我此言良久立,却坐促弦弦转急㊱。凄凄不似向前声,满座重闻皆掩泣㊲。座中泣下谁最多,江州司马青衫湿㊳。

【题解】

　　这是元和十一年(816)作者贬官江州(今江西省九江市)时的作品。通过描写琵琶女的坎坷身世,联系到自己的谪居生涯,抒发了由于政治上的失意而带来的凄凉之感。

【注释】

　　① 左迁,贬官降职。九江郡,治所在今江西省九江市。司马,职官名,负责协助州刺史处理事务,至中唐时已成为闲员。② 湓浦口,即湓口,在今九江市西湓水入长江处。③ 铮铮句:发出铮铮的音调,有长安城内琵琶演奏的韵味。④ 倡女,以歌舞为业的女艺人。⑤ 穆、曹二善才,当时著名的琵琶师。善才,唐代对琵琶艺人或曲师的称呼。⑥ 委身,将已身托付给别人,指妇女出嫁。贾(gǔ)人,商人。

⑦ 悯默,忧伤不语的样子。⑧ 命,取名。⑨ 浔阳江头,浔阳江边。浔阳江,长江流经九江一段的别名。⑩ 瑟瑟,风吹草木声。⑪ 举酒句:举杯饮酒却没有歌伎弹唱侑酒。⑫ 江浸月,指月影倒映在江中,就好像浸在其中。⑬ 回灯,重新拨亮灯火。⑭ 转轴句:正式弹奏之前先调弦校音,试弹几声。⑮ 弦弦二句:音调幽咽低沉,饱含情思,就好像在诉说生平不如意的事情。⑯ 轻拢二句:拢,左手指叩弦。捻,左手指按弦在柱上左右捻动。抹,右手顺势拨弦。挑,右手反手拨弦。《霓裳》,《霓裳羽衣曲》。《六幺》,即《录要》,又称《绿腰》、《乐世》。两者都是当时流行的曲调。二句是说,琵琶女在弹奏琵琶时指法灵活多变,先后表演了《霓裳》和《六幺》两支曲子。⑰ 大弦二句:最粗的弦发出沉重舒长的声音,就如同天降急雨;最细的弦发出急促轻幽的声音,就好像窃窃私语。⑱ 间关二句:间关,鸟叫声。这二句形容琵琶声时而如花丛中黄莺鸣叫般悠扬宛转,时而又如冰面下泉水流淌般艰涩难通。⑲ 冰泉二句:形容琵琶声如泉水结冰滞涩,直至最终突然停止。⑳ 银瓶二句:迸,溅射。这二句形容琵琶声在短暂停顿后又突然爆发,如同银瓶破裂,水浆四溅;而后又变得铿锵激昂,如同骑兵突现,刀枪撞击发声。㉑ 曲终二句:拨,弹奏弦乐时使用的工具。二句是说,乐曲结束,用拨子在琵琶中部划过四弦,发出如撕裂布帛般的声音。㉒ 敛容,收敛面部表情,保持矜持的态度。㉓ 虾蟆陵,在长安城东南曲江附近,是当时著名的游乐场所。㉔ 名属句:教坊,唐代管理音乐杂技、教练歌舞的机构。这句是说,琵琶女演奏技艺出众,被列入教坊中最优秀的表演队伍。㉕ 曲罢二句:秋娘,当时长安著名的倡女。二句是说,琵琶女技艺精湛,让知名的乐师也佩服;容貌出众,又遭到著名倡女的嫉妒。㉖ 五陵二句:五陵,长安城外有汉代五位皇帝的陵墓,后来成为贵族富豪聚居的地方。缠头,赠送给歌舞伎的锦帛之类的彩礼。二句是说,豪族子弟争着向她赠送彩礼,弹罢一支曲子,不知会得到多少精美的丝织品。㉗ 钿头二句:在酒宴上用镶有珠宝的云形发饰击打节拍,以至于将

之敲碎;穿着的红色罗裙被泼翻的酒弄脏了。㉘ 今年二句:就这样年复一年随随便便地度过,美好的时光却轻易地流逝了。㉙ 阿姨,即鸨母。㉚ 颜色故,容颜衰老。㉛ 浮梁,今江西省景德镇,是当时茶叶贸易的集散地。㉜ 夜深二句:阑干,这里指泪流纵横的样子。二句是说,深夜梦见年轻时的情景,睡梦中泪水和脂粉混在一起,形成斑斑泪痕。㉝ 唧唧,叹息声。㉞ 岂无二句:呕(ōu)哑嘲(zhāo)哳(zhā)声音繁杂琐碎。二句是说,虽然有山歌和村笛,但声音嘈杂,难以入耳。㉟ 莫辞二句:翻,依照曲调来谱写歌词。二句是说,请不要推辞,再弹奏一曲,让我为你写一首《琵琶行》诗。㊱ 却坐句:退回原地,重新坐下,调紧琴弦。㊲ 凄凄二句:向前,先前。掩泣,掩面而泣。二句是说,音调凄凉,与先前演奏的曲子完全不同,在场的人听了都掩面流泪。㊳ 青衫,唐代八、九品文官的服色为青色。白居易当时官阶为将仕郎,从九品,故服青色。

【评析】

　　本篇与《长恨歌》都是白居易最负盛名的作品。白居易去世后,唐宣宗曾经写诗凭吊,其中就有"童子解吟《长恨》曲,胡儿能唱《琵琶》篇"的句子。

　　全诗以叙事为主,同时也充满了强烈的抒情气氛。作者先是刻画琵琶女演奏技艺之高,运用了各种比喻来增强形象性,诗歌的节奏也是急徐顿挫,交错纷呈。随后采用第一人称来回顾生平,通过今昔对比来表现琵琶女的凄惨境遇。而诗人也深有感触,联想到自己谪居生活的失意痛苦。两人相似的经历最终激起了彼此内心深处强烈的共鸣。琵琶女重操一曲,哀感顽艳;诗人则情难自已,泪湿青衫。

　　作品声韵和谐优美,节奏流畅多变,叙事简洁凝练,描写绘声绘色,显示出诗人卓绝的艺术才能。作者描写的虽然是"逐臣与弃妾,零落心可知"(南朝梁王僧孺《何生姬人有怨》)这样的传统题材,但却能将社会地位低贱的歌女视为知己,发出"同是天涯沦落人,相逢何必曾相识"的肺腑之言,从而迥异于以往歌咏歌女的诗篇。

## 赋得古原草送别

离离原上草①,一岁一枯荣②。野火烧不尽,春风吹又生。远芳侵古道③,晴翠接荒城④。又送王孙去⑤,萋萋满别情⑥。

【题解】

这是作者少年时的作品。传说他曾经去谒见顾况,因为此诗而受到盛赞,名声大振。其事虽不可信,但可见此诗之著名。赋得,唐代以诗取士,凡是依照指定的题目作诗,照例要在题目上加"赋得"两字。

【注释】

① 离离,长的样子。② 一岁句:野草每年都要经历一次繁茂和枯萎。③ 远芳,一望无际的草丛。④ 晴翠,在阳光照耀下的青草。⑤ 王孙,贵族子弟,这里泛指远游的人。⑥ 萋萋,草繁盛的样子。

【评析】

这是一首命题之作,因此诗人在创作时紧扣诗题,前半部分咏"古原草",后半部分写"送别",层次分明。首联描绘郊原上野草丰茂的景象,虽然"枯""荣"并举,但着眼点实在于后者。颔联对野草所具有的顽强生命力大加赞颂。从形式上看是工整的流水对,从意义上讲则蕴含着昂扬乐观的精神,具有深刻的寓意。颈联承上启下,既展现古原草的繁盛丰美,又暗示出远游者经行的道路,自然地引出送别的场景。尾联用《楚辞·招隐》"王孙游兮不归,春草生兮萋萋"的句意,一方面点明"送别"主旨,另一方面又与首句呼应,使全篇结构显得相当严谨。

# 自河南经乱,关内阻饥,兄弟离散,各在一处。因望月有感,聊书所怀,寄上浮梁大兄、於潜七兄、乌江十五兄,兼示符离及下邽弟妹

时难年荒世业空①,弟兄羁旅各西东。田园寥落干戈后,骨肉流离道路中。吊影分为千里雁,辞根散作九秋蓬②。共看明月应垂泪,一夜乡心五处同③。

【题解】

贞元十六年(800)作者在洛阳应举,怀念起因为战乱而流离失散在各地的兄弟姐妹,便写下了这首诗。河南经乱,关内阻饥,指贞元十五年(799)宣武节度使(治所在今河南省开封市)董晋死后,部下叛乱,其后彰义节度使(治所在今河南省汝南县)吴少诚又举兵叛乱,由此造成关中一带发生饥荒。关内,唐代关内道辖今陕西中部、北部以及甘肃东部地区。阻饥,艰难饥饿。浮梁大兄,作者的长兄白幼文,贞元十四(798)、十五年(799)间担任饶州浮梁(今江西省景德镇)主簿。於潜七兄,作者从兄,名未详,曾担任於潜(今浙江省临安市)尉。乌江十五兄,作者从兄白逸,时任乌江(今安徽省和县)主簿。符离,当作苻离,今安徽省宿州市东北。建中三年(782)左右,作者全家因避难而迁居于此。下邽,今陕西省渭南市,作者故乡。

【注释】

① 世业,指祖先遗留下来的产业。② 吊影二句:吊影,对影自怜,比喻孤独寂寞。九秋,九月深秋。蓬,蓬草,秋季被风吹动,连根

拔起,到处飘荡,比喻人流离失所。二句是说,弟兄分散,如同失群的大雁,只能对影自怜;远离故土,犹如深秋的蓬草,只能四处漂泊。③ 一夜句:这一晚分散在五个地方(浮梁、於潜、乌江、符离和洛阳)的兄弟姐妹们怀念故乡(下邽)的心情和自己是完全相同的。

【评析】

　　作者用质朴的语言和真挚的情感抒写了战乱时期家业废弃、手足离散给自己带来的巨大伤痛。前两联据实直书,一气贯穿,充满孤苦落寞之情。颈联以"千里雁"、"九秋蓬"作比,突出乱世之中身不由己、漂泊无依的无奈和凄楚。尾联则由自己的深夜不寐、怀念亲人推想到分散在各地的兄弟姐妹们也同样满怀着思乡怀人之情,将现实与想象融而为一,使全篇的意蕴更为深厚绵长,耐人回味。

## 钱塘湖春行

　　孤山寺北贾亭西①,水面初平云脚低②。几处早莺争暖树,谁家新燕啄春泥。乱花渐欲迷人眼,浅草才能没马蹄。最爱湖东行不足,绿杨阴里白沙堤③。

【题解】

　　本篇约作于长庆三(823)、四年(824)间,作者时任杭州刺史。作品描写了杭州西湖在初春时的景色。钱塘湖,西湖,在今浙江省杭州市西。

【注释】

　　① 孤山寺,即永福寺,又名广化寺。孤山在西湖中后湖和外湖之间。贾亭,贞元中,贾全为杭州刺史,曾在西湖造亭,被称为贾公亭。② 云脚,雨前或雨后接近地面的云气。③ 白沙堤,即今西湖白

堤,又名断桥堤、孤山路,曾被误传为白居易所筑。

【评析】

全诗由"孤山寺"、"贾亭"兴起,最后又归结至"湖东"、"白沙堤",中间则铺叙绕湖游览时所见到的各种景物,布局富有变化,而又条理井然。颔联从动态的飞禽着手,描摹早莺新燕争逐筑巢时欢快忙碌的情景。颈联虽从静态的花草落笔,但能静中显动,点染出春日蓬勃的生机。这两联体物入微,富有层次,属对工整,却并不嫌其板滞。全篇洋溢着诗人对西湖美好春光的热爱,表现出愉悦舒畅的心情。

## 邯郸冬至夜思家

邯郸驿里逢冬至①,抱膝灯前影伴身。想得家中夜深坐,还应说着远行人②。

【题解】

本篇约作于贞元二十年(804),描写冬至之夜,独在异地怀念家人的情景。邯郸,唐时属河北道磁州,即今河北省邯郸市。冬至,农历二十四节气之一,是古代重要的节日。

【注释】

① 驿,驿馆。② 想得二句:料想夜深时家里人围坐在一起,应当还在谈论着我这个外出远游的人。

【评析】

前两句描写作者于冬至佳节仍飘零在外,不得与家人欢聚,只能孤灯相伴,对影自怜,充满孤寂凄凉的气氛。后两句并没有直接抒写自己对亲友的殷切思念,而是翻进一层,推想亲友们此时也正围坐在一起,挂念着远行之人。至于他们谈说的具体内容,作者当时自然有着丰富的联想,但在诗中却不着一字,留给读者非常广阔的想象空间。这样一种由己及人的表现手法,在白居易的作品中屡见不鲜,如《客上守岁在柳家庄》:"故园今夜里,应念未归人。"《江楼月》:"谁料江边怀我夜,正当池畔思君时。"《望驿台》:"两处春光同日尽,居人思客客思家。"这些都与王维"遥知兄弟登高处,遍插茱萸少一人"(《九月九日忆山东兄弟》)的意境相似。

## 元　稹 三首

元稹(779—831),字微之,鲜卑族后裔,世居京兆万年(今陕西省西安市)。贞元九年(793)明经及第。后担任监察御史。因为得罪了宦官,被贬为江陵士曹参军。穆宗时不断升迁,官拜宰相。后又担任过同州刺史、尚书左丞、武昌军节度使等职。与白居易友善,都擅长作诗,并称为"元白"。有《元氏长庆集》。

## 遣悲怀(其一)

谢公最小偏怜女①,自嫁黔娄百事乖②。顾我无衣搜荩箧,泥他沽酒拔金钗③。野蔬充膳甘长藿,落叶添薪仰古槐④。今日俸钱过十万,与君营奠复营斋⑤。

【题解】

元和四年(809),元稹的妻子韦丛逝世,年仅二十七岁。他为此写过不少悼亡之作,以排遣内心的悲痛之情。本题共有三首,这是其中第一首。从诗中所述情景推断,当为作者显贵以后的作品。

【注释】

① 谢公句:东晋宰相谢安最偏爱侄女谢道韫。这里用来比喻身

为幼女的韦丛最得其父韦夏卿的宠爱。② 自嫁句：黔娄是春秋时期齐国的隐士，安贫自守。乖，不顺利，不如意。作者在这里以黔娄自况，说妻子自从嫁给自己以后事事都不如意。③ 顾我二句：荩(jìn)箧，用荩草编成的箱子。泥(ní)，软求，软缠。沽，买。二句是说，妻子看到我没有衣服穿了，就到衣箱里去翻找；我软磨硬缠，要钱买酒，她就拔下金钗来给我。④ 野蔬二句：甘，以为甘美。藿，豆叶。仰，依赖，依靠。这二句写妻子能够安于贫困的生活：以野菜作为食物，吃得很香甜；添加燃料，则要依靠古槐树的落叶。⑤ 今日二句：营，举行。营奠，设祭。营斋，设斋食以供僧道，为死者超度祈福。二句是说，现在已经显贵，却只能为妻子举行祭奠，超度亡灵而已。言外有不能与亡妻共享富贵生活的悲慨。

【评析】

首联借用典故暗寓妻子当年屈身下嫁之意。中间两联回忆婚后生活的贫苦艰辛，以及妻子生前的体贴贤惠。虽然只是一些日常琐事，从中却流露出作者对于亡妻的无限怜惜和愧疚之情。尾联则从往事的追忆回到现实之中，对于妻子的称呼也由先前的第三人称"他"转为第二人称"君"，仿佛直接面对爱妻，表露无法与之共享富贵的遗憾，抒写了内心深处的凄苦。

行　宫

寥落古行宫①，宫花寂寞红。白头宫女在，闲坐说玄宗。

【题解】

本篇作于元和四年(809)，当时作者正在洛阳担任监察御史。作

品借幽闭深宫之中的宫女谈论往事,引发了对于世事无常的感慨。行宫,皇帝外出时所居住的宫苑。

【注释】

① 寥落,冷清,冷落。

【评析】

前三句连用三个"宫"字,写触目所见的宫殿寥落、宫花寂寞、宫女白头,一派冷清荒凉的景象,今昔盛衰之感顿时显现出来。最后两句写红颜零落的宫女与世隔绝,百无聊赖之际只能追忆天宝遗事,凭吊往日的繁华。全诗含蓄蕴藉,韵味深远,寄托了诗人对于世事沧桑的深切感喟。

## 闻乐天授江州司马

残灯无焰影幢幢①,此夕闻君谪九江②。垂死病中惊坐起,暗风吹雨入寒窗。

【题解】

作者与白居易交谊深厚,情同手足。元和十年(815)三月,他被贬为通州司马。不久之后,白居易又因直言极谏而被贬为江州司马。此刻作者虽身染重疾,卧床不起,仍然奋笔直书,写下了这首诗。乐天,白居易字。江州,唐时属江西南道,辖今九江、瑞昌、德安、彭泽等地。

【注释】

① 幢(chuáng)幢,摇曳不定的样子。② 九江,江州的代称。

【评析】

首句烘托出凄清黯淡的悲凉气氛,表现谪居生活的困苦。次句写所闻之事,语气虽然平静,却正是为后两句的描写蓄势。第三句写自己的反应,"垂死病中"与"惊坐起"形成强烈的对比,表明自己感同身受,悲痛之至,因而支撑病躯,勉强坐起,两人情谊的深厚显露无遗。最后一句寓情于景,此时此刻的复杂感受是难以用言语来表达的,只有寒窗风雨这样愁苦的景象才能折射出自己当时的心境。同时末句又与首句呼应,更显得环境凄清,而情感也更为深沉。

## 刘禹锡 四首

刘禹锡(772—842),字梦得,洛阳(今河南省洛阳市)人。贞元九年(793)进士,又登博学宏词科。担任过渭南县主簿、监察御史。与柳宗元交谊深厚,一同参与了王叔文政治集团。宪宗时被贬为连州刺史、朗州司马。后又任主客郎中、太子宾客。与白居易屡有唱和,并称"刘白"。有《刘宾客文集》。

### 西塞山怀古

王濬楼船下益州,金陵王气黯然收①。千寻铁锁沉江底,一片降幡出石头②。人世几回伤往事,山形依旧枕寒流③。今逢四海为家日,故垒萧萧芦荻秋④。

【题解】

长庆四年(824)秋,作者由夔州刺史改任和州刺史。赴任途中经过西塞山,写下了这首怀古诗。借咏西晋伐吴的史事,来对当时日趋严重的藩镇割据现象提出警告。西塞山,在今湖北省大冶市东长江边,三国时是吴国重要的江防前线。

【注释】

① 王濬二句：王濬，字士治，西晋益州刺史，率战船伐吴。益州，西晋时治所在今四川省成都市。金陵，三国时吴国的首都，即今江苏省南京市。王气，古代传说凡是帝王所在之处上有祥瑞之气。二句是说，王濬率领的西晋战船自益州顺流而下，象征着吴国国运的祥瑞之气立刻就黯然消散。② 千寻二句：降幡，投降的旗帜。石头，石头城，故址在今南京市。二句是说，吴国用来横绝江面、阻挡战船行进的铁索被晋军烧断，沉入江底；吴国国王孙皓只能举旗投降。③ 人世二句：几回，总括东晋、宋、齐、梁、陈等建都于金陵的朝代而言。二句是说，世事历经几度盛衰成败，而西塞山依然峙立在长江岸边。④ 今逢二句：萧萧，草木摇落的声音。芦荻，芦苇和荻，都是生长在水边的植物。二句是说，如今国家统一，江上旧时的营垒都已被废置，只有芦荻发出悲凉的秋声。

【评析】

本篇将对历史的反思融入对现实的思索之中，格局纵横开阔，气势苍茫雄壮。前两联一气贯注，描写西晋灭吴，统一全国的史实，将西晋水军的势如破竹与东吴防御的溃不成军形成鲜明对比，揭示了恃险割据必遭覆败的结局。颔联先用"几回伤往事"概括六朝兴亡的历史，显得言简意赅，也使全诗详略有所变化；随后又以江山依旧来反衬人事变迁的频繁无常，充满了深沉的感喟。尾联则转向现实，一方面盛赞国家统一的局势，另一方面又以古讽今，用"萧萧芦荻秋"的荒凉景象警示当时的藩镇势力不要重蹈六朝覆灭的旧辙。

## 酬乐天扬州初逢席上见赠

巴山楚水凄凉地，二十三年弃置身①。怀旧空吟闻笛赋,到乡翻似烂柯人②。沉舟侧畔千帆过,病树前头万木春③。今日听君歌一曲,暂凭杯酒长精神。

【题解】

宝历二年(826)秋,作者罢和州刺史,被召回京,在扬州遇到了罢苏州刺史而北归的白居易。两人之前虽屡有唱和,但从未谋面。如今意外相逢,自然格外高兴。白居易当席赋有《醉赠刘二十八使君》,本篇是作者的酬答之作。

【注释】

① 巴山二句:巴山楚水,作者在贬谪期间所在的朗、和二州为古代楚地,夔州为古代巴子国地。二十三年,作者自永贞元年(805)被贬,至此实际上只有二十二年。但因白居易原诗中有"二十三年折太多"之句,又拘于平仄,故此处改为"二十三年"。二句是说,自己被贬至巴楚之地,至今已近二十三年。② 怀旧二句:旧,旧友,指王叔文与参加王叔文集团而遭受迫害的柳宗元等人。当时他们都已经死去。闻笛赋,晋人向秀有《思旧赋》,描写听到邻人笛声而怀念亡友的情景。烂柯人,传说晋人王质进石室山砍柴,观看两个童子下棋,局终之后,发现手里的斧头柄早已朽烂。回到家中才知道已经历百年,亲友都已去世(事见《述异记》等)。翻,却,反而。柯,斧柄。二句是说,自己此番回来,故人已经相继去世。③ 万木春,万树在春天欣欣向荣地生长。

【评析】

全篇情感跌宕起伏,于沉郁顿挫中见豪放雄健。首联回顾多年来艰辛的贬谪生活,情调凄楚,令人黯然神伤。颔联感慨此番归来,亲友凋零,恍如隔世,充满了无尽的惆怅和悲痛。颈联以"沉舟"、"病树"自况,以"千帆过"、"万木春"比喻许多士人仕途升迁,进一步倾诉了自己的蹉跎失意。尾联笔锋一转,说自己得到白居易的热情劝慰,将饮酒遣怀,重新振作精神。

## 乌 衣 巷

朱雀桥边野草花①,乌衣巷口夕阳斜。旧时王谢堂前燕,飞入寻常百姓家②。

【题解】

本篇出自作者的联章体咏史组诗《金陵五题》。据诗前小引,可知诗作于宝历年间任和州刺史时。在此之前,作者并没有游览金陵的经历,完全是通过自己的想象来进行创作,其中寄托了对于历史盛衰无常的深沉感喟。乌衣巷,故址在今南京市秦淮河南。

【注释】

① 朱雀桥,故址在今南京市镇淮桥东,邻近乌衣巷。花,这里是开花的意思。② 旧时二句:从前燕子在王、谢等豪族的宅第中筑巢安居,如今它们却飞进了平民百姓的屋舍。

【评析】

前两句描写环境的沉寂荒凉。乌衣巷本是东晋时期煊赫一时的王、谢家族聚居之地,不难想象昔日的繁盛,而今举目四望,一片荒芜,夕阳的余晖更添了几分凄清。后两句触景生情,燕子并不明白人世的沧桑巨变,但无形之中又见证了这一切。诗人借此寄寓了对六朝繁华一去不返的无限感慨,用笔极为深曲。北宋周邦彦《西河》"酒旗戏鼓甚处市?想依稀王谢邻里。燕子不知何世,入寻常巷陌人家,相对如说兴亡,斜阳里";南宋辛弃疾《沁园春》"朱雀桥边,何人会道,野草斜阳春燕飞",都直接化用了这首诗中的句子。

## 竹枝词（选一）

杨柳青青江水平，闻郎江上唱歌声。东边日出西边雨，道是无晴还有晴。

【题解】

作者于长庆年间出任夔州刺史，曾模仿当地的民歌，创作了两组共十一首《竹枝词》，集中反映了巴楚一地的风土民情。本篇是其中之一，描写少女在初恋时那种微妙复杂的心理。竹枝词，乐府题名，原本是唐代巴楚一带的民歌。

【评析】

首句展现少女眼前的景象，次句描写少女耳畔传来了意中人的歌声。青年男女时常借助歌声来表达对于异性的爱慕，因此少女格外留意究竟歌中在唱些什么。最后两句巧妙地利用眼前景物来作比喻。此时天气时而放晴，时而下雨，而自己的意中人也正像这捉摸不透的天气一样，搞不清他对自己到底是有情还是无情。表面上是在说天气是否放"晴"，实际上是借指人是否有"情"。这种谐音双关的手法将少女特有的迷惘相当准确而含蓄地表现出来。全诗至此戛然而止，留给读者无限遐想的余地，显得韵味无穷。

# 卷九　晚唐诗

## 李德裕 一首

李德裕(787—850),字文饶,赵郡赞皇(今河北省赞皇县)人。宰相李吉甫之子,历任中书舍人、御史中丞、浙西观察使、兵部尚书、淮南节度使等职。会昌年间,以宰相拜太尉,封卫国公。宣宗时,因为政见不合而被贬为崖州司户参军。有《会昌一品集》。

### 登崖州城作

独上高楼望帝京,鸟飞犹是半年程①。青山似欲留人住,百匝千遭绕郡城②。

【题解】

大中二年(848)九月,作者受到当时执政的白敏中、令狐绹的陷害,被贬为崖州司户参军。本篇是在次年正月初抵崖州时所作。崖州城,故址在今海南省琼山县东。

【注释】

① 鸟飞句:指京城距此路途遥远,鸟飞尚且需要半年行程。
② 百匝千遭:重重迭迭。

【评析】

本篇抒写登高望远时的所见所感。前两句极言贬地僻远、处境孤独,透露出对于君王、国家的深切怀念和依恋之情。后两句既写出了崖州城僻处群山之中的荒野,又运用拟人手法,抒发了身不由己、无可奈何的郁闷和哀怨。柳宗元《与浩初上人同看山寄京华亲故》云:"海畔尖山似剑芒,秋来处处割愁肠。若为化得身千亿,散上峰头望故乡。"同样表现迁谪失意之情,与本篇颇为相似。但就风格而言,柳诗凄厉迫切,而李诗悱恻抑郁,又略有不同。

## 张 祜 一首

张祜(792?—854),字承吉,南阳(今河南省邓县)人。早年浪迹江湖,狂放不羁。屡次参加科举考试,都没有考取。大和年间得到令狐楚的赏识,特别加以推荐,却被元稹抑退。后转徙各地,晚年隐居丹阳(今江苏省丹阳市)。有《张承吉集》。

## 观魏博何相公猎

晓出郡城东,分围浅草中①。红旗开向日,白马骤迎风②。背手抽金镞③,翻身控角弓④。万人齐指处,一雁落寒空。

【题解】

这是一首观猎之作,当时就为人称赏。白居易以为与王维的《观猎》难分上下。魏博何相公,指何进滔,自大和三年(829)起任魏博等州节度观察处置等使达十余年之久。魏博,唐代方镇名,治魏州(今河北省大名县东北)。诗题又作《观徐州李司空猎》。李司空,疑指李恕,元和十三年(818)至十五年(820)担任过徐州节度使。

【注释】

① 分围,分散合围。② 骤,马奔驰。③ 镞(zú),箭头。这里借指箭。④ 翻身,转身。控,拉开。角弓,以兽角为饰的硬弓。

【评析】

首联交代此次围猎的时间、地点。颔联表现围猎者队伍整齐、精神饱满,场面壮阔,色彩鲜亮,为主要人物的出场作了很好的铺垫。颈、尾两联一气呵成,抓住翻身射雁这一扣人心弦的瞬间,集中展现了主人公的身手矫健、射术超群。韩愈《雉带箭》云:"原头火烧静兀兀,野雉畏鹰出复没。将军欲以巧伏人,盘马弯弓惜不发。地形渐窄观者多,雉惊弓满劲箭加。冲人决起百余尺,红翎白镞相倾斜。将军仰笑军吏贺,五色离披马前堕。"表现的内容与本篇相似,而铺排更显丰富。

## 题 金 陵 渡

金陵津渡小山楼,一宿行人自可愁。潮落夜江斜月里,两三星火是瓜州①。

【题解】

这是作者漫游江南时期的作品。金陵渡,这里指镇江的渡口。古时也称镇江为金陵。

【注释】

① 两三句:星火,指灯光。瓜州,原为长江中的沙洲,后称瓜洲镇。在今江苏省江都县南,与镇江隔江相对。这句是说,几点灯火闪烁的地方正是瓜州。

【评析】

　　本篇展现夜泊金陵渡时的羁旅愁思。后两句描写深夜江上萧瑟凄清的景色,笔法轻灵,境界幽美;同时又渲染出游子内心的孤寂伤感,显得情景交融,韵味悠远。意境风味与张继《枫桥夜泊》一诗颇为相似。

## 赵嘏 一首

　　赵嘏(806?—852),字承祐,楚州山阳(今江苏省淮安市)人。早年担任过元稹、沈传师的幕宾。大中时担任过渭南尉。与杜牧交好。擅长七言律绝。

### 江楼感旧

　　独上江楼思渺然①,月光如水水如天。同来望月人何处,风景依稀似去年。

【题解】

　　本篇描写作者独自一人在江畔高楼怀念故人时的情景。

【注释】

　　① 渺然,空虚渺茫的样子。

【评析】

　　前两句表现登楼望月的情景,月、水、天三者交相辉映,连成一片,显得格外恬静优美,但诗人心中涌起的却是怅惘迷离之情。后两句则道出个中原由,原来此番本是故地重游,而昔日的游伴已不知飘零何处。用"依稀"暗示风光虽然依旧,但物是人非,在诗人内心深处难免会勾起几分遗憾。崔护《题都城南庄》云："去年今日此门中，人面桃花相映红。人面不知何处去，桃花依旧笑春风。"也同样采用了今昔对比的手法，但在展现人物微妙心理方面似乎不及本篇来得委婉细腻。

## 许浑 二首

许浑（791？—？），字用晦，一作仲晦，润州丹阳（今江苏省丹阳市）人。担任过监察御史，睦州、郢州刺史。与杜牧、李频、李远等人交好。擅长七律，尤工登临怀古之作。有《丁卯集》。

## 咸阳西门城楼晚眺

一上高城万里愁，蒹葭杨柳似汀洲①。溪云初起日沉阁②，山雨欲来风满楼。鸟下绿芜秦苑夕，蝉鸣黄叶汉宫秋③。行人莫问前朝事，渭水寒声昼夜流④。

【题解】

这是作者在秋日黄昏登咸阳故城时的怀古之作。大约创作于大中三年（849）任监察御史期间。此后不久，他便抱疾东归。咸阳，秦、汉二代都城，故址在今陕西省西安市西北。

【注释】

① 蒹葭句：蒹葭，芦苇一类的植物。汀洲，水中的小洲。这句是说，远望一片蒹葭、杨柳，其地是水中的小洲。② 溪云句：这句下有作者自注："南近磻溪，西对慈福寺阁。"日沉阁，夕阳隐没在寺阁之后。③ 绿芜，丛生的杂草。秦苑、汉宫：指秦朝苑囿、汉代宫殿的遗

址。④ 渭水,河水名,流经咸阳。

【评析】
　　首联写作者登临远眺,因目睹四周景物而生发浩荡的愁思。颔联是最为后人所称道的名句,描绘了云起日沉、狂风满楼、山雨欲来的场景,渲染出凄切动荡的气氛。在音调方面也刻意改变了律句固有的规律,出句"日"字当平而仄,用对句"风"当仄而平来加以补救。由此避免了诗律过于圆熟的弊病,显得峭拔清俊。这种"拗救"的手法在许浑的作品中颇为常见,对于后世影响甚大,被称为"丁卯句法"。颈联点明作者所见系秋日傍晚秦汉遗址的景象,进一步衬托出凄凉的气氛。尾联承上作排解语,表现了对历史兴亡的深沉感喟。

## 谢亭送客

　　劳歌一曲解行舟①,红树青山水急流。日暮酒醒人已远,满天风雨下西楼。

【题解】
　　开成四年(839)至会昌元年(841),作者在宣城(今安徽省宣城市)任职。这是在此期间送别友人之作。谢亭,即谢公亭,在今安徽宣城北,相传为南齐谢朓任宣城太守时所建。

【注释】
　　① 劳歌,原指在劳劳亭(三国时吴建,为送别之地)送客时所唱之歌,这里是泛指惜别之歌。解行舟,指被送者解开缆绳出发。

【评析】
　　作者要表现与友人离别时的愁情别绪,却并不直抒胸臆,而是善于借景寓情,使得整首诗显得含蓄蕴藉,韵味悠远。前两句描写离别时的场面,用"红树青山"这样明丽高爽的景致来反衬内心的抑郁忧伤。后两句写别后酒醒的情景,行舟已远,本就让人倍觉怅惘孤寂,再加上风雨满楼,更烘染出凄迷黯淡的氛围。

## 朱庆馀 一首

朱庆馀(生卒年不详),字可久,越州(今浙江省绍兴市)人。担任过秘书省校书郎。擅长五律、七绝,多为送别酬赠和题咏纪游之作。与贾岛、姚合、顾非熊等人多有唱和,尤其得到张籍的赏识。

## 宫 词

寂寂花时闭院门①,美人相并立琼轩②。含情欲说宫中事,鹦鹉前头不敢言③。

【题解】

本篇描写宫廷环境的寂静森冷,从中透露出宫女内心的落寞苦闷。

【注释】

① 花时,春日。② 琼轩,装饰华美的廊台。③ 鹦鹉句:意思是说生怕鹦鹉学舌,将她们所说的话透露出去,所以不敢在鹦鹉面前说话。

【评析】

首句寓情于景,宫门深闭,虽当春日,却给人以抑郁空寂的感觉,暗示出主人公芳华虚度的寂寞和凄苦。后三句写宫女并立,本想互诉衷肠,吐露内心的愁怨,但又欲说还休。诗人对个中情事并不点破,而是以"鹦鹉前头"为托词,显得格外委婉含蓄,而又使人深刻领会到宫女心中的压抑苦闷。

## 项 斯 一首

项斯(生卒年不详),字子迁,台州(今浙江省临海市)人。早年过着隐居生活。因为作品受到张籍、杨敬之的赏识,名声大振。后担任过丹阳县尉。创作风格多仿效张籍。

### 江 村 夜 泊

月落江路黑①,前村人语稀。几家深树里②,点火夜渔归③。

【题解】

作品描绘了夜晚停泊在渔村时所见的景象。

【注释】

① 江路,江边的道路。② 深树,茂密的树丛。③ 点火,微弱的灯火。

【评析】

全篇语言清新自然,写景生动真切。前两句描写夜色深沉、万籁俱寂的情景,渲染了清冷静谧的气氛。后两句转而写树丛掩映下的几户人家,以及江上数艘夜归的渔船,使得整幅画面静中寓动,饶有余韵。

### 李群玉 二首

李群玉(？—862?)，字文山，澧州（今湖南省澧县）人。经裴休、令狐绹大力推荐，担任过弘文馆校书郎。后弃官南归。与张祜、杜牧等人都有交往唱酬。有《李群玉集》。

## 黄 陵 庙

小姑洲北浦云边，二女啼妆自俨然①。野庙向江春寂寂，古碑无字草芊芊②。东风日暮吹芳芷③，月落山深哭杜鹃④。犹似含颦望巡狩，九疑如黛隔湘川⑤。

【题解】

这是作者辞去弘文馆校书郎之职，归乡途中的作品。黄陵庙，故址在今湖南湘阴县北洞庭湖畔，当地人专用于奉祀传说中帝舜的二位妃子娥皇和女英。

【注释】

① 小姑洲二句：小姑洲，黄陵庙附近的洲名。浦，江岸。啼妆，传说舜南巡时死于湖南，娥皇和女英闻讯后赶到洞庭湖边，泪洒竹林，投水而死。俨(yǎn)然，宛然，好像真的一样。二句是说，小姑洲以北云水相映的地方就是黄陵庙，庙里两尊女神的塑像栩栩如生，好像还在为舜的不归而悲泣。② 芊(qiān)芊，草很茂盛的样子。③ 芷，白芷，水边生长的一种香草。④ 杜鹃，鸟名，春深时啼鸣，声音悲切。⑤ 犹似二句：含颦，愁眉不展。巡狩，帝王外出巡行。这里指南巡的舜。九疑，九疑山，亦名苍梧山，在今湖南宁远县南，传说舜死

后埋葬于此。黛,青黑色的颜料。湘川,湘江。二句是说,神像紧锁眉头,似乎期盼着舜巡狩归来;而远隔着湘江,九疑山色青黑如黛(舜已长眠山中,再也不能回来了)。

【评析】

作者在任校书郎期间蒙受冤屈,愤而弃官南归。本篇虽是吊古,对二妃的不幸遭遇深表同情,但其中似也隐隐蕴含着诗人自己落寞愁苦的情感。首联交代黄陵庙所处的位置以及二妃塑像的栩栩如生。中间两联描写周围环境的荒凉凄清,令人触景伤情,更真切地体会到二妃内心的悲痛和惆怅。尾联想象二妃至死不渝,依然满怀深情,期盼着舜帝的归来,而作者也在其中寄寓了无尽的遗憾和悲伤。

## 放　鱼

早觅为龙去,江湖莫漫游①。须知香饵下,触口是铦钩②。

【题解】

这是一首咏物诗,富有哲理,耐人寻味。

【注释】

① 早觅二句:为龙,传说黄河里的鱼越过龙门山就可以化身为龙。二句是说,希望被放生的鱼及早寻觅到机会腾化为龙,而不要在江河湖泊中到处漫游。② 铦(xiān)钩,锋利的钓钩。铦,锋利。

【评析】

本篇构思巧妙,寓意深远。表面上是在告诫鱼儿勿贪一时口腹之欲而遭杀身之祸,实际上却是意在言外,暗喻世路险恶,危机四伏,其中包含着诗人对社会生活的深刻体验和认识。汉代乐府诗中有一篇《枯鱼过河泣》云:"枯鱼过河泣,何时悔复及。作书与鲂鱮,相教慎出入。"寓意与本篇相仿,而想象更为奇特。

## 马　戴 一首

马戴(生卒年不详),字虞臣,曲阳(今江苏省东海县西南)人。担任过朗州龙阳尉、国子博士等官职。与贾岛、姚合、殷尧藩等人友善,所作以五律为主。

### 落 日 怅 望

孤云与归鸟,千里片时间①。念我一何滞,辞家久未还。微阳下乔木,远色隐秋山②。临水不敢照,恐惊平昔颜③。

【题解】

本篇抒写滞留异乡、难以回归的怅惘心情。

【注释】

① 孤云二句:云飘、鸟飞都很迅捷,片刻之间就可达千里之外。② 微阳二句:落日余晖原先映照树梢,渐渐地也暗淡了;远处的暮色将秋日的山峦隐没了。③ 临水二句:不敢在河水边照自己的影子,害怕容貌衰老憔悴,今非昔比。

【评析】

本篇表现作者在黄昏时分遥望故乡时的所见所感。前两联以孤云、归鸟的自由自在与自己的流落异乡作对比,触动内心的郁闷和怅惘,颈联描写傍晚夕阳黯淡、余晖返照的苍茫景象,进一步渲染落寞感伤的气氛。尾联则感慨年华流逝,容颜渐老,而辞家日久,归期无定,愈加显得凄楚感人。

## 鱼玄机 一首

鱼玄机(844?—868),字幼微,一字蕙兰,长安(今陕西省西安市)人。早年为李亿之妾,后出家为女道士。与温庭筠、李郢等人都有过唱和。有《鱼玄机诗》。

## 江陵愁望有寄

枫叶千枝复万枝,江桥掩映暮帆迟①。忆君心似西江水②,日夜东流无歇时。

【题解】

这是作者寄赠情人的诗。江陵,今属湖北。

【注释】

① 掩映,时隐时现。② 西江,指江陵一带的长江。

【评析】

全篇声调悠扬,情思缠绵。前两句描写江岸凝望所见,枫林渐染,枝叶复迭,江桥若隐若现,帆船在暮色中缓缓驶过。后两句则由长江起兴,将相思之情比作东流之水,极言其绵长无尽。类似的比喻在古代诗词中颇多,在此之前,如建安时期徐幹《室思》云:"思君如流水,无有穷已时。"在此之后,如南唐后主李煜《虞美人》云:"问君能有几多愁,恰似一江春水向东流。"

## 曹邺 一首

曹邺(生卒年不详),字业之,一作邺之,桂州阳朔(今广西壮族自治区阳朔县)人。担任过太常博士、祠部郎中、洋州刺史等官职。专攻古体诗,风格古朴,多讥讽时事。有《曹祠部集》。

## 官仓鼠

官仓老鼠大如斗,见人开仓亦不走。健儿无粮百姓饥①,谁遣朝朝入君口②。

【题解】

本篇借斥责官仓中的老鼠来讽刺贪得无厌、肆无忌惮的官吏。

【注释】

① 健儿,指士兵。② 谁遣句:君,指官仓鼠。这句是说,到底是谁让粮食天天落到你口中的。

【评析】

《诗经·魏风·硕鼠》里有"硕鼠硕鼠,无食我黍"的句子,将贪婪的剥削者比作田间的大老鼠。本篇构思与之一脉相承,而语气更显怨恨愤怒。前两句描写官仓鼠饱食终日,体形健硕,而且明目张胆,毫无畏惧。第三句转写保家卫国的士兵和辛勤耕作的百姓却要忍饥挨饿,与前面描写的情景形成鲜明的对比,使人触目惊心,倍感愤慨。于是第四句就顺理成章地追问究竟是谁造成了这种不合理、不公正的现象。意在言外,引人深思。

## 来　鹏 一首

来鹏(生卒年不详),一作来鹄,豫章(今江西省南昌市)人。屡次参加科举考试,都未能被录取。广明初避乱游荆襄。中和时客死于扬州。作品大多关心民生,讥讽权贵。

千形万象竟还空,映水藏山片复重①。无限旱苗枯欲尽,悠悠闲处作奇峰②。

【题解】

本篇描写盛夏干旱时的情景,暗寓讥讽之意。

【注释】

① 片复重,指云时而独立成片,时而重重叠叠。② 悠悠句:指云悠闲地变幻成山峰的形状。

【评析】

这首咏物诗并不以穷形尽相为能事,而是借物喻人,别有寄托,锋芒直指徒为空言、不恤民情的执政者。前两句表现夏云形状的变幻多端,有时重重叠叠,将山头都包裹住了,但终究不曾下雨,使人们盼望甘霖的希望破灭。第四句则描写夏云的悠闲逍遥、自娱自赏。中间插入第三句,强调在这怡然自得的白云之下正是干枯欲尽的禾苗,整首诗因而显得波澜起伏,跌宕有致。北宋释奉忠《夏云》诗云:"如峰如火复如绵,飞过微阴落槛前。大地生灵干欲死,不成霖雨漫遮天。"在构思、布局上都和本篇相仿。

## 聂夷中 一首

聂夷中(生卒年不详),字坦之,河南中都(今河南省沁阳市)人。担任过华阴县尉。擅长五古,风格古朴浅易,大多反映民生疾苦。

### 田　家

父耕原上田,子劚山下荒①。六月禾未秀②,官家已修仓。

**【题解】**

本篇反映农民所受到的无情剥削。

**【注释】**

① 劚(zhú),松土除草。② 秀,禾类植物开花结穗。

**【评析】**

作者曾有五律《咏田家》云:"二月卖新丝,五月粜新谷。"说的是农家为了缴纳官府的租税,二月尚未开始养蚕就预先出售蚕丝,五月刚插完秧苗就预先出卖新谷。本篇立意与之相仿,纯用白描手法,言简意深。前两句描写农家父子辛勤耕作,开垦荒地。后两句则转从官府的角度着笔,并不说其催缴租税,而只提及提前修建粮仓,讥刺之意更甚。

## 陈　陶 一首

陈陶(803?—879?),字嵩伯,长江以北人。大和初南游江南、岭南等地。大中时期隐居于洪州(今江西省南昌市)西山。擅长乐府。

## 陇西行（其二）

誓扫匈奴不顾身①，五千貂锦丧胡尘②。可怜无定河边骨③，犹是春闺梦里人。

【题解】

陇西行，乐府题名，属相和歌瑟调曲。原作共四首，本篇列第二，反映了边境的长期纷战给人民带来的痛苦。

【注释】

① 匈奴，我国古代北方少数民族之一。这里借指当时北方的少数民族。② 貂锦，貂皮裘和锦衣，借指将士。③ 无定河，黄河中游处的支流，在今陕西北部。

【评析】

前两句表现战士奋勇杀敌，写出战事的惨烈悲壮。后两句把"河边骨"与"春闺梦"这两个形成强烈反差的意象联系在一起，写战士战死沙场，早已化为枯骨，而家人却还未闻噩耗，仍然日夜牵挂，满怀希望，甚至形诸梦寐，诗意由此显得格外沉痛哀婉。

### 章碣 一首

章碣（生卒年不详），睦州桐庐（今浙江省桐庐县）人。咸通间以诗著称，但屡次参加科举考试都没有被录取，流落毗陵等地。

# 焚 书 坑

竹帛烟销帝业虚①,关河空锁祖龙居②。坑灰未冷山东乱③,刘项元来不读书④。

【题解】

秦始皇统一全国之后焚书坑儒,其地点相传在今陕西临潼东南骊山之上。

【注释】

① 竹帛句:竹帛,指书籍。古代书籍都刻在竹简或写在布帛上。这句是说,秦始皇焚书之举并未能巩固秦王朝的统治,焚书的烟雾已经消散,秦始皇开创的帝业也早已成空。② 关河句:关河,指函谷关与黄河。祖龙,指秦始皇。据《史记·秦始皇本纪》,始皇末年,有神秘人物出现,对使者说:"今年祖龙死。"祖,始。龙,人君之象。这句是说,即使有函谷关与黄河这样险固的地形,也是徒然,并不能保全秦朝的政权。③ 山东乱,指秦二世元年(前209)山东郡县少年响应陈涉等领导的起义,纷纷举兵反抗秦朝统治。④ 刘项,刘邦、项羽。元来,原来。

【评析】

秦始皇焚书坑儒的目的是加强思想控制,巩固独裁统治,但最终还是事与愿违,适得其反。这首咏史诗由此切入,生发议论,运用夸张冷隽的笔法,于揶揄调侃中寄托了深刻尖锐的讽刺。元代陈孚《博浪沙》云:"一击车中胆气豪,祖龙社稷已惊摇。如何十二金人外,犹有人间铁未销。"感慨秦始皇搜集天下兵器铸造成十二金人,却仍然在博浪沙遭到刺杀。立意与本篇相似。

## 张　蠙 一首

张蠙(生卒年不详),字象文,清河(今河北省清河县)人。担任过校书郎、栎阴尉、犀浦令等官职。后出仕前蜀,担任膳部员外郎、金堂令等职。

### 登单于台

边兵春尽回①,独上单于台。白日地中出,黄河天外来②。沙翻痕似浪,风急响疑雷。欲向阴关度③,阴关晓不开。

【题解】

作者早年曾游历塞外,写了不少表现边塞风情的作品,本篇就是其中之一。单(chán)于,匈奴的最高首领称为单于。单于台,在今内蒙古呼和浩特西,相传汉武帝曾率兵登临此处。

【注释】

① 边兵句:驻守边关的军队春日全都撤回。② 白日二句:明晃晃的太阳仿佛从地中涌出,浩荡的黄河仿佛从天外奔泻而来。③ 阴关,阴山上的关隘。阴山在今内蒙古南部,是汉代抗击匈奴入侵的主要屏障。

【评析】

本篇表现春日清晨登高所见的边塞风光,境界开阔,风格浑朴,气势磅礴。"白日"两句描写旭日初升、黄河奔腾的景象,用语简洁浑成,气象雄伟寥廓。李白《将进酒》有"黄河之水天上来"之句,此处当受到李诗的影响。"沙翻"两句描写黄沙翻滚、狂风呼啸的场景,比喻贴切生动。最后两句感慨欲出阴山关隘而不得,未能尽览边塞风光,于慷慨激昂中又带有几分郁勃不平之气。

## 金昌绪 一首

金昌绪(生卒年不详),余杭(今属浙江省杭州市)人。大中(宣宗年号)前在世。仅存诗一首。

### 春 怨

打起黄莺儿,莫教枝上啼。啼时惊妾梦,不得到辽西①。

【题解】

本篇表现闺中少妇对远征丈夫的思念。

【注释】

① 辽西,辽河以西,在今辽宁省西部。古代诗歌中常把它作为东北边塞的代称。

【评析】

全诗语言生动,一气呵成,在语意上又环环紧扣,蝉联而下。黄莺活泼灵巧且啼声宛转,本应惹人喜爱,此刻却偏偏要将它打起,原来只是为了让它不再鸣叫。如此做的原因是莺啼惊醒睡梦,而这梦又并非寻常的梦,正是远去辽西和丈夫欢聚的美梦。这样层层深入,极尽曲折委婉之妙。南朝乐府《读曲歌》云:"打杀长鸣鸡,弹去乌臼鸟。愿得连冥不复曙,一年都一晓。"本篇在构思上或许受到该诗的影响。

## 吴 融 二首

吴融(？—903)，字子华，越州山阴(今浙江省绍兴市)人。相继担任过侍御史、左补阙、翰林学士、户部侍郎等官职。作品多为送别酬赠和纪游题咏。有《唐英歌诗》。

### 书 怀

傍岩依树结檐楹，夏物萧疏景更清①。滩响忽高何处雨②，松阴自转此山晴③。见多邻犬遥相认，来惯幽禽近不惊。争得便夸饶胜事，九衢尘里免劳生④。

【题解】

本篇展现了隐居山野的闲适情怀。

【注释】

① 结，建造。檐楹，屋檐和柱子，这里指房屋。夏物，夏天的景物。萧疏，形容闲寂清爽。② 滩响句：河水冲击滩石的声响突然提高，不知是哪里下了雨，增加了河水的流量。③ 松阴句：此山依然天气晴好，阳光照射下，松树的影子自然移转(暗示闲静无事，时光流转)。④ 争得二句：争得，怎得。胜事，美好的事情。九衢，繁华的街市。劳生，辛苦劳累的生活。二句是说，怎么能向别人夸耀说这里有许多美好的事情呢？只不过可以免却在繁华都市中的辛劳生活罢了。

【评析】

全诗透露出一股悠然自得、知足闲适的情味。首联讲述在山野间结庐隐居。时值盛夏,本应让人感到酷热烦躁,但此刻周围的环境却是萧疏清爽,令人暑意顿消。颔联展现山间阴晴不定的景象,流露出诗人发自内心的惊喜欢欣。颈联表现作者的恬淡无欲,抛却机心,因而得以与邻犬、幽禽相互熟悉亲近。尾联归结全篇,说明此处虽然景物、情事也只平常,但可喜的是可以让人避开喧嚣尘世的种种羁绊辛劳。

# 华清宫(其一)

四郊飞雪暗云端,唯此宫中落旋干①。绿树碧檐相掩映,无人知道外边寒。

【题解】

作者共有两组《华清宫》诗,一组四首,另一组两首。本篇是《华清宫两首》中的第一首。骊山临近长安,其温泉有治疗疾病的功效,所以唐玄宗几乎年年行幸,并增建华清宫等,接受正旦朝贺。

【注释】

① 唯此句:旋,立即。这句是说,只有飘落在华清宫中的飞雪立刻就融化消散。

【评析】

隆冬时节,彤云密布,漫天飞雪。只有华清宫内因为温泉流淌,设施完备,显得暖意融融。因此雪花随飘随化,与外界寒冷阴沉的环境截然不同。庭院内绿树葱茏,与宫殿的碧檐相互掩映,生活在其中的人自然不会知道宫外的严寒。全诗看似写景,实则意在言外,暗含讥刺。

## 杜荀鹤 四首

杜荀鹤(846—904),字彦之,号九华山人,池州石埭(今安徽省石台县)人。早年游历浙、闽、赣、湘等地。入梁后,担任过主客员外郎、知制诰、翰林学士等官职。作品关注民生疾苦,反映社会现实。有《唐风集》。

### 送人游吴

君到姑苏见,人家尽枕河①。古宫闲地少②,水港小桥多。夜市卖菱藕,春船载绮罗③。遥知未眠月,乡思在渔歌④。

【题解】

作者在送别友人前往苏州之际,向友人介绍了吴地动人的风光。

【注释】

① 人家句:指苏州的房屋大多邻水而建,有些部分还凌驾于河面之上。② 古宫句:古代宫殿的遗址边也少有荒废的田地。见出农业的发达。苏州是春秋时期吴国的都城,所以有古代宫殿的遗址。③ 绮罗,有花纹的丝织品。苏州一带居民勤于养蚕纺织,所以盛产丝织品。④ 遥知二句:我知道每当月夜不眠的时候,渔船上的歌声一定会勾起你对故乡的思念。

【评析】

本篇虽为临行赠别之作,但只是在尾联中含蓄委婉地点明题旨,而把大部分笔墨用在设想友人未来行程中的所见所思,笔调清新别致。作者竭力描绘吴地旖旎清丽的风光,展现了江南水乡繁华富庶的情景,宛如一幅江南水乡的风俗画。作者另有一首《送友游吴越》:"去越从吴过,吴疆与越连。有园多种橘,无水不生莲。夜市桥边火,春风寺外船。此中偏重客,君去必经年。"构思、笔致都和本篇相近。

## 山中寡妇

夫因兵死守蓬茅①,麻苎衣衫鬓发焦②。桑柘废来犹纳税③,田园荒后尚征苗④。时挑野菜和根煮,旋斫生柴带叶烧⑤。任是深山更深处,也应无计避征徭⑥。

【题解】

本篇描写了一位衣食无着却还要应付严苛租税的山中寡妇,反映了晚唐时期的社会现实。

【注释】

① 蓬茅,用茅草搭建的房屋。② 麻苎(zhù),即苎麻,茎皮可用来织麻布。③ 桑柘(zhè),桑树和柘树,其枝叶都可以用来养蚕。④ 征苗,庄稼尚未长成,便征收青苗钱。⑤ 旋,又,还。⑥ 任是二句:就算是逃亡到深山的最深处,也还是没有办法逃避各类赋税和徭役。

【评析】

前两句概括地交代山中寡妇的生活困苦。"夫因兵死"暗示夫妇两人正当壮年,而此刻寡妇却是衣衫褴褛,鬓发枯黄,神情憔悴,可见已历经生活的磨难。接下来展开具体的描写。"桑柘"两句写田园荒芜,却仍要承担种种苛捐杂税,于是引出"时挑"两句对寡妇日常生活的描写:缺乏食物,挑来野菜就连同草根一起煮食;没有柴烧,砍些树枝不及晒干便带着树叶燃烧。作者《乱后逢村叟》:"因供寨木无桑柘,为点乡兵绝子孙。"《题所居村舍》:"蚕无夏织桑充寨,田废春耕犊劳军。"所写内容都可与此处参照。最后两句将苦难的根源归结为官府的兵役和赋税,强调这种残酷的压迫无处不在,句意与陆龟蒙《新沙》"蓬莱有路教人到,亦应年年税紫芝"相同,而更显得沉痛悲切。

## 自　叙

酒瓮琴书伴病身,熟谙时事乐于贫。宁为宇宙闲吟客,怕作乾坤窃禄人①。诗旨未能忘救物,世情奈值不容真②。平生肺腑无言处,白发吾唐一逸人③。

【题解】

这是作者自述生平、抒发感慨之作。

【注释】

① 宁为二句:宁可做天地间一个隐逸的诗人,也决不敢在世上当一个窃取俸禄的官吏。② 诗旨二句:奈,奈何,怎么办。值,遇到。二句是说,自己写诗始终不能忘记济世救人的宗旨,然而却无奈地遇到不能容纳真淳正直之士的世道。③ 平生二句:生平的肺腑之言无处诉说,眼看着自己白发渐生,只能做一个我们这大唐朝的隐士逸民。

【评析】

本篇将叙述和议论相结合,既表现了自己的安贫乐道、洁身自好,也透露出由于怀才不遇所带来的郁闷和痛苦,满怀着愤世嫉俗之情。首联概述自己熟谙世事,知道无可作为,因而安于贫苦。在潦倒失意之际,惟有借酒浇愁、寄情琴书。颔联进一步表明宁可贫困终生也不愿同流合污,语气决绝,铿锵有力。颈联则加以顿挫,强调自己虽然退隐,但作诗仍然念念不忘济世救民;无奈世情不辨是非,难以容忍说真话的人,语气显得极为愤慨。尾联则悲叹世无知己,内心的痛苦无法倾诉,只能置身事外,终老一生;在内容上与首联遥相呼应,使全诗回环往复,饶有曲致。

## 再经胡城县

去岁曾经此县城,县民无口不冤声。今来县宰加朱绂①,便是生灵血染成。

【题解】

作者对县官依靠压榨剥削人民来升官发财予以了痛斥。胡城县,故址在今安徽省阜阳市西北。

【注释】

① 加朱绂(fú),指升迁官职。朱绂,即绯袍,红色的官服,在唐代是四、五品官员所穿。一般县令为六、七品,加朱绂表示破格提升。

【评析】

本篇讥刺时弊,词锋犀利。前三句叙述两次经过胡城县时的所见所闻,为最后一句直斥其事、抒发感慨蓄势。去年之事从县民着笔。写众人怨声载道,众口一词,则县令的残暴贪婪已不待明言。今年之事转从县令着笔。按其所作所为,本该受到降黜,但却出人意料地得到赏拔,让人瞠目结舌。最后一句则巧妙地将

"朱绂"和"生灵血"牵合在一起,显得触目惊心。全诗包含了极为强烈的愤慨,引发读者对造成这种反常现象的根源作更进一步的深思。

### 司空图 一首

司空图(837—908),字表圣,号知非子、耐辱居士,河中虞乡(今山西省永济市)人。官至中书舍人。后归隐于中条山王官谷。他是唐代著名的诗论家,论诗强调"韵外之致"、"味外之旨"。所作以律诗、绝句为主,大多吟咏自然风物,表现隐逸生活。有《司空表圣集》。

独 望

绿树连村暗,黄花入麦稀①。远陂春早涸,犹有水禽飞②。

【题解】

本篇描写了作者望中的乡村景致。

【注释】

① 绿树二句:连村的大片绿树,给人以阴暗的感觉;野生的黄花混入麦田,远远望去,显得很稀少。② 远陂二句:陂(bēi),池塘。涸(shén),水枯竭。二句是说,远处池塘到了春天早已干涸,却仍有水禽在飞。

【评析】

全篇描写自然田园风光,展现了悠闲自得的心情。前两句通过色彩、光影的交织对比,将静态的景物描绘得富有动态。后两句写春陂已竭,水鸟犹飞,也显得真实生动。作者对"绿树"二句颇为自负,在其《与李生论诗书》中曾作为自己较为满意的作品之一而加以引录。

## 韦 庄 二首

韦庄(836?—910),字端己,京兆杜陵(今陕西省西安市)人。早年屡次参加科举考试都未被录取,辗转于长安、洛阳、越中、湖南等地。后入蜀依王建,官至门下侍郎兼吏部尚书同平章事。多忧世伤乱、怀古感旧之作。同时也擅长填词,是花间派的重要代表。与温庭筠并称"温韦"。有《浣花集》。

## 台 城

江雨霏霏江草齐①,六朝如梦鸟空啼②。无情最是台城柳③,依旧烟笼十里堤。

【题解】

台城,故址在今江苏南京鸡鸣山南。

【注释】

① 霏霏,雨雪盛多的样子。② 六朝,指三国吴、东晋和南朝宋、齐、梁、陈这六个建都于建康(今南京市)的朝代。③ 无情句:意思是说,六朝的繁华早已消逝,令人感慨,杨柳却不管不顾,依旧生长繁茂,因此说是"无情"。

【评析】

这是一首凭吊六朝兴亡的怀古诗。首句描写细雨霏霏、江草齐长的景象,着意渲染出迷离怅惘的气氛。次句感叹六朝兴替灭亡之速,鸟声婉转只能平添人世沧桑的空幻之感。最后两句通过笼堤烟柳引发对如烟往事的深沉感喟。年年抽绿的杨柳与瞬间即逝、一去不返的六朝繁华形成了强烈的对比,从中透露出极为浓烈的感伤情调。

## 送日本国僧敬龙归

扶桑已在渺茫中①,家在扶桑东更东。此去与师谁共到②,一船明月一帆风。

【题解】

唐代日本国曾有不少僧侣来华求学,并与当时的士人结下深厚的友谊。本篇就是作者在送别学成归国的日本僧人敬龙时写下的。日本国,唐代东夷国名,今日本本州岛。

【注释】

① 扶桑,古代传说中的东方国名。② 师,对僧人的尊称。

【评析】

首句写扶桑距此路途遥远,渺茫难寻。次句在此基础上又翻进一层,则敬龙此番泛海回归路途的漫长就不难想见。这种表现手法在古代诗词中经常可以看到,如李商隐《无题》:"刘郎已恨蓬山远,更隔蓬山一万重。"欧阳修《踏莎行》:"平芜尽处是春山,行人更在春山外。"后两句由此生发,设想友人在归途中的情况,"一船明月"暗示天气晴好,"一帆风"说明旅途顺利,表达了作者美好的祝愿和真挚的友情。

## 郑 谷 二首

郑谷(851?—?),字守愚,袁州宜春(今江西省宜春市)人。官至都官郎中,世称"郑都官"。后归隐宜春仰山书堂。擅长五、七言近体,多为送别酬和、咏物写景之作。有《云台编》。

## 鹧 鸪

暖戏烟芜锦翼齐①,品流应得近山鸡②。雨昏青草湖边过③,花落黄陵庙里啼④。游子乍闻征袖湿⑤,佳人才唱翠眉低⑥。相呼相应湘江阔⑦,苦竹丛深春日西⑧。

【题解】

这首咏物诗是作者最知名的作品,由此而被冠以"郑鹧鸪"的别号。鹧鸪,南方的一种留鸟,因其鸣叫声听起来像是"行不得也哥哥",所以古代诗文中常用以表现对故乡的思念。

【注释】

① 烟芜,云烟迷茫的草地。锦翼,色彩美丽的翅膀,这里指鹧鸪。② 品流,品类,高下。③ 青草湖,在今湖南省洞庭湖东南部,为湘江所汇聚而成。④ 黄陵庙,在洞庭湖畔。⑤ 乍,初,刚刚。征袖,征衣的袖子。征,远行在外。⑥ 翠眉,女子用青黛画眉,故称翠眉。翠,青绿色。⑦ 相呼句:在宽阔的湘江上,鹧鸪声此起彼伏,互相呼应。⑧ 苦竹,又名伞柄竹,笋有苦味。

【评析】

本篇题咏鹧鸪,着重从鹧鸪的哀鸣动人落笔。首句写其毛羽艳丽。

颔联展现"雨昏"、"花落"的情景,渲染凄迷荒僻的气氛,暗示性好"暖戏"的鹧鸪此时只能低回哀鸣。"青草湖"、"黄陵庙"又让人联想到帝舜二妃泪洒湘江的传说,使全诗蒙上一层浓重的感伤情调。颈联描写游子闻声而落泪,佳人唱曲而敛眉,从侧面烘托出鹧鸪啼声的哀怨动人。作者在《席上贻歌者》中有"座中亦有江南客,莫向春风唱鹧鸪"的句子,诗意与此相仿。尾联虚实相生,既表现鹧鸪鸣叫呼应的情态,并用"苦竹"之"苦"、"春日西"之"西"来衬托、增强哀鸣的气氛,又让人联想到游子、佳人的凄怨孤寂,透露出浓重的羁旅相思之情。

## 淮上与友人别

扬子江头杨柳春①,杨花愁杀渡江人②。数声风笛离亭晚③,君向潇湘我向秦④。

【题解】

这是和友人分离时的赠别之作。淮上,淮河边上。

【注释】

① 扬子江,指长江在扬州南面的一段,因为江边的扬子津渡口而得名。② 渡江人,指友人。③ 风笛,飘扬在风中的笛声。离亭,送别的驿亭。④ 君向句:潇湘,泛指今湖南地区。秦,泛指陕西地区。这句指与友人分别后各奔前程。

【评析】

诗人和友人在淮河边分手。前两句想象友人南行渡江时所见情景,用春日杨柳枝条的摇曳生姿,以及杨花的漫天飘扬来烘托离愁别恨。后两句转入表现送别场面。"数声风笛"表现了吹笛送别的依依惜别之情,显得蕴藉深致。最后写与友人在暮色苍茫中各赴前程,言尽意远,情味悠然。全诗语言朴素自然,不加雕饰,但声调悠扬,韵味深远。一二句迭用三"杨"("扬")字,末句又迭用二"向"字,使得声韵回环往复,宛转动人。

## 王　驾 二首

王驾(生卒年不详),字大用,号守素先生,河中(今山西省永济市)人。官至礼部员外郎。后弃官归隐。与司空图、郑谷等人为诗友。

## 社　日

鹅湖山下稻粱肥①,豚栅鸡栖半掩扉②。桑柘影斜春社散,家家扶得醉人归。

【题解】

古代一般在立春和立秋后的第五个戊日举行祭祀土神的活动,分别称为春社和秋社。本篇描写的是春社时乡村的欢快场面。

【注释】

① 鹅湖山,本名荷湖山,在今江西省铅山县东。② 豚栅鸡栖,猪圈、鸡笼。

【评析】

前两句描写乡村的日常情景。"稻粱肥"、"豚栅鸡栖"分别从农田和村舍着笔,说明其生活富庶;"半掩扉"暗示乡人都外出参加社日庆祝,也表现了民风的淳朴祥和。后两句并未直接描绘欢快热闹的景象,而是抓住曲终人散、尽兴而归的一幕,起到了言约意丰的效果,让人自然而然地联想到社日欢聚的高潮和村民内心的喜悦。

## 古　意

　　夫戍边关妾在吴,西风吹妾妾忧夫。一行书信千行泪,寒到君边衣到无①?

【题解】

　　本篇在唐人韦縠所编的《才调集》卷十中题为王驾作。明末《名媛诗归》改题为陈玉兰作,至清人编《全唐诗》则说陈为王驾之妻,恐怕都出于后人的假托。

【注释】

　　① 无:表示疑问的语气词,相当于今日的"吗"。

【评析】

　　本篇表现闺中少妇对远戍边关的丈夫的思念,情真意切,不加雕饰,感人至深。首句描写夫妇两人天各一方,万里暌隔。次句表现少妇的体贴入微,秋风乍起,就已经设身处地地牵挂起丈夫的寒暖。第三句通过"一行书信"与"千行泪"的鲜明对比,生动地展现了少妇内心复杂深挚的情感。最后一句用想象、疑问的语气,刻画出少妇焦虑担忧的心绪。全篇各句在遣辞造语时都不避重复,形成回环往复的效果,颇有民歌的风味。

## 秦韬玉 一首

　　秦韬玉(生卒年不详),字中明。一作仲明,误。湖南人。担任过工部侍郎、田令孜神策军判官等官职。

# 贫　女

蓬门未识绮罗香,拟托良媒益自伤①。谁爱风流高格调,共怜时世俭梳妆②。敢将十指夸针巧,不把双眉斗画长③。苦恨年年压金线④,为他人作嫁衣裳。

【题解】

本篇借写贫家女子来抒发自己沉沦下僚的牢骚抑郁。

【注释】

① 蓬门二句:蓬门,用蓬草编成的门户,借指贫苦家庭。拟,想要,打算。二句是说,贫家女子不懂得华丽的妆扮,准备找个好媒人去说亲,内心却越发感到悲伤。② 谁爱两句:俭梳妆,即险梳妆,当时流行的一种华丽妆扮,发髻很高。俭,险的假借字。这二句说明贫女"自伤"的原因:大家都喜欢当时流行的奇异奢华的妆扮,又有谁会喜爱不同流俗的高尚格调呢? ③ 敢将二句:自己十指灵巧,擅长缝纫、刺绣,不愿意去画长眉毛与别人争美。④ 压金线,用金线刺绣。刺绣、缝纫时按捺针线,称为压线。

【评析】

全篇借未嫁贫女的内心独白,寄托了作者怀才不遇的愤懑和不平。首联描写贫女因为出身贫寒,仍然待字闺中,因而不得不抛开应有的矜持,请人做媒,寻觅佳偶。一念及此,便悲从中生。中间两联揭示出其中原因:一方面是世人竞相追逐时尚,对她超迈俗流的品格反倒无人欣赏;另一方面则是她自恃才艺,坚持操守,不愿随波逐流,与世浮沉。在自伤自艾中带有自傲自尊之意。尾联则感慨自己的辛勤劳动最终只换来徒劳无功的结局,显得哀怨沉痛。

## 崔 涂 一首

崔涂(850?—?),字礼山,睦州桐庐(今浙江省桐庐县)人。一生飘泊各地。作品多抒写羁旅愁思。

## 孤 雁(其二)

几行归塞尽,念尔独何之①?暮雨相呼失,寒塘欲下迟②。渚云低暗渡,关月冷相随③。未必逢矰缴,孤飞自可疑④。

【题解】

本篇用失群的孤雁来象征自己的漂泊失意。原作共两首,这是第二首。

【注释】

① 几行二句:尔,你。之,往。这二句是诗人在向孤雁发问:几行大雁向着塞外故乡飞去,都已经消失在天空,可怜你孤单单地要往哪里去? ② 暮雨二句:孤雁在暮雨之中呼寻同伴,但已掉队离群;看到池塘想要停下休息,却又迟疑不决。③ 渚云二句:关,关塞。二句是说,孤雁穿过洲渚上昏暗低垂的云层,只有边塞上空凄冷的月亮伴随在身边。④ 未必二句:矰(zēng),短箭。缴(zhuó),系在箭上的丝绳。二句是说,这头孤雁虽然未必会遭到暗箭袭击,但独自飞行总不免内心疑惧。

【评析】

本篇描写失群彷徨的孤雁,兼有自喻身世之意,格调悲凉深婉。

颔联表现孤雁的仓皇狼狈、惊魂不定。颈联强调与孤雁相伴的惟有"渚云"、"关月",营造出压抑凄凉的气氛,愈加显得形单影只。尾联表现诗人对孤雁的宽慰和悲惜,流露出诗人自己由于流离失所而忧虑难安的心理。杜甫也有一首《孤雁》:"孤雁不饮啄,飞鸣声念群。谁怜一片影,相失万重云。望尽似犹见,哀多如更闻。野鸦无意绪,鸣噪自纷纷。"内容相仿,而更显慷慨悲壮。

## 韩偓 一首

韩偓(842—923),字致尧,一作致光,小字冬郎,号玉樵山人,京兆万年(今陕西省西安市)人。担任过刑部员外郎、中书舍人等职。晚年因唐朝政治混乱,避祸入闽(今福建省福州市),卒于闽地。有《玉樵山人集》。

## 新 上 头

学梳蝉鬓试新裙①,消息佳期在此春②。为爱好多心转惑,遍将宜称问旁人③。

【题解】

本篇描写了一位即将出嫁的少女的心理活动。上头,古代女性至十五岁时将头发绾起,插上簪子,表示成年,称为上头。

【注释】

① 蝉鬓,古代女性的一种发式,两鬓薄如蝉翼。② 消息句:消息,听到消息。佳期,指婚期。这句是说,少女听说自己的婚期就在今年春天。③ 为爱二句:好多,好上加好。宜称,合适。二句是说,

少女因为想要打扮得更好,心里反而没有把握,疑惑起来,于是到处问别人,自己的妆扮是否合适得体。

【评析】

前两句描写刚刚成年的少女因为听说自己的婚期在即,忙着学习梳妆打扮。后两句描写少女不厌其烦地到处征询别人的意见,甚至不顾矜持,展现了她当时既欣喜又惶惑的复杂心理。全篇在描摹少女心事时语言生动,刻画入微,与王建的《新嫁娘词》颇为相近。

## 钱 珝 一首

钱珝(生卒年不详),字瑞文,吴兴(今浙江省湖州市)人。中唐著名诗人钱起的曾孙。担任过京兆府参军、蓝田尉、中书舍人、抚州司马等官职。尤为擅长绝句。

## 江行无题(其四十三)

兵火有余烬①,贫村才数家。无人争晓渡,残月下寒沙②。

【题解】

光化三年(900),作者被贬为抚州(今江西省抚州市)司马,赴任途中写下了《江行无题》一百首,展现了沿途的所见所闻。本篇是其中之一。

【注释】

① 余烬,燃烧之后残剩下的灰或没有烧尽的东西。② 寒沙,寒冷季节中的沙滩。

【评析】

本篇表现了战乱之中乡村破败、人烟稀少的情景。后两句描写清晨无人争着渡江,渡口不复昔日的喧闹,只有一钩残月缓缓落下,凄凉萧条的景象历历在目。

## 花蕊夫人徐氏 一首

花蕊夫人徐氏(生卒年不详),后蜀孟昶慧妃,一说姓费,号花蕊夫人,青城(今四川省灌县)人。后蜀为宋所灭,被召入宋宫。

### 述 国 亡 诗

君王城上竖降旗,妾在深宫那得知。二十万人齐解甲,宁无一个是男儿①?

【题解】

这是后蜀灭亡后,花蕊夫人被宋太祖召入宫廷时所写的作品。

【注释】

① 宁无句:宁,岂,难道。这句是说,难道没有一个是男子汉吗?

【评析】

作品对本国军队不作抵抗、束手就擒的表现深感无奈和悲愤,用反诘语气作结,尤为激越慷慨,掷地有声。

## 齐 己 一首

齐己(864—943?),本姓胡,名德生,长沙(今湖南省长沙市)人。幼年时出家为僧,云游各地。与当时知名的诗人、诗僧如贯休、虚中、郑谷、方干等都有交游唱和。擅长五律,崇尚琢炼。有《白莲集》。

## 早 梅

万木冻欲折,孤根暖独回。前村深雪里,昨夜一枝开。风递幽香去,禽窥素艳来①。明年如应律,先发映春台②。

【题解】

这首咏物诗描绘了不畏严寒、独自绽开的梅花。

【注释】

① 素艳,指梅花淡雅而美丽。② 明年二句:律,节气,时令。春台,春日登临览胜的高台。二句是说,明年如果还能够应和节令,就应当先在春日登眺览胜之处绽放。

【评析】

本篇展现了梅花傲霜抗雪的高洁秉性和素艳幽雅的独特风姿。相传颔联原本写作"前村深雪里,昨夜数枝开",郑谷读到后建议说:"'数枝'非'早'也,未若'一枝'佳。"作者听了欣然接受,旁人遂称郑谷为齐己的"一字师"。"一枝开"用语虽平实,意蕴却很丰富,不但说明梅花绽放先于百花,又更进一步强调这"一枝"捷足先登,傲视群梅。比起"数枝开"来,诗意更富有层次,突出了"早梅"之"早"。盛唐时的张谓亦有《早梅》诗云:"一树寒梅白玉条,迥临村路傍溪桥。不知近水花先发,疑是经冬雪未消。"描写梅花绽开之早出人意料,以至令人产生疑惑,笔致也颇多曲折。

## 沈 彬 一首

沈彬(864?—961),字子文,高安(今江西省高安市)人。唐末时曾游历湖湘一带。担任过秘书郎。与齐己、贯休、韦庄等人为诗友。

## 都门送别

岸柳萧疏野荻秋①,都门行客莫回头②。一条灞水清如剑③,不为离人割断愁。

【题解】

本篇描写了在长安送别时的情景。都门,京都城门。这里指长安城。

【注释】

① 萧疏,稀疏,稀少。荻(dí),生长在水边的一种草本植物,秋季生紫色或白色、黄色的花穗。② 行客,过客,旅客。③ 灞(bà)水：渭河的支流,流经今陕西省中部,也称为霸水、滋水。

【评析】

首句描绘了杨柳稀疏、芦荻丛生的景象,烘托出萧条凄清的氛围。由此引出次句对于行人旅客的奉劝：离别时不要频频回首,以免更添伤感。最后两句触景生情,设想奇特。唐人在长安城送别时多在灞水畔饯行,河水虽然清澈如同利剑,却并不能替人着想,为他们割断离愁别绪。柳宗元《与浩初上人同看山寄京华亲故》有"海畔尖山似剑芒,秋来处处割愁肠"之句,本篇在构思上与之相似,但意思更翻进一层。

## 翁 宏 一首

翁宏(生卒年不详),字大举,桂州(今广西壮族自治区桂林市)人。生活于五代十国时期,后入宋,以能诗闻名。

# 春　残

又是春残也，如何出翠帏①。落花人独立，微雨燕双飞。寓目魂将断，经年梦亦非②。那堪向愁夕，萧飒暮蝉辉③。

【题解】

本篇描写一位幽居深闺的女子在目睹暮春景象后触景生情，勾起内心的感伤情怀。

【注释】

① 翠帏，翠绿色的帘幕。② 寓目二句：寓目，过目，观看。经年，过了一年。二句是说，过了一整年，连睡梦中也没有碰到过思念的人，愁思满怀，因而即目所见，无不令人哀伤魂断。③ 那堪二句：萧飒，萧条，冷清。二句是说，哪里经受得住在暗淡的夕阳余晖中聆听暮蝉哀鸣呢。

【评析】

起句为了强调暮春这一特殊节令，以副词"又"开头，用语气词"也"结尾，显得突兀奇崛，引人注目。整首诗便围绕春末怀人展开，尤其是颔联，情景交融，韵味隽永。用"落花"来暗示时光流逝、年华老去，用"微雨"来渲染迷茫凄凉的气氛，燕子比翼双飞的景象又触动起主人公形单影只的感伤情绪。北宋晏几道将此联嵌入其《临江仙》词上片中："梦后楼台高锁，酒醒帘幕低垂。去年春恨却来时。落花人独立，微雨燕双飞。"

## 黄滔 一首

黄滔(840?—?),字文江,泉州莆田(今福建省莆田市)人。曾以监察御史里行充威武军节度推官。五代时,依附闽王王审知,并招徕大批文士如韩偓、崔道融等入闽避难。有《黄御史集》。

### 书 事

望岁心空切①,耕夫尽把弓②。千家数人在,一税十年空③。没阵风沙黑④,烧城水陆红⑤。飞章奏西蜀,明诏与殊功⑥。

【题解】

唐末西蜀地区的军阀纷争频繁而激烈。特别是文德元年(888),利州刺史王建攻打西川节度使陈敬瑄的战争,一直持续到大顺二年(891)。王建最终夺取了成都,自为西川留后,不久后又自任节度使。唐朝中央政府无力平息,只能被迫承认。本篇反映的就是当时的情况。

【注释】

① 望岁,盼望收成好。空,徒然,白白地。切,急切。② 耕夫句:把弓,手持弓箭。这句是说,农民都被征发当兵打仗。③ 一税句:征一次税,便造成十年穷乏的恶果。说明赋税苛重。④ 没(mò)阵,阵亡。⑤ 水陆红,水面和土地都被火映得通红。⑥ 飞章二句:飞章,报告紧急事务的奏章。与,给予,这里指奖赏。二句是说,奏章向京城报告西蜀的情况,皇帝便下诏书褒奖这不同凡响的大功。

【评析】

前两联描写连年的征战,加之繁重的赋税,所造成的田地荒芜、十室九空的凄凉景象。颈联直接描写战争的惨烈,让人触目惊心。有了前面的铺叙,尾联中所谓的"明诏"和"殊功"显然是带有强烈的反讽意味的。

## 张 泌 一首

张泌(生卒年不详),泌,一作佖,字子澄,淮南(今江苏省扬州市)人。南唐时期担任过句容县尉,后官至内史舍人。

边 上

戍楼吹角起征鸿①,猎猎寒旌背晚风②。千里暮烟愁不尽,一川秋草恨无穷。山河惨淡关城闭,人物萧条市井空③。只此旅魂招未得④,更堪回首夕阳中⑤。

【题解】

本篇描写了边城荒凉的景象。

【注释】

① 戍楼,边防驻军的瞭望楼。征鸿,秋天向南方迁徙的鸿雁。② 猎猎,随风飘拂的样子。旌,旗帜。③ 市井,城市,集镇。④ 旅魂,客死他乡者的鬼魂。⑤ 更堪,又那堪,又怎么经得起。

【评析】

全诗展现了边塞萧条凄凉的景象,抒发了游子羁旅思乡的情怀。

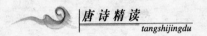

颔联即景抒情,情景交融,借用眼前景象来表现内心微妙细腻的情感波动。北宋词人贺铸《青玉案》词中的名句"试问闲愁都几许?一川烟草,满城风絮,梅子黄时雨",在构思上似受本篇的影响。

# 卷十 晚唐诗

## 杜 牧 六首

杜牧(803—853),字牧之,京兆万年(今陕西省西安市)人。大和二年(828)进士。担任过监察御史、黄州、池州、睦州刺史、司勋员外郎等官职。兼擅诗、赋、古文。与李商隐并称为"小李杜"。尤为擅长七言律绝,风格豪宕,气韵流美。有《樊川文集》。

### 早 雁

金河秋半虏弦开①,云外惊飞四散哀。仙掌月明孤影过②,长门灯暗数声来③。须知胡骑纷纷在,岂逐春风一一回④。莫厌潇湘少人处,水多菰米岸莓苔⑤。

【题解】

会昌二年(841)八月,北方回纥部落率兵南侵,造成大批边地人民的流散。作者对此深感忧虑和同情,于是创作本篇,托物寄慨。

【注释】

① 金河,即今内蒙古呼和浩特市南、托克托县北的大黑河。在诗中常泛指北方少数民族地区。秋半,八月。② 仙掌,汉武帝在建章

宫神明台上设置铜仙人,手捧承露铜盘,后称为仙掌。③ 长门,长门宫。汉武帝时陈皇后失宠后幽居的地方。④ 须知二句:劝诫大雁应该明白射猎的胡人还有不少,不要忙于随着春风飞回北方。⑤ 莫厌二句:潇湘,湘江。菰,一种水生草本植物,秋季结实,称为菰米,俗称茭白。莓苔,青苔。这二句是劝诫大雁的话:在这湘江之畔,人迹罕至,菰米、莓苔等食物充足,尽可放心安住。

【评析】

本篇运用比兴象征的手法,以雁群失散来比喻因为少数民族入侵而流离失所的人民,将对于时事的感慨融入咏物之中,自然妥帖,不露痕迹。前两联表现大雁惊飞四散后的形单影只,哀鸣遍野。"仙掌"、"长门"两句以汉喻唐,既烘托出悲凄孤寂的气氛,同时对于执政者无力挽救受难民众又隐含着些许委婉的讽刺。后两联则满怀同情地劝慰孤雁暂且栖息于潇湘,表现出对于流离失所的边地民众的关切。

## 赤 壁

折戟沉沙铁未销,自将磨洗认前朝①。东风不与周郎便②,铜雀春深锁二乔③。

【题解】

这是一首咏史诗。赤壁,在今湖北省蒲圻县西北,长江南岸,山崖呈红赭色,故名。三国时孙、刘联合击败曹操大军之处。本篇一作李商隐诗。

【注释】

① 折戟(jǐ)二句:戟,一种武器,形似矛,旁有小枝。前朝,指三国。二句是说,从赤壁一带的沉沙中看到折断的戟尚未完全销蚀,拿

起来磨洗,认清这是三国赤壁之战时留下的遗物。② 东风句:周郎,周瑜,江东大将。据说赤壁大战时东风大作,周瑜利用风势,用火向西攻击曹军,烧毁对方大量兵船,使曹军大败。这句是说,如果不是东风给予周瑜方便(形成有利于火攻的形势)的话。③ 铜雀,铜雀台。曹操在建安年间所建,在邺城(今河北省临漳县西)。台上备有女乐,为曹操平时休憩宴乐的地方。二乔,即"二桥",指大桥、小桥姐妹,吴国桥公之女,容貌美丽。大桥嫁给孙策(孙权之兄),小桥嫁给周瑜。

【评析】

后两句的意思是说:如果东风不给方便,周瑜不能利用火攻打败曹军,这样一来,曹军灭吴,二桥便将为曹军掳掠占有,锁居铜雀台,成为曹操的姬妾。指出天时、地利成为吴军在赤壁获胜的重要条件。构思造句,机智巧妙。刘禹锡《蜀先主庙》诗云:"凄凉蜀故伎,来舞魏宫前。"与本篇一样,均以美女为敌人占有这一细节来形容国家的灭亡,只是刘诗说的是既成事实,而本篇说的则是可能发生的事。

# 过华清宫绝句(其一)

长安回望绣成堆①,山顶千门次第开②。一骑红尘妃子笑,无人知是荔枝来③。

【题解】

华清宫,故址在今陕西省临潼东南的骊山之上。作者写华清宫的诗计有五言排律《华清宫三十韵》一首、七言绝句《过华清宫绝句》三首和《华清宫》一首,而以本篇流传最广。

【注释】

① 绣成堆,骊山上有东、西绣岭,均在华清宫缭垣内。山上林木葱茏,色彩斑斓,故称之为"绣"。② 次第,依次。③ 一骑二句:杨贵妃喜食荔枝,每年都派人从南方用快马送来。二句是说,奔驰的骏马扬起一片尘土,使得杨贵妃高兴不已,没有人知道原来是荔枝送来了。

【评析】

前两句写从长安遥望骊山景象,景色绮丽,宫殿宏伟,已显示出帝王生活的奢侈。后两句写一骑在红尘滚滚中飞驰而至,是为了给杨贵妃品尝新鲜的荔枝,将统治者劳民伤财以满足其贪欲的丑态暴露无遗。末句不从正面说明,而是从反面着笔,语气冷峻而意味深远。作者在《与人论谏书》中说:"近者宝历中,敬宗皇帝欲幸骊山。时谏者至多,上意不决。拾遗张权舆伏紫宸殿下叩头谏曰:'昔周幽王幸骊山,为犬戎所杀;秦始皇葬骊山,国亡;玄宗皇帝宫骊山,而禄山乱;先皇帝幸骊山,而享年不长。'"本篇中有意使用"妃子笑",很容易让人联想到周幽王时褒姒烽火台一笑倾国的教训。整首诗显得含蓄婉曲,耐人回味。

# 泊 秦 淮

烟笼寒水月笼沙,夜泊秦淮近酒家。商女不知亡国恨①,隔江犹唱《后庭花》②。

【题解】

秦淮,秦淮河,发源于今江苏省溧水县东北,流经今南京市,汇入长江。

【注释】

① 商女,卖唱的歌伎。一说指商人的女眷。② 后庭花,即《玉树后庭花》,南朝陈后主所作乐曲,内容写宫廷中妇女之美。后主因耽于声色,最终导致灭国,因此这首曲子常被视为亡国之音。

【评析】

前两句描写夜泊秦淮时的景象,营造出迷蒙凄清的氛围。后两句借助商女吟唱《玉树后庭花》之曲,生发出对于六朝衰亡的感喟。作者巧妙地将历史与现实绾结在一起,流露出对于国势日渐衰颓的担忧,显得含蓄深永,委婉蕴藉。

山　行

远上寒山石径斜①,白云生处有人家。停车坐爱枫林晚②,霜叶红于二月花。

【题解】

本篇描写秋日登山途中的景致和作者的心情。

【注释】

① 寒山,深秋季节冷落寂静的山。② 坐,因为。

【评析】

前两句写景,天色已晚,山路狭窄倾斜,却看到在白云升起的山深处仍有人家居住。后两句写诗人因为喜爱那片枫树林,才停下车来,准备从容地欣赏一番。最后一句描摹夕阳映照下枫叶的绚烂,胜过春天二月的红花,构思新颖精巧,成为历来传诵的名句。艳丽的红枫与寒山萧瑟的环境相互映衬,充分透露出作者喜悦的心情。

## 秋　夕

银烛秋光冷画屏①,轻罗小扇扑流萤②。天阶夜色凉如水③,卧看牵牛织女星。

【题解】

本篇是一首反映内廷宫女生活的宫怨诗。

【注释】

① 银烛句:冷,用作动词。这句是说,烛光和秋夜的月光映照着画屏,使人感到几分寒意。② 轻罗小扇,轻薄的丝制团扇。③ 天阶,宫殿的台阶。

【评析】

前两句描写宫殿里的华丽陈设在初秋的夜色中也显得冷清,孤寂的宫女扑打着闪烁的流萤。汉成帝时的班婕妤因才学出众而被选入宫,失宠后退居东宫,作诗歌咏团扇以寄托哀怨之情,"轻罗小扇"暗用此事来表明主人公的失意,而"扑流萤"的举动更显出其内心的落寞空虚。后两句描写主人公深夜不寐,独自仰看牵牛、织女星。牛郎、织女虽然天各一方,但仍有七夕相会的时候;两相比较,更显得自己孤苦无依。全篇反映了古代宫廷妇女的不幸际遇,含蓄不露,耐人寻味。

## 温庭筠 五首

温庭筠(812?—866),本名岐,字飞卿,太原祁(今山西省祁县)人。为人放荡不羁,多次参加科举考试,都没有被录取。后来担任过隋县尉、方城尉、国子助教等官职。作品词藻华艳,思致婉曲,与李商隐齐名,并称"温李"。有《温飞卿诗集》。

## 商山早行

晨起动征铎①,客行悲故乡。鸡声茅店月,人迹板桥霜。槲叶落山路②,枳花明驿墙③。因思杜陵梦,凫雁满回塘④。

【题解】

这是作者离开京城、外出宦游时的作品。唐代士人在寓居长安时,在长安一带常置有田园。作者应当也是如此,因而诗里称杜陵为"故乡"。商山,在今陕西省商山县东南。

【注释】

① 征铎(duó),车马上悬挂的铃铛。② 槲(hú),一种落叶乔木,树形高大,树叶在早春时脱落。③ 枳(zhǐ),一种落叶灌木,春季开白花。驿(yì),供递送公文的人和往来官员换马、暂住的处所。④ 因思二句:杜陵,在今陕西省西安市东南。回塘,曲折的池塘。二句是说,回想起昨夜在茅店时梦见了杜陵,池塘里满是成群嬉戏的凫雁。

【评析】

诗人用清新淡雅的笔触抒写了内心深处的羁旅愁思。首联表现春日凌晨出发时的情景,一起床就要忙着赶路,而赶路时仍然在悲伤地思念故乡,则思乡之切也就可以想见了。颔联描写出门时的沿途见闻,只是罗列了几个代表物象的名词,而省略掉它们之间的相互关联,却能唤起读者无尽的遐想。这两句看似描摹客观景物,实际上在空旷凄清的环境中包含了诗人深切的羁旅情怀,所以历来为人称道,被誉为"含不尽之意见于言外"(欧阳修《六一诗话》引梅尧臣语)。颈联写的是天色渐明时的沿途所见景色。尾联中情感再起波澜,与第二句"客行悲故乡"遥相呼应,以昨夜梦中欢快温馨的场面来反衬此刻挥之不去的哀伤。

## 送 人 东 归

荒戍落黄叶①,浩然离故关②。高风汉阳渡③,初日郢门山④。江上几人在⑤?天涯孤棹还⑥。何当重相见⑦,尊酒慰离颜⑧。

【题解】

本篇是送别友人之作。从诗中涉及的地名来看,或作于江陵一带。

【注释】

① 戍,军队驻扎的营垒。② 浩然,指远游而无所留恋的心态。③ 高风,指猛烈的秋风。汉阳渡,在今湖北汉阳。④ 初日,早晨的太阳。郢(yǐng)门山,指郢州之山。六朝时置郢州,在今湖北省武昌。⑤ 江上句:江上,江边。这句是说,昔日江边的故友还有几人在世? ⑥ 棹(zhào),划船的桨。这里借指船。⑦ 何当,何时。⑧ 尊,酒尊,酒杯。离颜,离人的愁颜。

【评析】

首联高古雄浑,虽然眼前是城垒荒凉、黄叶纷飞的萧瑟景致,但友人却显得意气豪迈,并没有因为离别在即而充满悲戚之情。颔联点明送别的时间、地点,景象雄壮辽阔。颈联遥想友人此番独自归去,江边故人已所剩无几。对友人的落寞表示同情,也流露出惜别留恋之意。尾联一笔宕开,用慷慨豪迈之情来冲散淡淡的愁怨,设想日后能够再度相逢,开怀畅饮,以慰离情。

## 经李征君故居

露浓烟重草萋萋,树映阑干柳拂堤①。一院落花无客醉,五更残月有莺啼②。芳筵想象情难尽③,故榭荒凉路已迷④。惆怅羸骖往来惯⑤,每经门巷亦长嘶⑥。

【题解】

本篇是怀念故人之作。征君,征士,不接受朝廷征辟的隐士。李征君,疑指李羽,作者诗中屡见其人,常称之为"处士",即隐士之意。本篇又曾误题为王建所作,即题为《李处士故居》。

【注释】

① 阑干,栏杆。② 五更,古人将一夜分为五更,每更相当于今日两个小时。五更约为今日凌晨三至五时。③ 芳筵,筵席的美称,这里指酒席。想象,回忆。④ 故榭(xiè),旧日的台榭。榭,建在高土台上的敞屋。⑤ 羸(léi)骖(cān),瘦弱的马。骖,驾车时在两旁的马,这里泛指马。⑥ 嘶,马叫。

【评析】

首联展现故居周围的环境:芳草萋萋,笼烟带露;树木葱茏,柳条拂堤,一派春光明媚的动人景致。颔联描写落花堆积,莺啼残月,反衬出李征君去世后其故居的萧索冷落。颈联承"无客醉"而来,抚今追昔,回想起当日宾朋满座、飞觞畅饮的欢乐情景,一切仿佛仍历历在目,而今故地重游,人事已非,神思恍惚间竟然迷失了路径。尾联写自己乘坐的羸马熟悉道路,经过友人故居时就发出嘶鸣。虽然没有直接描写自己内心的感受,但两人间情谊之深挚,以及诗人对亡友的无限哀思都从这个细节中曲曲传出,感人至深。

## 赠 少 年

江海相逢客恨多,秋风叶下洞庭波。酒酣夜别淮阴市①,月照高楼一曲歌。

【题解】

据史传记载,作者在年轻时曾"与新进少年狂游狭邪"(《旧唐书》本传)。本篇就反映了这种生活。

【注释】

① 淮阴,在今江苏省淮阴西南。

【评析】

这是与豪侠少年临别时的赠诗,诗人抒发了胸中的洒脱豪迈之气。首句写双方于江海漂泊间偶然相逢,彼此诉说长年在外的许多怅恨。次句化用《楚辞·九歌·湘夫人》中"嫋嫋兮秋风,洞庭波兮木叶下"的句意,进一步渲染离情别绪。第三句描写畅饮饯别,"淮阴市"暗用汉代韩信年少时不得志、受辱于淮阴的典故,流露出怀才不遇的抑郁和感伤,也暗示出所谓的"客恨"寓有同病相怜之意。末句则写登高远眺,对月长歌,借以抒发郁闷,表现出豪放不羁、豁达洒落的襟怀。全篇运用典故自然贴切,达到了含蓄委婉的表达效果。

## 过 分 水 岭

溪水无情似有情,入山三日得同行。岭头便是分头处,惜别潺湲一夜声①。

【题解】

分水岭,指今陕西省宁强县附近的嶓冢山,溪流至此而分流,故称为分水岭。是唐代的交通要道。

【注释】

① 潺(chán)湲(yuán),流水声。

【评析】

作者用拟人的手法来描写溪水,流露出内心深处的羁旅行役之情。首句便设置悬念,将原本无情感可言的溪水称为有情之物。次句说明原因是山行孤寂,三天来幸得溪水相伴,才得以稍慰客愁。后两句写到达岭头,即将与溪水分别,夜间辗转反侧,难以入眠,听到溪水声潺潺不止。诗人想要表现的是自己对于偶然邂逅的溪水的依恋,却并不从自身着笔,而是将这种情感投射到溪水之上,描写潺潺流水声仿佛在倾诉惜别之意,更显得情味深长,饶有意趣。中唐诗人戎昱《移家别湖上亭》云:"好是春风湖上亭,柳条藤蔓系离情。黄莺久住浑相识,欲别频啼四五声。"也同样把人的情感移注到自然风物中去。

## 李商隐 九首

李商隐(813?—858),字义山,号玉溪生,怀州河内(今河南省沁阳市)人。早年受知于令狐楚,又因楚子令狐绹之荐登进士第。后入泾原节度使王茂元幕为掌书记,并娶王女为妻。令狐楚与王茂元是政敌,李商隐为此遭受排挤。先后担任过秘书省校书郎、弘农县尉、秘书省正字等官职。晚年又长期过着飘零幕府的生活。李商隐是晚唐著名诗人,与杜牧并称为"小李杜"。尤其擅长七言律绝,多抒写个人情怀和时事感慨,情调感伤,词藻富艳,用典精切,寄托深曲,对后世影响颇深。有《玉溪生诗集》。

## 蝉

本以高难饱,徒劳恨费声①。五更疏欲断,一树碧无情②。薄宦梗犹泛,故园芜已平③。烦君最相警,我亦举家清④。

【题解】

古代诗文中常把蝉作为志行高洁的象征,这首咏物诗以蝉自喻,寄托了诗人自己的心声。

【注释】

① 本以二句:意思是说,蝉原本就因为栖息在高处、餐风饮露而难以饱食,因此即使通过鸣叫来寄托怨恨之意,也是徒劳无补的。② 五更二句:五更,天将明时。二句是说,蝉整夜鸣叫,至天将明时,声音稀疏,几乎要中断,而它所栖息的树木色泽青碧,对此无动于衷,毫无情感。③ 薄宦二句:薄宦,卑微的官职。梗,树木枝条。泛,漂浮。梗泛,比喻漂泊无定。《战国策·齐策》载寓言:土偶人讥笑桃梗(桃树枝条)说:"你虽然被刻削为木偶人,但天一下雨,雨水把你冲入河流,就会漂浮不定。"此处用其典。芜,指荒草。平,笼罩,遮蔽。陶潜《归去来辞》:"田园将芜,胡不归?"二句是说,自己官职卑微,生活漂泊,想要回归故乡,但田园早已被荒草所覆蔽。④ 烦君二句:君,指蝉。警,警戒。举家,全家。清,清贫。二句是说,感激蝉如此警诫自己,但我也是全家过着清贫的生活。

【评析】

本篇借物抒怀,既抒发了潦倒愁苦的心理,又寄托了高洁自守的志向。首联中的"高"一语双关,既指蝉身处于高树,又暗寓其品性的清高。颔联以树的冷漠无情来映衬蝉的饥饿哀鸣,形成强烈的对比。颈联是诗人感慨自己仕宦生活漂泊不定,而故园则荒芜已久。尾联中的"清"与首句中的"高"相互呼应,也同样语带双关,既指自己生活清贫,又含有清高之意。全篇以蝉喻己。前四句写蝉的清高和哀鸣,暗喻诗人仕途坎坷无援。后四句明写自己生涯漂泊不定,感谢蝉的警示。全诗以清高、清贫为主线,将蝉、我两者融为一体,构思巧妙,感慨深沉。

## 马嵬(其二)

海外徒闻更九州,他生未卜此生休①。空闻虎旅鸣宵柝,无复鸡人报晓筹②。此日六军同驻马,当时七夕笑牵牛③。如何四纪为天子,不及卢家有莫愁④。

【题解】

马嵬,即马嵬坡,在今陕西省兴平县西。天宝十五载(756),唐玄宗为躲避安史叛军而逃奔蜀中,途经此地时,因发生兵变,被迫处死杨贵妃。本篇即咏此事。原作共两首,这是第二首。

【注释】

① 海外二句:徒闻,空闻。九州,古代行政区划,也作为中国的代称。更九州,传说像中国这样的九州还有好几个。卜,估计,预料。二句是说,唐玄宗因为思念杨贵妃而令人寻访,听说海外还有九州存在,但寻访的最终结果仍然是徒劳无功;来世的约定尚难预料,而此生一别却就此罢休,再难相见。② 空闻二句:虎旅,指护卫玄宗入蜀的禁军。宵柝(tuò),夜间巡逻报更的木梆。宵,夜。鸡人,皇宫中负责报时的人。晓筹,报晓时使用的竹签,这里指拂晓时刻。这两句描

写玄宗入蜀途中的情景,只听到奔亡途中军队巡逻报更的柝声,却再也没有平日宫中鸡人前来报知天明。③ 此日二句:此日,指杨贵妃被缢死之日。六军,皇帝的卫队。当时,指玄宗与杨贵妃在长生殿立下盟誓之时。二句是说,行进到马嵬之时,护卫的禁军同时停驻不前,要求玄宗立即处死杨贵妃;而当年在七夕之夜两人却还曾嗤笑牛郎、织女一年只能相会一次。④ 如何二句:四纪,一纪为十二年,玄宗在位四十五年,这里是举其成数。莫愁,古代传说中的洛阳女子,嫁为卢家妇。二句是说,为什么当了数十年的皇帝,却比不上普通人家的夫妻可以长相厮守。

【评析】

　　本篇咏马嵬兵变,于讥讽之中深致慨叹,笔法纵横开阖,诗意曲折流转。诗中每一联的上下句都形成鲜明的对比。首联写玄宗徒然听方士说在海外寻觅杨贵妃,毕竟踪迹全无。他生之约渺茫难凭,此生之缘已告终结。用"徒闻"、"未卜"、"休"等已为全诗定下讥刺的基调。中间两联使用逆挽笔法,均以当时马嵬坡的流亡岁月与往昔宫廷中的享乐生活作对比。既充满了嘲讽,又寄予了一定的同情。尾联将四纪天子与民间夫妇作比,内蕴丰富,耐人寻绎。清代袁枚也有《马嵬》诗,云:"莫唱当年《长恨歌》,人间亦自有银河。石壕村里夫妻别,泪比长生殿里多。"也是将李、杨之事与民间夫妇并提,但对下层人民更充满了同情。

## 哭刘蕡

　　上帝深宫闭九阍,巫咸不下问衔冤①。黄陵别后春涛隔,湓浦书来秋雨翻②。只有安仁能作诔,何曾宋玉解招魂③。平生风义兼师友,不敢同君哭寝门④。

## 【题解】

刘蕡(fén),字去华,幽州昌平(今北京市昌平县)人。大和二年(828)试贤良方正直言极谏,在对策中痛斥宦官乱政,名动一时,但也招致嫉恨。后被令狐楚召至幕中,作者因而得以与之相识相交。后授秘书郎,因遭宦官诬陷,贬为柳州司户参军。大中三年(849)卒于浔浦。作者曾先后三次作诗四首来悼念亡友,这是其中之一,对刘蕡的刚直不阿表示由衷的敬仰,对他的含冤客死则深感悲愤。

## 【注释】

① 上帝二句:九阍(hūn),九重宫门。巫咸,传说中的古代神巫。巫的职能是沟通天上和人间。二句是说,天帝深居宫中,禁闭九重宫门,不派巫咸来询问冤情。这里指刘蕡遭受诬陷,朝廷却不查明事实真相。② 黄陵二句:黄陵,黄陵山,在今湖南省湘阴县境内,地当湘水入洞庭湖处。浔浦,指浔阳(今江西省九江市)。二句是说,刘、李两人在黄陵分别之后就被江湖阻隔,如今从浔浦传来噩耗,正逢秋雨纷飞。③ 只有二句:安仁,西晋文学家潘岳,擅长写作哀诔文章。诔(lěi),哀悼文的一种。宋玉,先秦辞赋家,相传曾写作《招魂》来招屈原的魂魄。解,晓悟,懂得。这里说宋玉岂真能召回屈原之魂。二句是说,自己只能像潘岳那样写作诗文以致哀悼,却不能像宋玉那样为之招魂。④ 平生二句:同,等同于。君,指刘蕡。寝门,内室的门。哭寝门,依据古代礼仪,哭师于正寝之内,哭友于寝门之外。二句是说,刘蕡一生的风格节操令人敬仰,对自己而言,既是朋友,更是师长,因此不敢把他等同于哭于寝门之外的朋友。

## 【评析】

本篇哀悼亡友,沉郁激愤,感人至深。首联笔势凌厉,锋芒直指昏庸颟顸的君王。颔联追忆去年的离别,又叙述今秋听到噩耗的情景,将睽违两地时的殷切思念以及人天永隔后的哀伤悲愤用"春涛隔"和"秋雨翻"这样具体可感的事物来表现,将写景与抒情融为一体。颈联以潘岳、宋玉自况,更深切地吐露内心的沉痛和无奈。尾联说明两人交谊深厚,而刘蕡的忠直更堪为己师,表达了对亡友的由衷敬仰。

## 锦　瑟

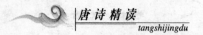

锦瑟无端五十弦①,一弦一柱思华年②。庄生晓梦迷蝴蝶③,望帝春心托杜鹃④。沧海月明珠有泪⑤,蓝田日暖玉生烟⑥。此情可待成追忆,只是当时已惘然⑦。

【题解】

作者毕生创作了大量的无题诗,形成凄迷哀婉、柔美幽约的独特风貌,但也因其隐晦曲折而令人感到难以索解。本篇诗题系摘取首句头两字而成,所以也相当于无题诗。对其诗旨,历来也是众说纷纭,莫衷一是。或认为是描写艳情,或主张是悼念亡妻,或推测为隐射政局,或判定为自伤身世。相比之下,自伤身世之说较为切实合理。

【注释】

① 锦瑟,绘有锦绣般花纹的瑟。相传古瑟有五十弦,因为声音太悲切,被天帝改为二十五弦。② 柱,弦的支柱。③ 庄生句:庄子说,曾经梦见自己化为蝴蝶,醒来后不知道究竟是自己梦为蝴蝶,还是蝴蝶梦为自己。④ 望帝句:望帝,古代蜀国的君主杜宇,号望帝,失国身死,魂魄化为杜鹃鸟,叫声凄厉。春心,用《楚辞·招魂》"目极千里兮伤春心"的句意,有感伤身世之意。这句是说,望帝的春日感伤之情只能借助于杜鹃鸟的鸣叫来表达。⑤ 沧海句:古人认为海中

蚌珠的圆缺与月亮的盈亏互相感应。又传说南海外有鲛人,其眼泪能化为珍珠。这句合用这两个传说,是说当圆月高照之时,大海中的点点珍珠,如泪珠般晶莹。⑥蓝田句:司空图《与极浦书》引戴叔伦语云:"诗家之景,如蓝田日暖,良玉生烟,可望而不可置于眉睫之前也。"此处化用该语。蓝田,即今陕西省蓝田县,是著名的玉石产地。玉生烟,指良玉晶莹润泽,在日光的照耀下仿佛有烟雾萦绕其上。⑦此情二句:可待,岂待,何待。惘然,怅惘若失的样子。二句是说,上述这种种情事又岂待今日追忆,即便是当时就已让人怅惘不已了。

【评析】

　　本篇格律精切,声调流转,体现了朦胧哀婉的独特风格,但诗意较为隐晦,因而金人元好问在《论诗绝句三十首》中说:"望帝春心托杜鹃,佳人锦瑟怨华年。诗家总爱西昆好,独恨无人作郑笺。"清人王士禛《论诗绝句》也感叹"一篇《锦瑟》解人难"。实则诗人正是以其惯用的含蓄曲折的笔法来表现深沉复杂的情思。首联写闻锦瑟之哀音而兴起怅惘之悲情。中间两联则表现由瑟声所引发的对于人生遭际的种种感悟,诗人避实就虚,用富有象征意味的图像将要渺低回的情感推衍到极致。"庄生晓梦"已将现实与梦幻交融为一体,"望帝春心"又平添了几分凄恻神秘的气息;"沧海月明",鲛人泣珠,在孤寂的环境中更增伤感悲苦;"蓝田日暖",良玉生烟,愈加显得迷茫飘忽,若即若离。这些朦胧幽奥的意象已经涵盖了一切具体的情事,读者很容易从中感受到一股纠缠郁结而又无法排遣的浓烈情思,却无法也无须将之一一指实。

无　　题

　　相见时难别亦难,东风无力百花残。春蚕到死丝方尽,蜡炬成灰泪始干。晓镜但愁云鬓改,夜吟应觉月光寒①。蓬山此去无多路,青鸟殷勤为探看②。

【题解】

本篇描写了与恋人分别之后的相思之苦。

【注释】

①晓镜二句:云鬓,指妇女浓黑柔美的鬓发。改,指鬓发枯萎。这二句设想对方也同样忍受着相思之苦:清晨揽镜而忧青春易逝,夜晚吟诗而感月光凄清。②蓬山二句:蓬山,蓬莱山,传说中东方的海上仙山,相传汉武帝曾经派人前去求仙。这里借指对方的住所。青鸟,传说中西王母的使者。二句是说,对方的住处并不遥远,希望有人能代为传递消息。

【评析】

诗人着重抒写离别相思的痛苦。首联描写暮春分离时的情景。"相见"句将"别易会难"的成语又翻进一层,强调别情难堪。"东风"既是描写实景,又喻示着年华流逝,欢情不复。颔联表现分别之后相思的缠绵悠长。"春蚕"句中的"丝"字与"思"字谐音双关,民间恋歌常用此手法,诗人加以借鉴运用。以蚕丝来比喻人的情思,用烛泪来象征人的热泪,抒发了自己执著坚定、至死无悔的心声,充满了沉痛哀婉的悲剧色彩。颈联设身处地,转从对方着笔,于体贴关切中更显得思念殷切。尾联情致婉曲,作者强作宽慰之语,于绝望之中似乎又窥到一丝希望,实则"蓬山"、"青鸟"均渺茫难凭,愈加显得愁苦郁结,情难以堪。

## 题 小 柏

怜君孤秀植庭中①,细叶轻阴满座风。桃李盛时虽寂寞②,雪霜多后始青葱。一年几变枯荣事,百尺方资柱石功③。为谢西园车马客,定悲摇落尽成空④。

【题解】

这首咏物诗盛赞了松柏的孤秀劲挺、不畏严寒。

【注释】

① 怜君句:怜,爱。君,指小柏。秀,挺出。这句是说,爱你独立挺秀生长在庭院之中。② 桃李句:桃李盛开时,人们争着欣赏;小柏没有鲜艳的花朵,无人观赏,所以显得寂寞冷落。③ 一年二句:方,将。资,凭借。柱石,比喻担当重任。二句是说,桃花、李花等在一年之中花开花落有好多次,每次盛放之后即告凋谢,不能长久;而小柏长成大树之后,将成为栋梁之材,具备担当重任的才能。④ 为谢二句:为谢,为告。西园,在邺(今河北省临漳县西南),汉末时,曹操、曹丕父子曾在其中召集宾客游宴。二句是说,告诉那些在西园游宴的贵客们,他们必定会为桃李凋零衰败而感伤,悲悼人生的繁华也是转瞬成空。

【评析】

本篇以松柏自喻。首联描写小柏虽然才秀而势微,仍以其细叶来荫庇他人。用"君"来称呼小柏,足见诗人怜惜敬重之情。颔联将小柏与桃李作比,盛赞小柏甘于寂寞、岁寒不凋的品节。颈联仍以花草的旋荣旋枯与小柏的挺拔苍劲形成对比,寄托了诗人愿为"百尺柱石"的抱负。尾联讽刺那些趋炎附势、徒慕浮华之辈为桃李凋零而深感悲伤,他们的荣耀得意也不能长久,到头来都是空虚。

乐 游 原

向晚意不适①,驱车登古原。夕阳无限好,只是近黄昏。

【题解】

本篇写傍晚时分登临乐游原的情景。乐游原,又名乐游苑、乐游阙,在长安城南(今陕西省西安市南郊),是唐代的游览胜地。

【注释】

① 向晚,傍晚。意不适:心情不舒畅。

【评析】

本篇表现了诗人登乐游原时的心情:一方面觉得傍晚的阳光和煦可爱,同时又惋惜其好景不长,抒发了诗人当时的真实感受。有些评论者认为此诗寓有作者自伤身世,并担心唐王朝国祚不长的感喟,但无确证。

## 夜雨寄北

君问归期未有期,巴山夜雨涨秋池①。何当共剪西窗烛,却话巴山夜雨时②。

【题解】

大中五年(851),作者离京赴蜀,入东川节度使柳仲郢幕。之后直至大中九年(855),都一直留滞于东川(治梓州,即今四川省三台县)。本篇就是在此期间寄赠长安友人之作。诗题一本作《夜雨寄内》。内,内人,妻子。但此说不太可信。

【注释】

① 巴山,泛指东川一带的山。② 何当二句:何当,何时。剪烛,剪去燃烧过的烛芯,使烛光明亮。二句是说,何时能共坐西窗之下,

剪烛夜话,回忆今日巴山夜雨时的情景。

【评析】

　　本篇构思精巧,意味隽永。首句包含着与友人间的一问一答,跌宕转折之际,羁旅愁苦之情已溢于言表。次句描写当时实景,巴山苦雨,涨满秋池,既烘托了凄凉寂寥的气氛,又象征着愁思的缠绵无尽。三、四句设想他日重逢之后剪烛夜谈的情景,而且谈论的话题又正是此刻让人情难以堪的巴山夜雨,重聚时的温馨欢愉就更能反衬出今夜的郁闷孤独。二、四两句特意重复"巴山夜雨",一实一虚,与诗意的回环往复恰相贴合,显得语浅而意深。

## 贾　生

　　宣室求贤访逐臣,贾生才调更无伦①。可怜夜半虚前席,不问苍生问鬼神②。

【题解】

　　这是一首咏史诗。贾生,汉初政治家、文学家贾谊。因年少才高而遭人嫉恨陷害,贬为长沙王太傅。后虽被汉文帝召回,但始终未得重任,抑郁而终。

【注释】

　　① 宣室二句:宣室,汉未央宫正室。无伦,无与伦比。二句是说,汉文帝访求贤良之才,贾谊因为才学出众而从贬所被召回。② 可怜二句:虚,徒然。前席,移坐向前。席,坐席,古人席地而坐。据《史记·贾生列传》记载,汉文帝召见贾谊时因为听得入神,不知不觉从所坐席上向前移动。问鬼神,《贾生列传》载,汉文帝召见贾谊时正当祭神之后,故"因感鬼神事而问鬼神之本"。二句是说,可惜汉文

帝夜半召见贾谊,所问的只是鬼神之事,而无关百姓生计。

【评析】

  本篇借题咏汉代史事,讽刺了封建君主不能真正识拔人才,未能体恤苍生疾苦,议论警辟,感慨深沉。前两句写汉文帝的求贤若渴,以及贾谊的才学出众,则君臣相得似乎是题中应有之意。第三句"夜半前席"沿用史籍中的成辞,用一个细微的动作来表现文帝虚心凝听的情形,却接连用"可怜"、"虚"等字加以转折。末句中揭示作者深致慨叹的原因所在,并与首句中的"求贤"回应,具有极其冷峻辛辣的嘲讽意味。诗人命运多舛,每每以贾谊自比,发出过"贾生年少虚垂涕"(《安定城楼》)、"贾生兼事鬼"(《异俗》)的感慨。而在本篇中却并不以一己的荣辱得失为怀,而是以黎民安危来衡量个人的穷通遇合,显示出豁达宽广的胸襟。

# 附 录

## 《唐诗精读》与《唐诗三百首》重复篇目表(共一百一十三首)

王勃:《送杜少府之任蜀川》(《唐诗三百首》题作《杜少府之任蜀州》)
骆宾王:《在狱咏蝉》
陈子昂:《登幽州台歌》
杜审言:《和晋陵陆丞早春游望》
宋之问:《渡汉江》(《唐诗三百首》署作者为李频)
沈佺期:《古意呈补阙乔知之》(《唐诗三百首》题作《独不见》)
张九龄:《望月怀远》
王之涣:《凉州词》(《唐诗三百首》题作《出塞》)《登鹳雀楼》
王翰:《凉州词》(《唐诗三百首》题作《凉州曲》)
贺知章:《回乡偶书》(其一)
李颀:《古从军行》
崔颢:《黄鹤楼》《长干曲》(二首)(《唐诗三百首》题作《长干行》)
王昌龄:《出塞》《芙蓉楼送辛渐》
高适:《燕歌行》
岑参:《白雪歌送武判官归京》《走马川行奉送封大夫出师西征》《逢
　　入京使》
孟浩然:《留别王侍御维》(《唐诗三百首》题作《留别王维》)《与诸子

登岘山》《过故人庄》《春晓》《宿建德江》

祖咏:《望终南余雪》

王湾:《次北固山下》

王维:《西施咏》《桃源行》《终南山》《汉江临眺》《终南别业》《相思》《九月九日忆山东兄弟》《送元二使安西》(《唐诗三百首》题作《渭城曲》)

常建:《题破山寺后禅院》

刘方平:《夜月》(《唐诗三百首》题作《月夜》)

李白:《子夜吴歌》(其三)《长干行》《月下独酌》(其一)《蜀道难》《将进酒》《梦游天姥吟留别》《宣州谢朓楼饯别校书叔云》《渡荆门送别》《送友人》《夜泊牛渚怀古》《静夜思》(《唐诗三百首》题作《夜思》)《黄鹤楼送孟浩然之广陵》(《唐诗三百首》题作《送孟浩然之广陵》)《早发白帝城》(《唐诗三百首》题作《下江陵》)

杜甫:《赠卫八处士》《佳人》《梦李白》(二首)《兵车行》《丽人行》《哀江头》《丹青引赠曹将军霸》《月夜》《春望》《旅夜书怀》《登岳阳楼》《蜀相》《客至》《闻官军收河南河北》《咏怀古迹》(其三)《登高》《江南逢李龟年》

钱起:《谷口书斋寄杨补阙》

韩翃:《寒食》

张继:《枫桥夜泊》

刘长卿:《长沙过贾谊宅》

韦应物:《淮上喜会梁州故人》《寄李儋元锡》《滁州西涧》

司空曙:《喜外弟卢纶见宿》《云阳馆与韩绅宿别》

卢纶:《和张仆射塞下曲》(其二)(《唐诗三百首》题作《塞下曲》)

皎然:《寻陆鸿渐不遇》

孟郊:《游子吟》

柳宗元:《登柳州城楼寄漳汀封连四州》(《唐诗三百首》题作《登柳州城楼寄漳汀封连四州刺史》)《江雪》

韩愈:《山石》

李益:《喜见外弟又言别》《夜上受降城闻笛》

王建:《新嫁娘词》(其一)(《唐诗三百首》题作《新嫁娘》)

贾岛:《寻隐者不遇》

白居易:《长恨歌》《琵琶行》《赋得古原草送别》(《唐诗三百首》题作《草》)《自河南经乱,关内阻饥,兄弟离散,各在一处。因望月有感,聊书所怀,寄上浮梁大兄、於潜七兄、乌江十五兄,兼示符离及下邽弟妹》

元稹:《遣悲怀》(其一)《行宫》

刘禹锡:《西塞山怀古》《乌衣巷》

张祜:《题金陵渡》

朱庆馀:《宫词》(《唐诗三百首》题作《宫中词》)

陈陶:《陇西行》

金昌绪:《春怨》

韦庄:《台城》(《唐诗三百首》题作《金陵图》)

秦韬玉:《贫女》

崔涂:《孤雁》(其二)

杜牧:《赤壁》《泊秦淮》《秋夕》

温庭筠:《送人东归》(《唐诗三百首》题作《送人东游》)

李商隐:《蝉》《锦瑟》《无题》("相见时难别亦难")《乐游原》(《唐诗三百首》题作《登乐游原》)《夜雨寄北》《贾生》

**说明:**

1. 全书与《唐诗三百首》重复篇目共一百一十三首;
2. 全书选诗总数共二百五十首。

# 后 记

本书是供广大读者学习、品味唐诗的一本普及性读物。它的编注宗旨和体例已见卷首凡例。参加本书编写的共有四人,具体分工如下:

王运熙:确定选目,规划体例要求,通读并修改全稿;

杨明:校读并修改全稿;

归青:注释、评析前五卷诗篇;

杨焄:注释、评析后五卷诗篇。

在编选过程中,我们曾参考了前代和现当代的不少唐诗选本,限于体例,不能一一注明,请读者谅解;并欢迎读者来函指出书中谬误不当之处。

王运熙<br>2008年4月于上海寓所

图书在版编目(CIP)数据

唐诗精读/王运熙主编;杨明等注释.—上海:复旦大学出版社,2008.9
(名校名师名课系列)
ISBN 978-7-309-06156-7

Ⅰ.唐… Ⅱ.①王…②杨… Ⅲ.唐诗-文学欣赏 Ⅳ.I207.22

中国版本图书馆 CIP 数据核字(2008)第 103118 号

### 唐诗精读
王运熙 主编 杨 明 归 青 杨 焄 注释

出版发行　复旦大学出版社　上海市国权路 579 号　邮编 200433
　　　　　86-21-65642857(门市零售)
　　　　　86-21-65100562(团体订购)　86-21-65109143(外埠邮购)
　　　　　fupnet@fudanpress.com　http://www.fudanpress.com

| | |
|---|---|
| 责任编辑 | 邵　丹 |
| 出 品 人 | 贺圣遂 |
| 印　　刷 | 上海江杨印刷厂 |
| 开　　本 | 890×1240　1/32 |
| 印　　张 | 10.625 |
| 字　　数 | 276 千 |
| 版　　次 | 2008 年 9 月第一版第一次印刷 |
| 印　　数 | 1—5 100 |
| 书　　号 | ISBN 978-7-309-06156-7/I・440 |
| 定　　价 | 20.00 元 |

如有印装质量问题,请向复旦大学出版社发行部调换。
版权所有　侵权必究